JACK LONDON

CROC-BLANC

Traduction
de Daniel Alibert-Kouraguine

*Illustrations
de
Jean-Louis Henriot*

Texte intégral

Cette édition de *Croc-Blanc*
est publiée par Profrance/Maxi-Livres
avec l'aimable autorisation des Éditions Jean-Claude Lattès
© Bibliothèque Lattès, 1988
© Profrance/Maxi-Livres, 1992, pour la présente édition

JACK LONDON

Son père naturel est un astrologue itinérant qui abandonne sa compagne dès qu'il la sait enceinte ; sa mère est issue d'une riche famille de l'Ohio qu'elle a quittée pour aller vivre au sein d'une secte spiritualiste. John Griffith London (il reçoit le nom de celui que sa mère épouse à sa naissance, et, pour ne pas le confondre avec ce père nourricier, on le surnommera Jack) voit le jour le 12 janvier 1876 à San Francisco.

Après la faillite du ranch familial, il doit quitter l'école et, à 13 ans, travailler dans une conserverie. Épuisé par quatorze heures de labeur quotidien, il abandonne son emploi et entretient les siens grâce à de menus larcins. A 16 ans, avec sa barque, il pille les parcs à huîtres et fréquente les mauvais garçons dans les cabarets du port, où il fait volontiers le coup de poing. A 17 ans, il embarque sur un trois mâts pour la chasse aux phoques. A son retour, il gagne le prix de la meilleure nouvelle organisé par le **Morning Star.** Pour faire plaisir à sa mère, il accepte de se ranger et occupe divers emplois d'ouvrier avant, une nouvelle fois, de tout abandonner et de finir en prison pour vagabondage.

A sa sortie de prison, il décide d'étudier. Reçu à l'université de Berkeley, il lit Karl Marx, Nietzsche, et adhère au parti socialiste travailliste. Un an plus tard, en 1897, l'appel de l'aventure triomphe de ses bonnes résolutions : il part en Alaska chercher de l'or. Il en trouve peu, mais a découvert l'Enfer blanc, et le Grand Nord.

A son retour, une revue locale publie ses récits. En 1900, son roman **Le Fils du Loup** est un succès. Il se marie avec Bess Maddern, dont il aura deux enfants, et, pour faire vivre deux foyers, le sien et celui de sa mère, se consacre au roman : **L'Appel de la forêt,** en 1903, est un triomphe. Pour écrire, il s'installe sur un petit bateau sur lequel il organise des promenades. En 1903, il s'éprend de Charmian Kittredge, qui, restera, malgré brouilles et ruptures, sa compagne jusqu'à la fin de sa vie, et part comme reporter couvrir la guerre russo-japonaise. Expulsé par les Japonais pour avoir voulu se rendre sur les champs de bataille, il revient à San Francisco où **Le Loup des Mers** se vend bien.

Mais cet auteur en vogue, qui n'aura pas à subir l'échec littéraire, ne s'épanouit pas dans la gloire. Il boit, se nourrit mal, se croit malade, et achète un ranch sur les conseils de sa mère, aussi instable que lui... Il donne des conférences où il expose ses idées progressistes qui exaspèrent les bourgeois et la presse, publie **Croc-Blanc** (1906). Plus il gagne d'argent, plus il en dépense. Il se fait construire une goélette, le « Snark », sur laquelle il part faire le tour du monde. La croisière est cauchemardesque : il se dispute avec son équipage, son bateau tient mal la mer... Il réussit toutefois à écrire **Martin Eden,** puis les **Contes des mers du sud.**

Atteint de malaria, de fièvre jaune et de psoriasis, les traitements qu'il reçoit, conjugués à ceux d'une ancienne syphilis, vont peu à peu lui attaquer les reins et les nerfs. Revenu dans son ranch en 1909 élever des chevaux, il se remet à boire pour calmer ses douleurs. Son autobiographie romancée, **Le Cabaret de la dernière chance,** sort en 1913. A l'alcool succèdent les drogues, morphine, héroïne. Il se nourrit de canard ou de thon crus. En 1914, il fait un dernier grand reportage au Mexique, où le corps expéditionnaire américain réprime une tentative révolutionnaire, mais trop faible, ne peut partir pour l'Europe qui vient d'entrer en guerre.

Revenu en Californie après un séjour à Hawaï, il succombe, le 21 novembre 1916, à une piqûre de morphine. Overdose ou suicide? Les journaux américains, qui l'ont souvent attaqué dans leurs colonnes à cause de ses frasques, accorderont plus d'importance à sa disparition qu'à celle du vieil empereur d'Autriche François-Joseph, mort en même temps que lui.

* * *

Peu d'écrivains américains ont connu un succès aussi durable que le sien. Jack London, c'est le romancier de l'aventure, des grands espaces, de la nature sauvage et profonde, et de la générosité.

Qualités que l'on retrouve dans **Croc-Blanc,** le plus célèbre et le plus achevé de ses romans, qui raconte l'une des plus belles histoires d'animaux jamais écrites : celle d'un chien-loup qui, malgré la cruauté des hommes, saura s'intégrer à la vie civilisée et devenir, le plus fidèle ami du maître qu'il s'est choisi.

Chapitre I

LA PISTE DE LA VIANDE

La sombre forêt de résineux se resserrait de chaque côté du fleuve gelé. Les arbres, qu'une récente bourrasque avait dépouillés de leur blanche couverture de givre, semblaient se pencher les uns vers les autres, ténébreux et inquiétants dans le jour blafard. C'était le règne du silence et de la solitude, un monde figé, si froid et si désolé qu'il se situait au-delà même de toute tristesse. En fait, on y percevait plutôt comme l'ébauche d'un rire, un rire amer pareil à celui du Sphinx, un rire sinistre et angoissant participant de l'inéluctable. C'était l'impérieuse et indicible sagesse de l'éternité qui manifestait sa dérision à l'égard de la vie et de ses vaines entreprises. C'était l'immensité sauvage et glacée du Grand Nord.

Pourtant, la vie était bien là, présente tel un défi. Des chiens loups progressaient péniblement sur le fleuve gelé. Leur épaisse fourrure était raidie par le givre et leur souffle formait des nuages vaporeux qui se condensaient rapidement en de minuscules cristaux de glace. Harnachés de cuir, ils étaient attelés à un traîneau qu'ils tiraient derrière eux. C'était un traîneau sans patins, un robuste assemblage d'écorce de bouleau qui reposait sur le sol de toute sa surface.

L'avant en était recourbé, ébauchant un rouleau, ce qui lui permettait de franchir plus aisément les vagues de neige molle qui se dressaient devant lui en un incessant mascaret. Sur le traîneau était solidement arrimée une caisse longue et étroite. On y trouvait également des couvertures, une hache, une cafetière, une poêle à frire et d'autres choses encore... Mais c'était la masse oblongue de la caisse qui occupait presque toute la place.

En avant des chiens, progressait un homme chaussé de larges raquettes de neige. Derrière l'attelage, un autre fermait la marche. Et sur le traîneau, dans la caisse, il y en avait un troisième dont le Grand Nord avait fini par venir à bout et qui ne se relèverait jamais plus pour reprendre la lutte. Car le Grand Nord est hostile à toute forme de vie, le moindre mouvement lui fait injure : il lui faut donc l'éliminer. Il gèle les eaux pour les empêcher d'atteindre la mer. Il fige la sève des arbres jusqu'à ce qu'ils en crèvent. Mais c'est à l'homme qu'il s'en prend avec le plus d'acharnement et de férocité afin de le réduire à sa merci. Parce que l'homme est un être infatigable, en perpétuelle révolte à la seule idée que tout mouvement puisse être inexorablement condamné.

Pourtant les deux survivants, de part et d'autre de l'attelage, avançaient avec calme et détermination.

Vêtus de fourrure et de cuir souple, ils avaient les cils, les joues et les lèvres recouverts de fins cristaux de givre au point qu'il était impossible de discerner les traits de leur visage. Ces masques livides leur donnaient l'air de deux spectres, de deux croquemorts surnaturels conduisant des funérailles dans un monde fantomatique. Mais il s'agissait bien de deux hommes lancés au cœur de la désolation et du silence, aventuriers dérisoires confrontés à la colossale puissance d'un univers aussi implacable et démesuré que les lointains espaces sidéraux.

Ils progressaient sans proférer la moindre parole, afin d'économiser leur souffle. Autour d'eux s'appesantissait un silence d'une densité presque palpable. Et leur esprit en subissait des effets comparables à ceux qu'exerce la pression des grandes profondeurs sur le corps des plongeurs. Ce silence les accablait sous le poids de l'infini et de l'irrévocable. Il pénétrait les plus obscurs recoins de leur conscience, en éliminait, comme le jus d'un fruit que l'on presse, toutes prétentions et toute vaine exaltation, ces faux-semblants de l'âme humaine, les réduisant ainsi à ce qu'ils étaient réellement : deux grains de poussière ni très adroits ni très malins, livrés aux déchaînements aveugles des forces naturelles.

Une heure s'écoula, puis deux. La lumière blême de ce jour sans soleil commençait à faiblir, quand un hurlement lointain fit vibrer l'air tranquille. Il augmenta rapidement d'intensité, atteignit une note suraiguë où il se maintint quelques instants avec une palpitante vigueur, puis lentement s'éteignit. On aurait pu croire qu'il s'agissait de la plainte d'une âme errante si l'on n'y avait décelé l'indéfinissable sauvagerie née de la colère et de la faim.

L'homme qui marchait en avant se retourna vers son compagnon. Ils échangèrent un long regard par-dessus la grande caisse oblongue, hochant tous deux la tête d'un air entendu.

Un second cri troua violemment le silence. Les deux hommes le localisèrent derrière eux, quelque part dans la vaste étendue de neige qu'ils venaient de traverser. Un troisième hurlement répondit au second, toujours en arrière mais un peu plus à gauche.

« Ils sont à nos trousses, Bill », dit l'homme qui ouvrait la marche.

Sa voix rauque paraissait irréelle et il parlait au prix d'un visible effort.

« Le gibier se fait rare, répondit son compagnon. Voici des jours que je n'ai pas vu la moindre trace de lapin. »

Après quoi, ils cessèrent de parler, mais demeurèrent attentifs aux hurlements de la poursuite qui continuait derrière eux.

A la tombée de la nuit, ils dirigèrent l'attelage vers un bouquet d'arbres qui surplombait le fleuve gelé, et y installèrent leur campement. Placé devant le feu, le cercueil fit à la fois office de siège et de table. Les chiens, qui s'étaient regroupés de l'autre côté des flammes, grondaient et se bousculaient, mais ne semblaient guère désireux de se disperser dans l'obscurité.

« Henry, j'ai l'impression qu'ils tiennent à rester le plus près possible du campement », observa Bill.

Henry qui, accroupi devant le feu, était en train d'introduire un morceau de glace dans la bouilloire, se contenta d'approuver d'un hochement de tête. Et c'est seulement quand il se fut assis sur le cercueil pour commencer à manger, qu'il prit la parole à son tour :

« Ils savent où trouver la sécurité et le casse-croûte, dit-il. Ils aiment mieux manger qu'être mangés! Drôlement malins, ces chiens-là! »

Bill secoua la tête : « Justement, je me le demande. »

Son compagnon le considéra d'un air interloqué et pensa : « C'est bien la première fois que je t'entends émettre des doutes sur leur intelligence. »

« Henry, reprit l'autre en mastiquant ses haricots avec une lenteur réfléchie, as-tu remarqué tout le cirque qu'ils ont fait quand je leur ai distribué leur nourriture ?

– Il y a eu plus de chahut que d'habitude, reconnut Henry.

– Combien de chiens avons-nous ?

– Six.

– Eh bien, Henry... » Bill s'interrompit pour donner plus de poids à ce qui allait suivre. « Eh bien, comme tu l'as dit, nous avons six chiens. J'ai donc pris six poissons dans le sac et j'en ai donné un par bête. Seulement, quand j'ai eu terminé ma distribution, il me manquait un poisson.

– Tu avais mal compté.

– Nous avons six chiens, reprit l'autre avec obstination. Et j'ai pris six poissons. Mais quand j'en suis arrivé au tour de Qu'une-Oreille, il n'y en avait plus pour lui ; j'ai dû aller en reprendre un autre dans le sac.

– Nous n'avons jamais eu que six chiens, objecta Henry.

– Je ne dis pas le contraire, mais ils ont bel et bien été sept à récupérer chacun un poisson. »

Henry cessa de manger pour jeter un coup d'œil de l'autre côté du feu et compter les chiens.

« Il n'y en a plus que six.

– J'ai vu l'autre s'enfuir dans la neige, annonça Bill d'un air sûr de lui. J'ai vu le numéro sept ! »

Son compagnon le regarda non sans une certaine commisération et déclara : « Je serai rudement content quand nous en aurons terminé avec cette expédition.

– Qu'est-ce que tu veux dire par là ? s'enquit Bill.

– Je veux dire que tout ce que nous supportons finit par nous taper sur les nerfs et que tu te mets à voir des choses.

– J'y ai pensé, répondit Bill avec gravité. Et quand j'ai vu l'autre s'enfuir, j'ai regardé sur la neige : il y avait ses empreintes. Alors j'ai compté les chiens et je n'en ai plus trouvé que six. Les empreintes sont toujours visibles. Si tu veux, je peux te les montrer. »

Henry ne répondit rien et continua à mastiquer en silence. Puis, une fois son repas terminé sur une dernière lampée de café, il s'essuya la bouche d'un revers de la main et dit :

« Alors, comme ça, tu crois que c'était... »

Il fut interrompu par un hurlement plaintif qui s'éleva dans la nuit, quelque part derrière eux. Il laissa sa phrase en suspens pour écouter, puis reprit en désignant d'un geste vague l'endroit d'où avait surgi ce cri déchirant : « ... tu crois que c'était l'un d'eux ? »

Bill acquiesça : « Je donnerais cher pour être persuadé du contraire. Mais tu as remarqué toi-même tout le raffut que les chiens ont fait. »

Les hurlements étaient maintenant de plus en plus nombreux. Il en surgissait de partout et les chiens terrorisés se serraient les uns contre les autres, le plus près possible du feu au point de se roussir les poils. Bill rajouta du bois avant d'allumer sa pipe.

« A mon avis, c'est simplement que tu es un peu déprimé, dit Henry.

– Tu vois... » Bill tira pensivement sur sa pipe pendant quelques instants avant de reprendre : « Je me dis que ce sacré veinard est drôlement plus heureux que nous ne le serons jamais ! »

D'un geste du pouce, il désignait le cercueil sur lequel ils étaient assis.

« Toi et moi, Henry, quand nous mourrons, ce sera déjà bien assez beau si l'on trouve seulement quelques pierres à mettre sur nos carcasses pour tenir les chiens à l'écart.

– C'est que nous n'avons pas, comme lui, de la famille, de l'argent et tout ce qui s'ensuit, commenta Henry. Des types comme nous n'ont pas vraiment les moyens de s'offrir un enterrement à longue distance.

– Ce qui me dépasse, Henry, c'est qu'un gars de son espèce, un lord ou je ne sais quoi, qui n'a jamais eu de souci à se faire pour la soupe et le reste, soit venu traîner ses guêtres dans ce coin perdu à l'autre bout du monde. Non, vraiment, je n'arrive pas à comprendre.

– Il aurait pu atteindre un bel âge s'il était resté chez lui », reconnut Henry.

Bill ouvrit la bouche pour parler, mais se ravisa et tendit un doigt vers le mur de ténèbres qui les entourait. On ne distinguait pas la moindre forme dans cette épaisse obscurité, mais seulement deux yeux qui brillaient comme des charbons ardents. De la tête, Henry désigna d'autres yeux, puis d'autres encore. Leur campement était enfermé dans un cercle de regards luisants. De temps à autre, une paire d'yeux changeait de place ou disparaissait pour resurgir quelques instants plus tard.

L'agitation des chiens n'avait cessé de croître et les amena dans un brusque accès de panique, à se ruer près des flammes pour aller s'aplatir en rampant contre les jambes des deux hommes. Dans la bousculade, l'une des bêtes boula jusqu'à la frange du foyer et fit aussitôt entendre des jappements de douleur, tandis que se répandait une odeur de poils roussis. Avec tout ce remue-ménage, le cercle des yeux se dispersa un instant mais se reforma dès que les chiens eurent retrouvé leur calme.

« Tu parles d'une déveine d'être à court de munitions ! »

Bill avait fini sa pipe et aidait son compagnon à étendre des fourrures et des couvertures sur le lit de branchages qu'ils avaient préparé avant le dîner. Henry émit un grognement et entreprit de délacer ses mocassins.

« Combien de cartouches as-tu dit qu'il nous restait ? demanda-t-il.

— Trois. Et je voudrais bien que ce soit trois cents. Je leur montrerais de quoi il retourne, à ces sales bêtes ! »

Il agita le poing avec colère en direction des regards luisants avant d'aller à son tour retirer ses mocassins devant le feu.

« Et puis je voudrais bien que ce coup de froid s'arrête un peu, reprit-il. Voici maintenant une quinzaine de jours qu'il fait moins dix. Je voudrais aussi n'avoir jamais entrepris cette expédition, Henry. Je n'aime pas la tournure qu'elle prend. Il y a quelque chose qui cloche. Et pendant que j'y suis, je voudrais que tout soit terminé et que nous soyons arrivés à Fort McGurry où nous pourrions, à l'heure qu'il est, être assis bien au chaud en train de taper le carton. »

Henry se glissa dans le lit en grommelant. Il allait s'assoupir quand la voix de son compagnon l'en empêcha :

« Dis donc, à propos du voleur de poisson, je me demande pourquoi les chiens ne lui ont pas sauté sur le dos. Ça me tracasse...

— Tu te poses trop de questions, Bill, répondit la voix ensommeillée de Henry. Tu n'as jamais été comme ça auparavant. Maintenant, tu ferais mieux de te taire et de dormir pour être en pleine forme demain matin. Tu dois avoir des aigreurs d'estomac. C'est ça qui te travaille ! »

Les deux hommes s'endormirent, la respiration lourde, allongés côte à côte sous les fourrures. Peu à peu, le feu perdit de sa vigueur et le cercle des regards se rétrécit lentement autour du campement. Serrés les uns contre les autres, les chiens grondaient en montrant les dents dès qu'une paire d'yeux s'approchait trop près d'eux. Ils finirent par faire un tel vacarme, qu'ils réveillèrent Bill. Celui-ci se leva avec précaution pour ne pas perturber le sommeil de son compagnon et rajouta du bois sur le brasier. Quelques flammes jaillirent et firent aussitôt reculer le cercle des regards. Au passage, il jeta par hasard un coup d'œil du côté des chiens. Alors, il se frotta les yeux et observa plus attentivement avant d'aller reprendre sa place sous les couvertures.

« Henry, dit-il. Hé, Henry ! »

Celui-ci reprit conscience en grommelant :

« Qu'est-ce qui t'arrive ?

— Rien. C'est seulement qu'ils sont de nouveau sept ! Je viens de les compter. »

Henry se contenta d'émettre un vague grognement, bientôt suivi d'un ronflement sonore.

Le lendemain matin, c'est lui qui se réveilla le premier et qui secoua son compagnon pour le tirer du lit. Il était déjà six heures, mais le jour ne ferait pas son apparition avant encore trois bonnes heures. Dans l'obscurité, Henry se mit à préparer le petit déjeuner, tandis que Bill repliait les couvertures et apprêtait le traîneau pour le départ.

« Dis donc, Henry, demanda-t-il soudain, tu veux bien me rappeler combien de chiens nous avons ?

– Six !

– Eh bien, pas du tout ! annonça Bill d'un ton triomphant.

– Il y en a encore sept ?

– Non, cinq : il en manque un.

– Sacrebleu ! » s'exclama Henry d'une voix rageuse. Il laissa en plan ses préparatifs culinaires et se précipita vers les chiens pour les compter.

« Tu as raison, Bill, Fatty a disparu.

– Il a dû filer à toute vitesse et la fumée nous aura empêchés de remarquer son départ.

– Ce n'est vraiment pas de chance, commenta Henry. Sans doute qu'ils l'ont dévoré vivant. Je parie qu'il braillait encore en disparaissant dans le gosier de ces sales bêtes !

– Ce chien a toujours été un peu idiot !

– Peut-être, mais même le plus stupide des chiens ne l'est pas assez pour se suicider de la sorte ! » Il considéra le reste de l'attelage d'un œil scrutateur, essayant de jauger la personnalité de chaque animal. « Je suis certain qu'aucun des autres ne ferait une chose pareille.

– Même à coups de bâton, on n'arriverait pas à les éloigner du feu ! renchérit Bill. Moi, j'ai tou-

jours pensé que Fatty ne tournait pas très rond!»
Telle fut l'oraison funèbre d'un chien mort sur
les pistes du Grand Nord. Une oraison funèbre que
pourraient lui envier bien des chiens et beaucoup
d'hommes qui n'en ont même pas eu autant.

CHAPITRE II

LA LOUVE

Le déjeuner avalé et le matériel remis en place sur le traîneau, les deux hommes tournèrent le dos à la chaleur réconfortante du brasier et s'enfoncèrent dans l'obscurité. Leur départ fut aussitôt salué par un concert de hurlements, des hurlements déchirants qui se répondaient en s'entrecroisant dans la nuit et le froid. Puis ce fut le silence. La lumière du jour fit son apparition vers neuf heures. A midi, le ciel se teinta de rose vers le sud, là où les rayons du soleil atteignaient leur point culminant : au ras de l'horizon. Mais cette couleur s'estompa rapidement. La luminescence grisâtre qui persista ensuite déclina elle-même dès trois heures de l'après-midi, et de nouveau le manteau de la nuit boréale s'étendit sur ces terres de silence et de désolation.

Au fur et à mesure que l'obscurité s'épaississait, les appels de la meute en chasse se firent de plus en plus proches, à droite, à gauche et en arrière, provoquant de temps à autre de brusques mouvements de panique parmi les chiens du traîneau.

Comme les deux hommes remettaient une fois de plus l'attelage dans la bonne direction, Bill déclara :

« Je voudrais bien qu'ils tombent sur du gibier, quelque part. Ça les éloignerait et ils nous ficheraient la paix.

– C'est vrai qu'ils finissent par nous taper sur les nerfs », admit Henry.

Puis ils n'échangèrent plus une parole jusqu'à ce que le campement eût été établi.

Henry était en train de rajouter de la glace dans la gamelle où mijotaient des haricots, quand une exclamation de Bill le fit sursauter. Lui parvinrent simultanément un bruit de galopade et, parmi les chiens, un jappement de douleur. Il se redressa juste à temps pour apercevoir une forme indistincte qui, s'éloignant sur la neige, se fondit dans l'obscurité. Bill était debout au milieu des chiens, l'air à la fois triomphant et déconfit. Il tenait un gourdin dans une main et brandissait de l'autre les restes d'un saumon séché.

« Je n'en ai récupéré que la moitié, annonça-t-il. Mais l'autre a eu droit à une ration complète sur le museau ! Tu as dû l'entendre brailler.

– A quoi resemblait-il ? demanda Henry.

– Pas pu voir. Il avait quatre pattes, une gueule et des poils. On aurait dit un chien.

– A mon avis, c'est un loup apprivoisé.

– Drôlement apprivoisé, alors, pour qu'il soit capable de venir à l'heure de la soupe s'approprier une part de poisson ! »

Ce soir-là, après le dîner, tandis que les deux hommes fumaient leur pipe, assis sur la grande caisse de bois, les regards luisants s'approchèrent encore un peu plus.

« Si seulement ils pouvaient débusquer une bande d'élans ou de n'importe quoi, ils ficheraient le camp et ne s'occuperaient plus de nous », dit Bill.

Il n'obtint pour toute réponse qu'un grognement quelque peu excédé. Pendant le quart d'heure qui suivit, les deux hommes restèrent silencieux. Henry avait les yeux fixés sur les flammes et Bill observait le cercle des regards qui trouaient la nuit au-delà de la zone de lumière du brasier.

« J'aimerais bien qu'on soit en vue de Fort McGurry, juste maintenant, reprit Bill.

– Arrête un peu avec tes envies et tes jérémiades! explosa Henry. Tu as des aigreurs d'estomac. C'est ça qui te travaille. Alors, avale une cuillerée de bicarbonate, ça te calmera le tempérament et te rendra plus agréable à vivre! »

Au matin, Henry fut éveillé en sursaut par une bordée de jurons. Il se redressa sur un coude et vit son compagnon, debout au milieu des chiens de l'autre côté du brasier rougeoyant. Il levait les bras au ciel, le visage convulsé de fureur.

« Salut! lança Henry. Qu'est-ce qu'il y a encore?

– Frog est parti!

– Pas possible!

– Puisque je te le dis! »

Henry bondit hors des couvertures et se précipita vers les chiens. Il les compta soigneusement et se mit à son tour à maudire le Grand Nord qui s'acharnait contre eux.

« Frog était le plus costaud de la bande, fit remarquer Bill.

– Et pas idiot, celui-là! » ajouta son compagnon. Ce fut la seconde oraison funèbre en deux jours.

Après un morne petit déjeuner, ils attelèrent les quatre chiens restants au traîneau. Et la journée fut exactement semblable à celles qui l'avaient précédée. Sans échanger la moindre parole, les deux hommes progressèrent avec obstination à travers les étendues glacées. Le silence n'était rompu parfois que par les hurlements de leurs poursuivants toujours invisibles. Comme d'habitude, ceux-ci se rapprochèrent insensiblement dans l'après-midi, lorsque la nuit tomba. Les chiens recommencèrent à manifester leur frayeur par de brusques bousculades qui les jetaient hors de la piste et portaient à son comble l'exaspération de leurs maîtres.

« Voilà qui va vous obliger à rester tranquilles, les enfants ! » déclara Bill ce soir-là en se redressant pour contempler son travail avec satisfaction.

Henry abandonna la préparation du dîner pour venir voir. Non seulement son compagnon avait soigneusement entravé les chiens, mais il l'avait fait à la manière indienne, avec des bâtons. Il avait pourvu chaque animal d'un robuste collier de cuir auquel il avait attaché l'extrémité d'un bâton d'environ un mètre cinquante de long et dont l'autre bout était ligaturé à un pieu solidement planté dans le sol. Aucune des lanières de cuir de ce système ne se trouvait ainsi à portée des dents de l'animal qui était par conséquent dans l'impossibilité absolue de se libérer par lui-même.

Henry eut un hochement de tête approbateur.

« C'est le seul truc qui puisse retenir Qu'une-Oreille, dit-il. Il est capable de couper du cuir aussi facilement qu'un couteau et presque aussi vite. Ils seront tous là demain matin et en pleine forme.

– Tu peux être sûr qu'ils y seront ! renchérit Bill. Si jamais il en manquait un, je veux bien me passer de café !

– Ils ont dû comprendre que nous ne pouvions rien faire contre eux, fit remarquer Henry au moment où ils se couchaient, en montrant les petits points lumineux qui les entouraient. Il suffirait de deux ou trois coups de fusil pour les rendre plus prudents. Ils se rapprochent chaque nuit davantage. Détourne-toi de la lumière du feu et observe bien. Tiens, regarde! Tu l'as vu, celui-là? »

Les deux hommes s'amusèrent ainsi un certain temps à essayer de repérer les mouvements des silhouettes furtives aux limites de la zone lumineuse. En fixant le regard avec attention, là où une paire d'yeux luisants trouait l'obscurité, il était en effet possible de distinguer parfois la forme vague d'un animal, et même d'en suivre les déplacements.

Les deux hommes sursautèrent soudain en entendant du bruit du côté des chiens. Qu'une-Oreille poussait de petits jappements de fureur en tirant frénétiquement sur ses liens et en sautant de droite et de gauche pour tenter d'atteindre le bâton avec ses dents.

« Tu as vu ça, Bill? » chuchota Henry.

Dans la pleine lumière du foyer s'avançait avec une furtive souplesse un animal qui ressemblait à un chien. Il se déplaçait sans quitter les deux hommes du regard et son attitude dénotait tout à la fois de l'audace et de la méfiance. Avec des aboiements aigus, Qu'une-Oreille s'arc-boutait désespérément pour tenter de le rejoindre.

« Cet imbécile de Qu'une-Oreille n'a même pas l'air d'avoir peur, remarqua Bill à voix basse.

– C'est une louve, expliqua Henry sur le même ton. Et elle sert d'appât : les chiens la suivent et ensuite le reste de la meute n'a plus qu'à leur sauter dessus pour les dévorer. »

Le feu grésilla et une bûche roula de côté avec un crépitement sonore. A ce bruit, l'étrange animal fit un bond en arrière et disparut dans les ténèbres.

« Je pense à quelque chose, Henry, fit Bill.

— Et à quoi donc?

— Je me dis que c'est sans doute à lui que j'ai flanqué une rouste avec mon bâton.

— Ça, tu peux en être sûr.

— Et je voudrais te faire remarquer que sa connaissance des campements me paraît louche et contre nature.

— De toute évidence, il en sait beaucoup plus qu'un loup ordinaire, admit Henry. Et s'il est au courant du moment où l'on distribue la nourriture aux chiens, c'est parce qu'il en a lui-même l'expérience.

— Le vieux Villan a eu un chien qui s'est enfui avec les loups, dit Bill comme s'il réfléchissait à haute voix. J'en sais quelque chose : c'est moi qui l'ai abattu d'un coup de fusil au milieu d'une meute qui attaquait un troupeau d'élans, du côté de Little Stick. Et le vieux Villan en a pleuré comme un gosse. Il ne l'avait pas revu depouis trois ans, qu'il disait. Le chien était resté tout ce temps-là avec les loups.

— Je crois que tu as mis le doigt dessus, Bill. Ce loup est un chien qui a eu l'habitude de recevoir du poisson de la main de l'homme.

— Eh bien, si j'en ai l'occasion, ce loup qui est un chien deviendra bientôt de la viande froide! déclara Bill. Nous ne pouvons pas nous permettre de perdre d'autres bêtes.

— Mais tu n'as plus que trois cartouches, objecta Henry.

— J'attendrai de pouvoir le tuer à coup sûr. »

Le lendemain matin, Henry ranima le feu et prépara le petit déjeuner, avec, pour fond sonore, les ronflements de son camarade.

« Tu dormais de trop bon cœur, lui dit-il en le secouant quand tout fut prêt. Je n'ai pas eu le courage de te réveiller. »

L'air encore à moitié endormi, Bill se mit à manger. Il remarqua que son gobelet était vide et tendit le bras vers la cafetière. Mais celle-ci était hors de sa portée, de l'autre côté de son compagnon.

« Dis donc, fit-il d'un ton légèrement réprobateur, tu n'aurais pas oublié quelque chose? »

Henry eut un regard circulaire qui se voulait attentif et secoua la tête. Alors Bill tendit son gobelet vide.

« Non, tu n'auras pas de café! annonça Henry.

— Il s'est renversé? demanda Bill avec inquiétude.

— Pas du tout.

— Tu as peur que ce ne soit pas bon pour ma digestion?

— Pas du tout.

Le visage de Bill s'empourpra de colère.

« Alors, explique-toi! lança-t-il avec impatience.

— Crack a fichu le camp », répondit Henry.

Lentement, avec l'air résigné de celui qui sait encaisser les coups durs, Bill se retourna pour compter les chiens sans se lever.

« Comment est-ce arrivé? interrogea-t-il d'une voix blanche.

Henry haussa les épaules. « Mystère!... Qu'une-Oreille lui a peut-être rongé ses liens. Ce qui est

sûr, c'est qu'il n'aurait pas pu le faire lui-même.

– Le salaud! articula Bill avec lenteur et gravité, sans plus extérioriser la colère qui l'envahissait. Faute de pouvoir se libérer lui-même, il a libéré Crack.

– En tout cas, Crack n'aura plus de problèmes, maintenant. A l'heure qu'il est, il doit être en train de faire des galipettes dans le ventre d'une bonne vingtaine de loups. » Telle fut l'oraison funèbre du troisième chien.

« Un peu de café, Bill? » proposa Henry.

Mais l'autre fit signe que non.

« Allez, mon vieux! » encouragea Henry en prenant la cafetière.

Bill écarta son gobelet. « Je serais le dernier des derniers si j'acceptais. J'avais dit que je n'en prendrais pas si un seul chien manquait à l'appel et je ne me dédis pas!

– Il est pourtant fameux, ce café », insista Henry d'un ton alléchant.

Bill tint bon et avala son déjeuner sans boire, mais non sans proférer toutes sortes d'imprécations à l'adresse de Qu'une-Oreille et du sale tour que celui-ci leur avait joué.

« Je les attacherai à l'écart les uns des autres, ce soir », dit Bill au moment où les deux hommes reprenaient la piste.

Ils avaient à peine parcouru une centaine de mètres quand Henry, qui marchait en tête, se baissa pour ramasser un objet sur lequel venait de buter l'une de ses raquettes. Comme il faisait encore nuit, il ne pouvait rien voir, mais il comprit au toucher de quoi il s'agissait. Il le lança derrière lui et l'objet rebondit sur le traîneau avant d'aller atterrir aux pieds de Bill.

« Tu en auras peut-être besoin ce soir! » cria Henry.

Bill poussa une exclamation en reconnaissant tout ce qui restait de Crack : le bâton qui avait servi à l'attacher.

– Ils n'en ont pas laissé une miette, observa Bill. Même sur le bâton, il ne reste rien, pas la moindre trace d'une lanière de cuir. Ils doivent avoir une sacrée faim, Henry, et j'ai bien peur que nous soyons comme eux avant la fin de notre expédition. »

Henry eut un rire de défi. « Jamais encore je n'avais été traqué comme ça par des loups. Mais il m'est arrivé des tas d'histoires bien pires et je m'en suis toujours sorti. Il en faudrait tout de même plus que ce ramassis de sales bêtes pour venir à bout d'un type comme toi, fiston!

– Je me le demande, marmonna Bill d'un air lugubre.

– Eh bien, tu ne te le demanderas plus quand nous arriverons à McGurry!

– Non, décidément, je n'ai pas le moral, insista Bill.

– Tu n'es pas dans ton assiette, c'est tout. Ce qu'il te faut, c'est un bon remontant. Je te ferai un solide régime au quinquina, dès que nous serons à McGurry! »

Bill maugréa quelques protestations, puis finit par se taire. Et la journée fut semblable aux précédentes. La lumière fit son apparition à neuf heures. A midi, les rayons d'un soleil invisible embrasèrent fugitivement l'horizon vers le sud avant de laisser la place à une morne grisaille. Trois heures plus tard, il faisait nuit.

Ce fut juste après que le soleil eut vainement

essayé de se montrer que Bill alla récupérer le fusil sous le harnachement du traîneau et dit :

« Ne t'arrête pas, Henry, je vais voir si je peux faire quelque chose.

– Tu ferais mieux de ne pas t'écarter. Tu n'as que trois cartouches et l'on ne sait pas ce qui peut arriver.

– Qui est-ce qui fait des jérémiades ? » ironisa Bill.

Henry s'abstint de répondre et reprit seul la pénible progression. Mais il ne put s'empêcher de se retourner plusieurs fois pour scruter le paysage grisâtre où venait de disparaître son compagnon. Une heure plus tard, celui-ci le rejoignit à la faveur d'un détour que le traîneau avait dû effectuer.

« Ils se sont dispersés sur une très grande distance, dit-il. Ils vont continuer à nous suivre tout en essayant de lever d'autres proies. Tu vois qu'ils ne s'en font pas à notre sujet : ils savent qu'il leur suffit d'un peu de patience pour nous avoir. Alors, en attendant, ils en profitent.

– Un peu de patience pour nous avoir, c'est ce qu'*ils* croient », rectifia Henry d'un ton sarcastique.

Mais Bill ne releva pas. « J'en ai vu quelques-uns. Ils sont plutôt maigres. Cela doit faire des semaines, je parie, qu'ils ne se sont rien mis sous la dent, mis à part Fatty, Frog et Crack ; et sans doute d'ailleurs, que beaucoup d'entre eux n'ont même pas pu profiter de l'aubaine. Si tu voyais ce qu'ils sont maigres ! Ils ont les flancs comme des planches à laver et l'estomac creusé jusqu'à l'échine ! Ils sont à bout. Ils vont devenir complètement enragés, et ce sera le moment de se tenir à carreau. »

Quelques minutes plus tard, Henry, qui mar-

chait maintenant en serre-file, émit un léger sifflement pour attirer l'attention de son compagnon.
Celui-ci se retourna et fit aussitôt arrêter les chiens le
plus calmement possible. Assez loin en arrière, à un
détour de la piste, s'avançait sur leurs traces une
silhouette furtive à l'épaisse fourrure. Le nez au ras
du sol, la bête trottinait d'une démarche souple et
régulière. Quand ils firent halte, elle s'immobilisa
également et leva la tête pour les contempler fixement, la truffe palpitante, visiblement intéressée par
leurs odeurs.

« C'est la louve », chuchota Bill.

Les chiens s'étaient couchés dans la neige, et il
passa devant eux pour aller rejoindre son compagnon
à côté du traîneau. Côte à côte, ils examinèrent cette
inquiétante créature qui les poursuivait depuis des
jours et leur avait déjà fait perdre la moitié de leur
attelage.

Après un temps d'observation, l'animal fit quelques pas en avant, puis s'arrêta de nouveau. Il répéta
ce manège à plusieurs reprises et finit ainsi par se
retrouver à moins d'une centaine de mètres. Il se
tenait à proximité d'un bouquet d'arbres, la tête levée
en direction des deux hommes et du traîneau dont il
reniflait le fourniment. Il les regardait d'un air
pensif, comme le font les chiens, mais sans la moindre
lueur amicale. Ses pensées n'avaient visiblement pas
d'autre objet que la faim, et son regard était aussi
cruel que ses crocs, aussi glacé que le froid lui-
même.

C'était une bête de forte taille dont la silhouette,
en dépit de son extrême maigreur, dénotait une
robustesse supérieure à celle de la plupart des
loups.

« Elle doit bien faire dans les quatre-vingts centimères à l'épaule, estima Henry, et pas loin d'un mètre cinquante en longueur.

– Quelle drôle de couleur pour un loup! remarqua Bill. Je n'en avais encore jamais vu qui soit roux. Je dirais même qu'il tire sur le cannelle. »

En fait, l'animal n'avait pas du tout la couleur cannelle. Son pelage était semblable à celui des autres loups, c'est-à-dire plus ou moins gris. Mais il est vrai qu'il se teintait ici et là de fugitives nuances roussâtres. C'était un peu comme un tissu moiré qui donnait l'illusion de changer d'aspect selon l'incidence des regards et des mouvements, les poils gris prenant alors une tonalité vaguement rouge.

« On dirait tout à fait un gros chien de traîneau, dit Bill. Je ne serais pas étonné de lui voir remuer la queue!

– Salut, le chien! lança-t-il. Allez, viens ici, machin-chose!

– Elle n'a pas l'air impressionnée! » s'esclaffa Henry.

Bill agita la main d'un air menaçant et poussa de grands cris. Mais l'animal ne manifesta pas la moindre frayeur et c'est tout juste si l'on put déceler un vague regain d'attention de sa part. Il continuait de fixer les deux hommes de son regard impitoyable où se lisait sa faim. Il ne voyait en eux que de la viande et, s'il avait osé, il leur aurait sauté dessus pour les dévorer.

« Dis donc, Henry, fit Bill en baissant inconsciemment la voix pour faire part de ce qu'il méditait. Nous n'avons que trois cartouches. Mais une seule suffirait pour la tuer. On ne peut pas la manquer. Elle a déjà éliminé trois de nos chiens et il ne faut pas la laisser recommencer. Qu'est-ce que tu en dis ? »

Henry marqua son accord d'un hochement de tête. Bill sortit précautionneusement le fusil de son paquetage sur le traîneau et le leva pour l'épauler. Mais il n'eut pas le temps d'achever son geste, car la louve bondit aussitôt hors de la piste et disparut sous le couvert des arbres.

Les deux hommes se regardèrent d'un air entendu et Henry émit un long sifflement.

« J'aurais dû m'en douter, se reprocha Bill en remettant le fusil à sa place. Un loup qui en sait assez pour venir se mêler aux chiens à l'heure de la soupe n'ignore évidemment rien des armes à feu. Je t'assure, Henry, que cette bête est vraiment la cause de tous nos ennuis. Sans elle, nous aurions encore six chiens au lieu de trois. Je te garantis que je vais me la payer ! Elle est trop roublarde pour qu'on puisse la tuer à découvert. Mais je vais lui combiner un truc à ma façon. Et je la piégerai, aussi sûr que je m'appelle Bill !

– Ne va pas te perdre trop loin pour ça, recommanda son compagnon. Si la meute te prend en chasse, tes trois cartouches ne te serviront guère qu'à tirer une petite salve d'honneur pour marquer ton arrivée en enfer ! Ces animaux sont terriblement affamés et s'ils s'y mettent, ils ne te manqueront pas. »

Ils établirent le campement de bonne heure, ce soir-là. Trois chiens ne pouvaient faire avancer le traîneau aussi vite et aussi longtemps que six, et l'on sentait qu'ils étaient à bout de forces. Aussi, les deux hommes purent-ils se coucher plus tôt, non sans que Bill ait d'abord pris soin d'attacher les chiens à l'écart les uns des autres.

Mais les loups s'enhardissaient de plus en plus

et les hommes furent maintes fois tirés de leur sommeil. Ils approchaient si près que les chiens en devenaient littéralement fous de terreur. Et pour les tenir à distance, il fallait recharger le feu de temps à autre.

« J'ai entendu des marins parler des requins qui suivent les bateaux, dit Bill en se glissant sous les couvertures après être allé une fois de plus remettre un peu de bois dans le foyer. Eh bien, ces loups, ce sont les requins de la terre ferme. Ils connaissent leur affaire autrement mieux que nous. Et s'ils nous suivent, ce n'est pas pour se maintenir en forme! Ils finiront pas nous avoir. Ils finiront forcément par nous avoir, Henry!

– Ils t'ont déjà eu à moitié, à t'entendre parler comme ça! répliqua Henry avec brusquerie. Quand un homme dit qu'il est fichu, son compte est bon. A la façon dont tu prends les choses, tu n'en as plus pour longtemps!

– Ils sont venus à bout de types plus coriaces que toi et moi, répondit Bill.

– Oh, boucle-la un peu avec tes jérémiades, tu m'épuises! »

Henry se tourna sur le côté avec colère. Mais il fut surpris que Bill ne manifestât pas lui-même le moindre mouvement d'humeur. Ce n'était pourtant pas son genre car, d'habitude, il réagissait avec vigueur aux critiques. Henry y songea longuement avant de s'endormir. Et au moment de sombrer dans le sommeil, il se dit : « Pas de doute, Bill a un sérieux coup de cafard. Demain, il va falloir que je lui remonte le moral... »

CHAPITRE III

LE CRI DE LA FAIM

La journée commença plutôt bien. Ils n'avaient pas perdu de chien durant la nuit, et ce fut donc le cœur léger qu'ils reprirent la piste et s'enfoncèrent de nouveau dans le silence, le froid et l'obscurité. Bill semblait avoir oublié ses idées noires de la veille et se trouva même d'humeur à plaisanter avec les chiens quand, vers midi, l'attelage bascula dans un mauvais passage.

Ce fut une affreuse pagaille. Le traîneau était sens dessus dessous, coincé entre le tronc d'un arbre et un gros rocher. Il fallut libérer les chiens pour démêler leurs harnais. Les deux hommes étaient penchés sur cet embrouillamini, quand Henry remarqua le manège de Qu'une-Oreille qui s'éloignait silencieusement.

« Ici, n'Oreille ! » cria-t-il en se redressant pour s'élancer dans sa direction.

Mais l'animal le prit de vitesse et décampa aussitôt, ses courroies d'attache traînant sur la neige. Et en arrière, près des traces de l'attelage, la louve était là qui attendait. En approchant d'elle, le chien se montra brusquement plus circonspect. Il ralentit l'allure, n'avança plus qu'à petites foulées précautionneuses et finit par s'arrêter. Il la considéra d'un air hésitant et craintif mais avec une visible convoitise. Montrant ses dents en un rictus qui ressemblait davantage à un sourire engageant qu'à une menace, elle fit quelques pas dans sa direction, comme pour l'encourager, puis s'immobilisa. Alors Qu'une-Oreille reprit sa progression. Mais il restait sur ses gardes, la queue et les oreilles dressées, la tête pointée en avant.

Il voulut frotter son museau contre le sien, mais elle recula aussitôt, mi-joueuse, mi-effarouchée. A chaque nouvelle avance, la louve rompait d'une distance égale. Pas à pas, elle incitait ainsi le chien à s'éloigner insensiblement du voisinage de ses maîtres.

A un moment, comme pris d'un vague sentiment de danger, Qu'une-Oreille tourna la tête pour regarder le traîneau renversé, ses compagnons de harnais et les deux hommes qui l'appelaient.

Pourtant, le chien ne résista pas au manège de la louve qui s'avança vers lui, l'effleura fugitivement du museau, puis battit de nouveau en retraite.

Bill pensa aussitôt au fusil. Mais celui-ci était coincé au milieu de leur matériel sens dessus dessous. Et quand Henry l'eut aidé à mettre la main dessus, il n'était plus possible de tirer sans risquer d'atteindre le chien qui venait de rejoindre la louve.

Il était déjà trop tard quand Qu'une-Oreille prit conscience de son erreur. Avant même de comprendre pourquoi, les deux hommes le virent faire demi-tour et tenter de s'élancer vers eux. Alors, ils aperçurent, s'approchant perpendiculairement du traîneau pour lui couper la retraite, une dizaine de loups gris et décharnés qui bondissaient dans la neige. Instantanément, la louve abandonna ses attitudes effarouchées. Avec un grondement, elle sauta sur le chien. Celui-ci la repoussa d'un coup d'épaule et, faute de pouvoir rejoindre directement le traîneau, se mit à galoper tout autour en un vaste cercle désespéré. A chaque instant, d'autres loups surgissaient de plus en plus nombreux pour se joindre à la poursuite. Et sur les talons de Qu'une-Oreille, la louve menait sa propre traque.

« Où vas-tu ? » interrogea soudain Henry en saisissant le bras de son compagnon.

Bill se dégagea d'une secousse. « Pas question de les laisser faire, dit-il. Ils ne vont tout de même pas nous massacrer encore un autre chien. Je m'en occupe. »

L'arme à la main, il plongea dans les fourrés qui bordaient la piste. Ses intentions étaient évidentes. Il voulait se poster à la hauteur du cercle que Qu'une-Oreille décrivait autour du traîneau, attendre l'arrivée de la meute et tirer dans le tas. En plein jour, il avait une chance de briser la poursuite et de sauver le chien.

« Hé, Bill ! appela Henry. Fais attention. Ne prends pas de risques ! »

Il s'assit sur le traîneau pour observer ce qui allait se passer. Il ne pouvait rien faire d'autre. Bill avait disparu. Mais de temps à autre, Qu'une-Oreille apparaissait fugitivement entre les arbres et les broussailles. Henry jugea sa situation désespérée. Le chien lui-même était parfaitement conscient du danger. Ses poursuivants se maintenaient entre lui et le traîneau, galopant ainsi en un cercle beaucoup plus court. Aussi était-il difficile de croire qu'il parviendrait à les prendre assez tôt de vitesse pour les distancer

et pouvoir regagner l'attelage en leur coupant la
route.

Visiblement, les différentes trajectoires conver-
geaient vers un même point. Quelque part dans la
neige, derrière l'écran buissonneux de la végétation,
Henry comprit que la meute, le chien et Bill allaient
se rejoindre. Soudain, beaucoup plus tôt qu'il ne s'y
attendait, ce fut l'affrontement. Il entendit un coup
de feu, puis deux autres à de très courts intervalles et
il sut que Bill avait épuisé ses munitions. Il y eut
aussitôt un furieux concert de cris et de grognements.
Henry reconnut la voix de Qu'une-Oreille, hurlant
de douleur et d'épouvante, et celle d'un loup s'achar-
nant sur sa proie. Puis plus rien. Les grognements
cessèrent. Les gémissements s'éteignirent. Et tout
retomba dans le silence.

Henry demeura longtemps immobile sur le
traîneau. Il n'avait pas besoin d'aller voir ce qui
s'était passé. Il le savait aussi bien que si cela s'était
déroulé devant ses yeux. Il sortit un instant de sa
prostration pour se redresser précipitamment et récupérer la hache qui était enfouie sous le paquetage.
Puis il se rassit et resta encore de longs moments à
broyer du noir, les deux derniers chiens tremblant de
peur à ses pieds.

Il finit cependant par se lever avec effort, comme
si son corps avait perdu toute vitalité, et entreprit
d'atteler les chiens au traîneau. Il passa lui-même un
harnais par-dessus son épaule et se mit lui aussi à
tirer. Il ne fit pas une bien longue étape. Dès les
premières manifestations de la nuit, il se hâta d'établir un campement et s'assura une bonne provision de
bois. Il donna à manger aux chiens, se prépara un
dîner qu'il avala et installa son couchage le plus près
possible du feu.

Mais il ne devait guère profiter de son lit. Avant
même qu'il eût fermé les yeux, les loups firent leur
apparition, beaucoup trop près pour le laisser en
paix. Il n'avait aucun mal à les apercevoir. Ils
formaient un cercle étroit tout autour de lui et il les
distinguait parfaitement à la lueur du foyer, allongés,
assis, rampant sur le ventre ou déambulant de-ci
de-là. Il y en avait même qui dormaient, tranquillement couchés en rond dans la neige comme des chiens,
profitant d'un repos qui lui était désormais interdit.

Il attisa le feu au maximum car, il le savait,
c'était le seul moyen de maintenir la distance entre la
chair de son corps et leurs crocs affamés. Les chiens se
serraient contre ses jambes, un de chaque côté. Ils ne
cessaient de pousser des petits gémissements plaintifs
qui se transformaient en grondements désespérés
quand un loup s'approchait d'un peu trop près.

Ces grondements faisaient naître aussitôt une
intense agitation dans le cercle des assiégeants qui se
dressaient tous sur leurs pattes pour amorcer à leur
tour des tentatives d'intimidation accompagnées d'un
concert de cris et de grognements. Puis le tumulte
s'apaisait et quelques loups reprenaient leur somme
interrompu.

Mais à chacune de ces alertes, le cercle se
resserrait davantage. Centimètre par centimètre,
insensiblement, les loups se recouchaient toujours un
peu plus près du foyer, jusqu'au moment où ils
finissaient par ne plus avoir qu'un bond à faire pour
l'atteindre. Alors, l'homme saisissait des brandons
rougeoyants et les jetait à la volée sur les fauves. Il
s'ensuivait immanquablement une débandade confuse
d'où s'élevaient ici et là des plaintes et des cris rageurs

quand des animaux étaient atteints par les projectiles incandescents.

Au matin, l'homme était hagard, fourbu, les yeux cernés par le manque de sommeil. Il se prépara un déjeuner dans l'obscurité et, à neuf heures, quand l'apparition de la lumière dispersa les loups, il entreprit de mettre à exécution le projet qu'il avait eu le temps de méditer durant ses longues heures de veille. Il abattit des jeunes arbres et fabriqua une sorte de plate-forme rudimentaire qu'il amarra solidement à bonne distance du sol entre les hautes branches de quelques gros sapins. Puis en se servant des courroies de l'attelage et avec l'aide des chiens, il hissa le cercueil au sommet de cet échafaudage.

« Ils ont eu Bill et peut-être que j'y passerai aussi, mais tu peux être sûr, jeune homme, que toi, ils ne t'auront pas ! » dit-il quand le corps fut installé dans sa sépulture de feuillage.

Puis il reprit la piste, le traîneau allégé cahotant derrière les chiens. Les deux bêtes tiraient avec ardeur, comme si elles avaient compris que leur seule chance de salut était de gagner rapidement Fort McGurry. Les loups, maintenant, ne cherchaient même plus à se dissimuler. Ils trottaient paisiblement, un peu en arrière et de part et d'autre de l'attelage, la langue pendante, les côtes saillant sur leurs flancs maigres qui ondulaient à chaque mouvement. Ils étaient squelettiques, avec seulement la peau sur les os et les muscles tellement secs et décharnés qu'Henry se demandait par quel miracle ils parvenaient encore à tenir sur leurs pattes sans s'écrouler dans la neige.

Il n'osa pas continuer jusqu'à la nuit. A midi, le soleil embrasa fugitivement le ciel et montra même

une mince partie de son disque doré au ras de l'horizon. Henry interpréta cela comme un heureux présage : les jours rallongeaient, le soleil revenait. Mais il n'en fit pas moins halte dès la disparition des bienfaisants rayons. Il avait encore devant lui plusieurs heures de pâle lumière et de grisaille. Aussi en profita-t-il pour se constituer une énorme provision de bois.

Avec la nuit, l'horreur s'installa. Non seulement les loups affamés s'enhardissaient de plus en plus, mais il y avait aussi le manque de sommeil qui se faisait terriblement sentir. Henry finit par s'assoupir malgré lui, blotti près du feu, une couverture sur les épaules, la hache entre les genoux et les deux chiens serrés contre lui. Au moment où il s'éveilla, il aperçut, à quelques pas, un énorme loup, l'un des plus gros de la bande. Quand il la regarda, la bête se contenta de se redresser avec un bâillement de chien paresseux. Elle le fixait d'un œil calme, semblant le considérer froidement comme un repas qui se faisait simplement un peu attendre.

C'était d'ailleurs une certitude que partageaient visiblement tous les autres loups. Il en dénombra une bonne vingtaine qui l'observaient avec convoitise ou dormaient tranquillement dans la neige. Ils lui faisaient penser à des enfants rassemblés autour d'une table bien garnie et qui attendaient la permission de se servir. Et le repas qu'ils s'apprêtaient à déguster, c'était lui! Il se demanda comment et quand les agapes allaient commencer.

Comme il remettait du bois sur le feu, il eut, découvrant son propre corps en action, une bouffée d'émerveillement comme il n'en avait encore jamais éprouvé auparavant. Il contempla le jeu de ses muscles et s'intéressa particulièrement au mécanisme complexe de ses doigts. A la lueur du foyer, il les replia et les ouvrit à plusieurs reprises, l'un après l'autre, puis tous ensemble, tantôt les raidissant, tantôt les refermant d'un mouvement rapide. Il étudia l'implantation de ses ongles qu'il pressa contre l'extrémité de ses doigts, d'abord avec force, puis plus doucement, pour voir comment se diffusaient les sensations nerveuses. Fasciné, il fut rempli d'une brusque passion pour cette chair qui était la sienne et dont il admirait le fonctionnement harmonieux et délicat. Il jeta un coup d'œil effaré vers le cercle des loups qui l'entouraient de leur inquiétante expectative. Et l'idée le frappa brutalement que ce corps merveilleux, cette chair gorgée de vie n'était rien d'autre que de la viande, un vulgaire gibier pour des bêtes sauvages qui le déchiquetteraient de leurs crocs affamés pour s'en repaître, comme lui-même s'était repu de lièvres et d'élans.

Il émergea d'un assoupissement peuplé de cauchemars pour découvrir la louve aux reflets roux plantée devant lui. Elle était assise dans la neige à moins de deux mètres et le fixait d'un air intéressé. Les deux chiens se serraient contre lui en gémissant, mais elle ne leur accordait pas la moindre attention. Elle n'avait d'yeux que pour l'homme, et celui-ci soutint son regard. Elle ne manifestait aucune agressivité. Elle l'observait simplement avec une visible convoitise dont l'intensité, il le savait, n'exprimait rien d'autre qu'une faim dévorante. La bave dégoulinait le long de sa gueule entrouverte et elle se pourléchait les babines à l'avance.

Il eut un sursaut d'horreur et tendit le bras pour prendre un brandon. Mais, avant même qu'il eût

achevé son geste, elle bondit en arrière. De toute
évidence, elle était accoutumée à ce genre d'attaque.
En s'enfuyant, elle gronda et découvrit ses crocs
étincelants en un rictus haineux dont la férocité le fit
frissonner.

Il considéra la main qui venait de saisir le
brandon et apprécia la rigoureuse précision avec
laquelle les phalanges entouraient le bois en s'adap-
tant à ses moindres aspérités. Il fut surtout fasciné
par le petit doigt qui, se trouvant trop près de
l'extrémité incandescente, s'en était éloigné automatiquement pour aller se replacer un peu plus loin, là où
il faisait moins chaud. Au même instant, il eut
l'impression de voir ces mêmes doigts si adroits et si
délicats, broyés et mis en pièces par les dents blanches
de la louve. Il n'avait jamais été aussi intéressé par
son corps qu'en cet instant où la survie de ce dernier
paraissait si précaire.

Toute la nuit, il lui fallut lutter à coups de tisons
rougeoyants pour tenir à distance la meute affamée.
Et quand il lui arrivait de succomber, bien malgré lui,
au sommeil, les cris et les grognements des chiens le
réveillaient aussitôt. Enfin, ce fut le matin. Mais pour
la première fois, la lumière du jour ne dispersa pas les
loups. L'homme attendit en vain qu'ils s'en aillent.
Mais ils restaient là, en cercle autour de lui et de son
feu, et leur arrogante assurance réduisit à néant le
peu de courage qu'avaient fait naître en lui les
premières lueurs de l'aube.

Il fit une tentative désespérée pour reprendre la
piste. Mais à peine s'était-il éloigné du foyer qu'un
loup plus hardi que les autres sauta sur lui. Le bond
fut heureusement trop court et l'homme eut le temps
de reculer précipitamment tandis que les puissantes

mâchoires claquaient dans le vide à une vingtaine de centimètres de sa cuisse. Le reste de la meute arrivait à la rescousse pour se jeter également sur lui, et c'est seulement en lançant des brandons dans tous les sens qu'il parvint à repousser cette attaque.

Même quand il fit plein jour, il n'osa pas s'écarter des flammes pour aller couper du bois. A une vingtaine de mètres se dressait un gros arbre mort vers lequel il entreprit de rapprocher progressivement son feu. Il lui fallut la moitié de la journée avant d'y parvenir, des tisons toujours à la portée de la main pour se défendre. Et quand il eut enfin rejoint l'arbre mort, il réussit à l'abattre en direction du groupe de sapins qu'il pourrait atteindre le plus facilement pour renouveler par la suite son approvisionnement en bois.

La nuit fut exactement semblable à la précédente, sauf que le besoin de sommeil se faisait plus pressant. Les grognements des chiens n'avaient plus guère d'effet. Ils étaient devenus à peu près incessants et les sens engourdis de l'homme ne lui permettaient plus d'en percevoir les variations d'intensité. Il se réveilla en sursaut. La louve était à moins d'un mètre de lui. D'un geste mécanique, il saisit un brandon et n'eut qu'à tendre le bras pour le planter à bout portant dans la gueule grande ouverte. Avec un hurlement de douleur, la bête bondit en arrière en exhalant une odeur de chair grillée qui emplit l'homme d'une intense satisfaction. Elle se tenait maintenant à bonne distance et secouait la tête en grondant furieusement.

Cette fois, avant de s'assoupir, il s'attacha une branche de pin embrasée à la main droite. Ses yeux se fermèrent. Mais quelques minutes plus tard, quand les flammes approchèrent de sa chair, il fut réveillé par la brûlure. Pendant des heures, il persévéra dans cette méthode. Chaque fois qu'il était ainsi tiré de son sommeil, il repoussait les loups en leur lançant quelques brandons, puis il rechargeait le feu et se fixait une nouvelle branche allumée à la main. Tout se passa bien jusqu'au moment où il ne fut même plus capable de serrer suffisamment les liens autour de son poignet. Alors qu'il fermait les yeux, le morceau de bois enflammé s'échappa et tomba sur le sol.

Il rêva qu'il était à Fort McGurry. Bien au chaud et confortablement installé, il jouait aux cartes avec le courtier de la factorerie. Mais il lui sembla bientôt que le fort était assiégé par les loups. On les entendait s'acharner en hurlant contre les murs d'enceinte. Son partenaire et lui n'en continuèrent pas moins à jouer, n'interrompant la partie que de temps à autre pour tendre l'oreille et rire de ces vaines tentatives. Mais brusquement le tumulte s'amplifia, et la porte s'ouvrit d'un seul coup : les loups envahirent aussitôt la vaste salle commune du fort. Il les vit s'élancer sur lui et le courtier dans une clameur assourdissante, très vite insupportable. Son rêve parut se transformer... et c'est alors qu'il s'éveilla.

Les hurlements étaient bel et bien réels! Les loups se ruaient effectivement sur lui. Il en était littéralement submergé. L'un d'eux planta ses crocs dans son bras. Instinctivement, il sauta dans le feu tandis que d'autres dents acérées pénétraient dans la chair d'une de ses jambes. Un combat s'engagea, terrible et flamboyant : provisoirement protégé par ses moufles épaisses, il ramassait de pleines poignées de braises et les projetait dans toutes les directions, au point que le voisinage du foyer finit par ressembler à une sorte de volcan en éruption.

Mais cela ne pouvait guère durer. Son visage se couvrait de cloques, il n'avait plus ni cils, ni sourcils et ses pieds le brûlaient atrocement. Pourtant les loups avaient été repoussés. Un brandon dans chaque main, il s'aventura en bordure du foyer. Partout où les débris enflammés étaient tombés, la neige grésillait. Plusieurs avaient atteint leur but, à en juger par les cris plaintifs que poussaient certaines bêtes en s'enfuyant.

Après avoir lancé ses brandons sur les plus proches, il arracha vivement ses moufles et se mit à piétiner la neige pour calmer la douleur de ses pieds. Il constata la disparition des chiens et ne se fit aucune illusion sur leur sort : ils avaient complété le repas inauguré plusieurs jours auparavant avec Fatty, et dont il serait lui-même, sous peu, le plat de résistance.

« Vous ne m'avez pas encore ! » hurla-t-il avec rage en agitant le poing vers les bêtes affamées. Au son de sa voix, il y eut des remous et des grognements parmi les assiégeants. La louve se coula vers lui dans la neige, le fixant d'un inquiétant regard tout plein de convoitise.

C'est alors que lui vint un nouveau plan dont il entreprit la mise à exécution. Il élargit le feu en un vaste cercle au centre duquel il se coucha sur ses couvertures, afin de se protéger de l'humidité de la neige fondante. Dès qu'il eut ainsi disparu derrière son abri de flammes, toute la meute se rapprocha du brasier pour essayer de voir ce qu'il était devenu. Profitant de ce qui leur avait été interdit auparavant, les loups s'installèrent tout contre le feu dont la bienfaisante chaleur les faisait bâiller et s'étirer comme de grands chiens efflanqués. Alors la louve, pointant son museau en direction du ciel, se mit à hurler. Un à un, les autres se joignirent à elle, et de toute la meute s'éleva bientôt vers les étoiles une immense clameur de famine.

L'aube, puis le jour, firent leur apparition. Les flammes faiblissaient. Il fallait renouveler la provision de bois qui étaient entièrement consumée. L'homme voulut franchir la barrière embrasée, mais aussitôt, les loups se dressèrent devant lui. Quelques brandons les firent sauter de côté, sans toutefois les éloigner. Après de vaines tentatives pour les disperser, comme il se laissait tomber avec découragement au centre de son abri, un loup bondit vers lui, manqua son coup, et atterrit en plein milieu des braises. Il s'enfuit avec un hurlement de terreur, sautillant dans la neige pour tenter de calmer la brûlure de ses pattes.

L'homme, qui n'avait pas bougé pour autant, se recroquevilla sur lui-même. Assis, le corps cassé en deux, les épaules affaissées et la tête sur les genoux, il donnait tous les signes de la reddition. De temps à autre, il levait les yeux et voyait le feu s'affaiblir. Le cercle de flammes et de braises se fragmentait; s'ouvraient ici et là, dans la barrière rougeoyante, des brèches qui s'élargissaient progressivement.

« Je suis sûr que maintenant vous pouvez me sauter dessus n'importe quand, marmonna-t-il. De toute façon, moi, je vais dormir. »

Vint un moment où il émergea de son sommeil : il aperçut, par l'une des brèches, la louve qui le regardait fixement.

Il rouvrit les yeux peu après, persuadé d'avoir dormi des heures. La situation lui parut avoir changé, mais il était incapable de dire en quoi exactement. C'était une impression tellement bizarre qu'elle acheva de le réveiller. Il mit cependant encore plusieurs secondes avant de comprendre tout à fait : les loups étaient partis ! Il ne restait, de leur acharnement contre lui, que les innombrables empreintes de leurs pattes. Mais le sommeil reprit insensiblement le dessus, et sa tête venait de retomber sur ses genoux, quand il se redressa dans un brusque sursaut.

Des cris humains lui parvenaient, des bruits de traîneaux, avec des claquements de harnais et le halètement furieux de chiens en plein effort. Quatre attelages avaient quitté le lit glacé du fleuve et piquaient droit sur son campement au milieu des arbres. Il fut bientôt entouré par une demi-douzaine d'hommes qui le secouaient pour le faire sortir de sa torpeur. Il fixait sur eux le regard hébété d'un ivrogne, proférant d'une voix pâteuse d'incompréhensibles lambeaux de phrases.

« Louve rouge... les chiens... pour la soupe... elle a mangé la soupe des chiens... les chiens aussi, après... elle a mangé les chiens... et elle a mangé Bill...

— Où est Lord Alfred ? » brailla l'un des hommes contre son oreille en le bousculant sans ménagement.

Il secoua lentement la tête. « Non, elle ne l'a pas mangé. Il est perché dans un arbre, à l'étape précédente.

— Mort ? hurla l'homme.

— ... et dans une caisse, répondit Henry en reculant vivement son épaule pour échapper à l'emprise de celui qui l'interrogeait. Dis donc, toi, fiche-moi la paix !... Je suis complètement vanné... Bonne nuit, la compagnie ! »

Ses yeux papillotèrent, se refermèrent, et son menton bascula contre sa poitrine. Puis il s'écroula

sur les couvertures et des ronflements sonores s'élevèrent aussitôt dans l'air glacé.

Mais on pouvait entendre en même temps,
assourdie par la distance, la clameur de la meute
affamée des loups qui, faute d'avoir dévoré Henry,
venait de se lancer à la recherche de quelque autre
pâture.

CHAPITRE IV

LE COMBAT DES CROCS

La louve avait été la première à repérer le son des voix humaines et le halètement des chiens de traîneaux. Elle fut également la première à s'éloigner de l'homme pris au piège au milieu de son cercle de flammes déclinantes. Les autres loups se résignaient difficilement à abandonner la partie au moment où leur proie était enfin prête pour la curée. Aussi restèrent-ils plusieurs minutes à écouter, avant de se résoudre à s'éloigner sur les traces de la louve.

En tête galopait un grand loup gris, l'un des chefs de la meute. C'était lui qui menait la course pour rejoindre la femelle. Et si des jeunes manifestaient l'intention de le dépasser, il avait tôt fait de les rembarrer d'un grognement menaçant ou d'un coup de dent. Il accéléra l'allure dès qu'il aperçut la louve qui, maintenant, trottinait tranquillement dans la neige.

Elle vint se ranger à sa hauteur comme si c'était sa place habituelle et accorda son allure à celle de la meute. Parfois, elle semblait sur le point de prendre un peu d'avance, mais le grand mâle ne bronchait pas. Au contraire, il paraissait toujours bien disposé à son égard, trop bien disposé même au gré de la louve. Car

chaque fois qu'il l'approchait d'un peu près, c'était
elle qui grognait ou montrait les dents. Et même
quand elle allait jusqu'à le mordre à l'épaule, il ne
réagissait pas davantage. Il se contentait de sauter de
côté, puis de la distancer en quelques bonds mala-
droits, avec l'air déconfit d'un prétendant de village
qui se serait fait éconduire.

C'était le seul élément de contestation dont son
autorité eût à souffrir. La louve, en revanche, devait
faire face à plusieurs difficultés à la fois. Car un autre
loup, un vieux mâle borgne marqué des cicatrices de
nombreux combats, galopait également à côté d'elle, le
long de son flanc droit. Et s'il persistait à occuper
cette position, c'était sans doute parce que le seul œil
qui lui restait était le gauche. Lui aussi s'acharnait à
la serrer de près, en s'efforçant de frotter son museau
balafré contre son corps, son épaule ou son cou. Elle
accueillait ses avances à coups de dent, comme elle le
faisait sur sa gauche avec son autre prétendant. Mais
quand les deux mâles s'y prenaient en même temps,
c'était la bousculade, et elle avait fort à faire pour se
dégager en distribuant quelques morsures rapides de
part et d'autre, sans toutefois perdre l'équilibre ni la
direction de sa course. Par-dessus son échine, les deux
loups se montraient les dents avec des grondements
menaçants. Ils auraient pu se battre, mais la faim qui
tenaillait la meute passait bien avant les rivalités
amoureuses.

A chaque rebuffade, quand le vieux loup faisait
un écart pour esquiver les morsures de celle qu'il
convoitait, il allait donner de l'épaule contre un jeune
qui galopait du côté de son œil aveugle. Ayant à trois
ans atteint sa taille d'adulte, c'était un animal particulièrement robuste et endurant en comparaison des

autres membres de la meute affaiblis par la famine. Il se maintenait pourtant légèrement en retrait par rapport au vétéran. Et quand, par hasard, il lui arrivait de se retrouver à la même hauteur, le borgne le faisait aussitôt reculer d'un claquement de mâchoires. A l'occasion, cependant, il n'hésitait pas à passer derrière le vieux loup pour essayer de se glisser entre lui et la louve, ce qui provoquait immanquablement une double et même une triple réaction. Car les grognements irrités de la femelle alertaient le vieux borgne qui se retournait contre son jeune rival, bientôt imité par le grand loup gris.

Devant la menace de ces trois redoutables rangées de crocs, le jeune loup s'arrêtait pile pour se mettre en position de défense, l'échine arquée, les babines retroussées, le poil hérissé. Il en résultait une certaine confusion dans les rangs de la meute, les éléments de l'avant-garde venant buter contre leur compagnon arrêté et bientôt rejoints par les autres. Furieux de cette bousculade, tous s'en prenaient au responsable. Et ils se montraient d'autant plus hargneux que la faim décuplait leur férocité naturelle. Mais le jeune loup n'en persistait pas moins dans ses tentatives d'approche, bien qu'il n'en obtînt jamais d'autre résultat que de se faire sérieusement houspiller.

Si le manque de nourriture ne s'était pas fait si cruellement sentir, les approches amoureuses et les combats entre rivaux auraient rapidement dispersé la meute. Mais les loups étaient dans un état désespéré. D'une maigreur cadavérique, ils souffraient de la faim depuis trop longtemps et leur allure s'en ressentait. A l'arrière, traînaient les plus faibles, c'est-à-dire les plus vieux et les plus jeunes. On aurait dit une procession de squelettes. Et pourtant, ils poursuivaient leur course. A l'exception de ceux qui boitaient, ils paraissaient infatigables. Leurs muscles tendus semblaient animés d'une inépuisable énergie. A chaque contraction, ils devenaient durs comme l'acier, puis se relâchaient pour se contracter de nouveau, puis de nouveau encore et ainsi de suite, comme s'ils ne devaient jamais s'arrêter.

Ils parcoururent de nombreux kilomètres, ce jour-là. Ils continuèrent durant la nuit. Et au matin, ils avançaient toujours. Ils avançaient au sein d'un monde mort et glacé. Pas la moindre trace de vie ne se manifestait en dehors d'eux. Et c'était précisément pour lutter contre la mort ambiante qu'ils s'acharnaient à la recherche d'autres créatures dont ils se repaîtraient.

Ils franchirent à gué ou longèrent des douzaines de petits cours d'eau, nombreux dans cette région de basses plaines, avant d'être enfin récompensés de leur persévérance. Ils débusquèrent un élan, un gros mâle. Pour eux, c'était de la viande, c'est-à-dire de la vie. Et cette fois, aucun feu mystérieux, aucun projectile enflammé ne leur en interdisait l'approche. Les puissants sabots et les larges andouillers, ils connaissaient cela. Aussi usèrent-ils de leur tactique habituelle pour contourner patiemment leur proie, afin de la prendre contre le vent. Ce fut ensuite une mêlée rapide et sauvage. Le grand mâle fut assailli de toutes parts. A coups de sabots, il éventra des corps, défonça des crânes. Ses andouillers ravagèrent des chairs et brisèrent des os. Beaucoup de ses adversaires furent piétinés dans la neige. Mais il fut submergé par le nombre et finit par s'écrouler, la louve suspendue à sa gorge, fouaillé par des dizaines de crocs qui commencèrent à le dévorer vivant, avant même qu'il eût définitivement cessé de lutter et de souffrir.

Il y avait de la nourriture en quantité. L'élan pesait bien dans les quatre cents kilos, ce qui représentait une dizaine de kilos de viande pour chacun des quarante et quelques loups de la meute. Mais de même que ceux-ci étaient capables de supporter de très longs jeûnes, de même ils pouvaient faire preuve d'une extrême voracité. Et quelques os éparpillés furent bientôt les seuls vestiges de cette bête magnifique qui affrontait encore ses ennemis quelques instants auparavant.

Les loups pouvaient désormais dormir et se reposer tout à loisir. Les jeunes mâles, maintenant qu'ils avaient le ventre plein, recommençaient à se chercher querelle et leur effervescence ne cessa guère durant les quelques jours qui précédèrent le partage de la meute. La famine n'était plus à craindre dans cette région giboyeuse. Les loups n'en continuèrent pas moins à chasser en groupe, mais avec davantage de circonspection, en s'attaquant de préférence aux proies isolées, à des femelles pleines ou aux éléments les plus âgés des petites hordes d'élans qu'ils rencontraient.

Et puis vint le jour où, dans ce pays d'abondance, la meute se scinda en deux bandes qui prirent des directions différentes. La louve, flanquée à sa gauche du grand mâle gris et à sa droite du vieux borgne, entraîna sa meute réduite vers l'est, en direction du fleuve Mackenzie et de la région des lacs. Chaque jour, leurs rangs s'éclaircissaient. Mâles et femelles formaient des couples qui abandonnaient la petite troupe les uns après les autres. Parfois aussi, un vieux mâle solitaire se faisait chasser à coups de dent par ses rivaux. Finalement, ils ne furent plus que quatre : la louve, le grand loup gris, le borgne et le jeune obstiné de trois ans.

La louve faisait preuve d'une constante férocité à l'égard de ses trois prétendants qui portaient de nombreuses traces de ses dents. Aucun ne cherchait pourtant à riposter, ni même à se défendre. Ils encaissaient sans broncher ses morsures les plus douloureuses, puis essayaient de se concilier ses bonnes grâces en remuant la queue avec des attitudes affectées. Mais s'ils manifestaient pour elle une inaltérable gentillesse, ils se montraient, en revanche, d'une hargne sauvage les uns envers les autres. Le plus jeune, en particulier, ne parvenait plus à contenir sa téméraire agressivité. Il finit par sauter sur le borgne du côté où celui-ci ne voyait rien et lui lacéra l'oreille. Comme l'attestaient son œil perdu et les cicatrices de son museau, le vieux loup avait pour lui de longues années d'expérience. Il avait survécu à trop de bagarres pour tergiverser un seul instant.

Le combat, commencé loyalement, se poursuivit tout autrement. En effet, alors que rien ne le laissait prévoir, le troisième loup se joignit au plus âgé et tous deux firent cause commune pour éliminer le jeune présomptueux. Celui-ci fut assailli des deux côtés par les crocs impitoyables de ses anciens compagnons. La chasse, la famine, tout ce qu'ils avaient partagé et souffert ensemble était oublié, relégué dans le passé. A cet instant, seul l'instinct amoureux dictait sa loi, une loi plus impérative et plus cruelle encore que celle de la survie alimentaire.

Et pendant ce temps, la louve, qui était responsable de tout cela, se tenait paisiblement assise sur son derrière et observait. Elle était même satisfaite. Car

c'était son jour et cela n'arrivait pas si souvent, celui
où les crinières se hérissaient, où les crocs s'entrecho-
quaient et déchiquetaient des chairs pantelantes,
uniquement pour pouvoir la posséder.

Ce fut à cause de ce désir de possession qui
l'avait poussé à tenter pour la première fois sa chance,
que le jeune loup perdit la vie. De part et d'autre de
son cadavre, se tenaient les deux rivaux. Ils regardaient la louve qui était assise dans la neige et
semblait sourire. Mais le plus vieux en savait bien
davantage sur tout ce qui touche à l'amour et à la
violence. Le grand loup gris pencha la tête sur son
épaule pour lécher une plaie, découvrant ainsi sa
gorge à son rival. En dépit de son œil unique, celui-ci
ne laissa pas passer une telle occasion. Il bondit
aussitôt et referma ses mâchoires sur le cou offert.
Enfonçant profondément ses crocs dans la chair, il
ouvrit une large plaie et finit par atteindre une artère
qu'il sectionna. Puis, il sauta de côté.

Le grand loup gris poussa un grondement terrible qui tourna court pour faire place à une sorte de
toussotement convulsif. Perdant son sang en abondance, il était condamné. Il tenta de s'élancer sur son
adversaire, mais ses pattes se dérobèrent sous lui et il
s'effondra avant d'avoir atteint son but. Il lutta
faiblement, comme s'il voulait retenir cette vie qui lui
échappait. Sa vue se brouilla, sa respiration se fit de
plus en plus haletante.

Et pendant ce temps, la louve demeurait assise
sur son derrière, et souriait. Ce combat la remplissait
d'un bonheur confus, car il était, dans ce monde
sauvage, la manifestation naturelle de l'amour, l'un
des actes de cette grande tragédie du sexe, dont les
protagonistes ne ressentent le drame que s'ils y

trouvent la mort. Pour ceux qui en réchappent, c'est au contraire un extraordinaire moment de plénitude.

Quand le corps du grand loup gris eut définitivement cessé de bouger dans la neige, le borgne s'avança légèrement vers la louve. Son attitude triomphante se nuançait d'une certaine crainte. Il était persuadé qu'il allait au-devant d'une nouvelle rebuffade. Aussi fut-il extrêmement surpris de ne pas être accueilli par un coup de dent. Pour la première fois, la louve le laissa approcher avec bienveillance. Elle frotta son museau contre le sien, et alla même jusqu'à folâtrer joyeusement autour de lui comme un jeune chiot. Et lui, en dépit de son âge, de sa sagesse et de son expérience, se lança pareillement dans toutes sortes de folles gambades. Il avait déjà oublié ses rivaux vaincus et la tragédie dont la neige portait encore la trace sanglante. La mémoire ne lui revint qu'un court instant, quand il s'arrêta pour lécher ses plaies tuméfiées. Alors, il retroussa ses babines avec un grognement, ses poils se hérissèrent instinctivement et il se ramassa sur lui-même, les pattes crispées, comme s'il s'apprêtait à bondir. Mais cela ne dura guère et l'instant d'après, il s'élançait derrière la louve pour une insouciante course poursuite à travers la forêt.

Dès lors, ils allèrent de conserve, comme des amis liés par une parfaite connivence. Au fil des jours, ils ne se quittaient plus, toujours ensemble pour chasser, tuer et dévorer leurs proies. Puis la louve se mit à faire preuve d'une agitation de plus en plus fébrile. Elle avait l'air de rechercher quelque chose qu'elle ne parvenait pas à trouver. Elle manifestait un intérêt particulier pour les abris formés par les arbres

abattus et passait de longs moments à explorer les
crevasses remplies de neige et les grottes qui s'ouvraient au pied des rochers en surplomb. Cette quête
incessante n'éveillait pas le moindre intérêt chez le
vieux borgne. Il se contentait de suivre sa compagne
et de se coucher sur le sol pour l'attendre patiemment
quand elle s'attardait un peu trop quelque part.

Ne restant jamais au même endroit, ils traver-
sèrent toute la région jusqu'à ce qu'ils eussent regagné le Mackenzie. Ils suivirent alors le lit du fleuve et
ne s'en écartèrent qu'à l'occasion de brèves incursions
le long de ses affluents pour y traquer du gibier. Il
leur arrivait parfois de tomber sur d'autres loups,
généralement des couples. Mais ces rencontres ne
donnaient lieu à aucune manifestation amicale, ni
d'un côté ni de l'autre, à aucune velléité de rétablir
des relations durables et de reprendre une vie communautaire. Seuls les mâles solitaires se montraient
désireux de partager l'existence du borgne et de sa
compagne. Mais celle-ci avait tôt fait de les décourager : l'épaule rivée à celle du téméraire, le poil
hérissé, elle montrait les dents, et le prétendant
tournait rapidement casaque sans plus insister.

Une nuit de pleine lune, dans la forêt silencieuse,
le borgne s'immobilisa soudain. La queue raidie, le
museau levé, il dilata ses narines pour humer l'air.
Puis, il leva une patte comme le font les chiens
d'arrêt. Perplexe, il flaira de plus belle pour essayer
de déchiffrer le message qui lui parvenait. Un léger
reniflement avait suffi à renseigner sa compagne qui
continua sa route d'un pas alerte, comme pour le
rassurer. Il la suivit, mais n'en demeura pas moins
sur ses gardes et ne put s'empêcher de s'arrêter une
nouvelle fois pour analyser avec plus d'attention
encore ce que ses sens avaient intercepté.

La louve rampa prudemment jusqu'à la lisière d'une vaste clairière qui s'ouvrait au milieu des arbres. Elle demeura seule pendant un certain temps. Puis le borgne, se glissant au ras du sol, tous les sens en alerte, le poil frémissant d'une sourde inquiétude, finit par la rejoindre. Ils se retrouvèrent ainsi côte à côte en train d'observer, d'écouter et de sentir.

Leurs oreilles enregistraient toutes sortes de sons : des aboiements de chiens qui se prenaient à partie en se bousculant, de grosses voix d'hommes, des voix de femmes, plus aiguës, et même, un moment, le cri strident et plaintif d'un enfant. A l'exception de la silhouette massive de tentes en peau, ils ne voyaient pas grand-chose, sinon les flammes d'un feu devant lequel passaient parfois des formes humaines et la colonne de fumée qui s'élevait doucement dans l'air paisible. Mais leurs narines captaient les milliers d'odeurs d'un camp indien, des odeurs qui ne signifiaient rien pour le borgne, mais dont la louve pouvait interpréter les moindres détails.

Prise d'une étrange émotion, elle reniflait et reniflait encore avec un plaisir croissant. Mais le borgne restait mal à l'aise. Son inquiétude était manifeste et il commençait à ne plus tenir en place. La louve se tournait de temps à autre pour lui effleurer le cou de son museau dans un geste rassurant, avant de reprendre son observation. Toute son attitude exprimait la convoitise. Mais cette fois, la faim n'y était pour rien. Elle était submergée par une irrépressible envie de s'avancer en direction du feu, et d'aller se mêler aux bousculades des chiens en esquivant au passage les jambes des hommes.

A côté d'elle, le borgne trépignait d'impatience. Sa propre nervosité finit par reprendre le dessus et elle éprouva l'impérieux besoin de se remettre à la recherche de ce qu'elle voulait trouver. Elle fit demi-tour et s'enfonça de nouveau dans la forêt, au grand soulagement de son compagnon qui s'empressa de prendre les devants pour gagner l'abri des arbres.

Ombres furtives, ils s'éloignaient en silence dans le clair de lune, quand ils tombèrent sur une piste. Les empreintes étaient toutes fraîches. Le borgne se mit à les suivre avec circonspection, sa compagne sur les talons. Sous les larges coussinets de leurs pattes, la neige avait le moelleux du velours. Le regard du vieux loup fut brusquement attiré par une tache claire qui se déplaçait dans cet environnement laiteux. Son allure, qui paraissait déjà rapide, s'accéléra aussitôt. La tache à peine perceptible qu'il avait repérée se mit à sautiller devant lui.

Ils progressaient le long d'un étroit sentier bordé par d'épais taillis de jeunes sapins et qui débouchait au loin dans une clairière qu'illuminait la lune. Le vieux borgne gagnait rapidement du terrain. Chaque foulée le rapprochait davantage de la petite silhouette blanche. Il allait l'atteindre. Encore un bond et ses dents se refermaient dessus. Mais il ne fit jamais ce bond. Car brusquement, sa proie, en l'occurrence un lapin des neiges, se retrouva suspendue entre ciel et terre, cabriolant et se débattant frénétiquement hors de sa portée.

Le borgne sauta en arrière avec un frémissement de peur et se recroquevilla sur le sol en grondant d'un air menaçant devant ce phénomène inexplicable. Mais la louve, quant à elle, le contourna sans manifester la moindre émotion. Elle prit tout son temps pour s'assurer un point d'appui en équilibre, puis sauta vers le lapin. Elle s'éleva assez haut, mais ne parvint tout de même pas jusqu'à l'animal et ses dents claquèrent dans le vide avec un bruit métallique. Elle bondit de nouveau, puis une fois encore.

Le borgne avait retrouvé son sang-froid et s'était relevé pour observer la scène. Les tentatives infructueuses de sa compagne finirent par l'irriter, au point qu'il bondit à son tour dans une puissante détente. Ses dents se refermèrent sur le lapin qu'il amena au sol. Mais simultanément, il entendit un craquement inquiétant et vit avec stupéfaction qu'un jeune sapin venait de se courber vers lui, menaçant. Il lâcha aussitôt sa proie et recula précipitamment pour échapper à cette surprenante agression. Les babines retroussées, les poils hérissés par la colère et l'appréhension, il émit un grondement de gorge. Au même instant, le jeune sapin se redressa de toute sa hauteur et le lapin reprit ses cabrioles.

La louve laissa éclater sa fureur. De dépit, elle taillada d'un coup de dent l'épaule de son compagnon. Mais celui-ci, effrayé et surpris par cette attaque dont il ne comprenait pas la raison, regimba sauvagement, et sa riposte ensanglanta le museau de la louve. Cette fois, ce fut elle qui, se rebiffant, lui sauta dessus avec des grondements furieux. Conscient d'avoir été trop loin, il tenta de l'apaiser. Mais rien n'y fit. Il dut subir ses représailles en se contentant d'esquiver les coups comme il le pouvait, tournant en rond et levant la tête hors de sa portée, tandis que les morsures pleuvaient sur ses épaules.

Pendant ce temps, le lapin continuait ses acrobaties aériennes. La louve s'assit dans la neige, et le borgne qui, maintenant, craignait davantage sa compagne que le mystérieux sapin, bondit de nouveau. Il ramena sa proie au sol sans quitter des yeux le sapin. Et celui-ci, comme la fois précédente, se pencha dans sa direction. Les poils hérissés, le borgne s'aplatit dans l'attente du coup, mais sans desserrer les mâchoires. Le coup ne vint pas, le sapin resta immobile au-dessus de sa tête et bougea seulement quand lui-même esquissa un mouvement. Il gronda entre ses dents et estima qu'il valait mieux ne plus remuer. Pourtant il sentait dans sa bouche la chaude saveur du sang.

Ce fut la louve qui le tira de cette situation embarrassante. Elle s'empara du lapin dont elle entreprit calmement de ronger la tête, sans se préoccuper des soubresauts inquiétants de l'arbre. Et celui-ci, se relevant d'un seul coup, redevint inoffensif et reprit dans le paysage la position verticale que la nature lui avait originellement donnée. Puis la louve et le borgne se partagèrent ce gibier qu'un arbre avait si mystérieusement attrapé pour eux.

Ils découvrirent d'autres sentiers, d'autres passages où des lapins étaient suspendus au-dessus du sol. Ils les prospectèrent tous. La louve dirigeait les opérations. Le borgne la suivait, l'observait et apprenait ainsi à piller les collets, initiation qui allait lui être utile par la suite pour assurer sa subsistance.

Chapitre V

LA TANIÈRE

Pendant deux jours, ils rôdèrent aux alentours du camp indien. Ce voisinage rendait le borgne nerveux et inquiet, alors que sa compagne s'y plaisait visiblement et ne semblait guère disposée à s'en éloigner. Mais quand, un matin, l'air fut déchiré par une détonation toute proche et qu'une balle vint percuter un arbre à quelques centimètres au-dessus de la tête du vieux loup, ils n'eurent pas la moindre hésitation et détalèrent au grand galop. Ils eurent tôt fait de mettre quelques kilomètres entre eux et le danger.

Ils s'arrêtèrent au bout de deux jours. La louve éprouvait maintenant un besoin urgent de trouver ce qu'elle recherchait. Son corps s'était alourdi et son allure s'en ressentait. Il lui arriva même d'abandonner la poursuite d'un lapin qu'elle eût facilement rattrapé en temps ordinaire, pour s'allonger sur le sol et se reposer. Le borgne vint aussitôt vers elle. Mais quand il voulut l'effleurer de son museau, il fut accueilli par un féroce coup de dent dont la rapidité le prit de court au point qu'il bascula maladroitement en tentant de l'esquiver et se retrouva tout déconfit dans une posture grotesque. Elle devenait de plus en plus

agressive et son compagnon faisait preuve, en retour,
d'une patience et d'une sollicitude accrues.

Et puis elle découvrit enfin ce qu'il lui fallait. Ils
avaient quitté le lit du Mackenzie pour remonter le
cours gelé d'un de ses affluents. De sa source à son
embouchure, ce petit cours d'eau n'était alors qu'un
long bloc de glace figé entre ses deux rives. Ils avaient
déjà parcouru plusieurs kilomètres sur ce bras mort,
et la louve trottinait à bonne distance derrière son
compagnon, quand elle obliqua vers la berge qui
formait à cet endroit un haut surplomb argileux.
L'érosion consécutive aux orages printaniers et à la
fonte des neiges avait creusé la base de cette paroi au
point d'y pratiquer une petite grotte qui s'ouvrait par
une mince fissure.

La louve s'immobilisa devant cette étroite ouverture et en examina les abords, d'un côté, puis de
l'autre. Elle longea ensuite le surplomb dont la masse
abrupte contrastait avec les lignes plus douces du
paysage environnant. De retour devant la grotte, elle
se glissa dans la fissure. Elle fut d'abord contrainte de
ramper sur un peu plus d'un mètre, puis les parois
s'évasèrent en une petite caverne circulaire d'environ
deux mètres de diamètre où elle pouvait tout juste se
tenir debout. C'était sec et accueillant. Elle en fit une
inspection minutieuse sous l'œil attentif du borgne
qui avait fait demi-tour et s'était posté à l'extérieur
devant l'entrée. La tête baissée, elle parut fixer un
point imaginaire situé près de ses larges pattes et
tourna plusieurs fois autour. Puis ses membres se
détendirent, elle se laissa tomber sur le sol avec un
soupir épuisé, presque un grognement, et se roula en
boule, le museau en direction de l'ouverture. Le
borgne, les oreilles dressées, suivait son manège d'un

air intéressé et amusé. Sa silhouette se découpait dans la lumière laiteuse et la louve pouvait voir qu'il remuait la queue avec bonne humeur. Elle-même coucha ses oreilles en arrière, puis elle bâilla et laissa pendre mollement sa langue en signe de bien-être et de satisfaction.

Le borgne avait faim. Il se coucha devant l'entrée de la grotte et s'endormit d'un sommeil agité. Il se réveillait souvent, les oreilles frémissantes dans l'éclatante lumière d'un soleil d'avril qui faisait miroiter la neige. Et quand il somnolait, lui parvenait le léger murmure des eaux de ruissellement dont les invisibles cascades sollicitaient bientôt toute son attention, au point qu'il finissait par se redresser pour mieux entendre. Avec le retour du soleil, le Grand Nord renaissait à la vie. Et le vieux loup ressentait pleinement l'appel de cette intense palpitation qui habitait l'air printanier, la poussée végétale sous la neige, la montée de la sève dans les arbres, l'éclatement des bourgeons sur les branches encore poudrées de givre.

Il sollicita sa compagne du regard, mais sans qu'elle manifestât le moindre désir de se lever. Il considéra la nature environnante et vit passer une douzaine de perdrix des neiges. Il se redressa, jeta un dernier coup d'œil vers la grotte et se recoucha pour dormir. Un bourdonnement ténu traversa son sommeil. Une fois, deux fois, d'un geste machinal, il se passa la patte sur le museau. Puis il se réveilla pour découvrir un moustique solitaire qui tournoyait au ras de sa truffe. C'était un insecte de belle taille, l'un de ceux qui avaient dû passer l'hiver en léthargie dans un tronc mort avant d'être ranimé par la chaleur du soleil. Le vieux loup ne pouvait résister davantage à l'appel du monde. Et puis il avait faim.

Il rampa jusqu'à sa compagne pour tenter de la faire venir. Mais elle l'accueillit par des grognements et il partit seul dans le grand soleil. La neige fondante enfonçait sous ses pas et rendait sa progression difficile. Il se mit à remonter la rivière gelée en passant par les endroits où l'ombre des arbres conservait à la couche blanche toute sa cristalline dureté. Il ne revint que huit heures plus tard. Il faisait nuit et sa faim n'avait fait que croître. Il avait bien rencontré du gibier, mais n'avait rien pris. Chaque fois qu'il levait un lapin, il pataugeait jusqu'au ventre dans la neige fondante en essayant de l'atteindre et sa proie lui échappait avec une déconcertante agilité.

Il s'immobilisa devant l'entrée de la grotte dans un sursaut incrédule. Des sons étranges lui parvenaient de l'intérieur, des sons qui ne pouvaient être produits par la louve et qui, pourtant, lui rappelaient de vagues souvenirs. Il s'engagea prudemment dans l'étroit passage, or un grognement d'avertissement lui signifia aussitôt de ne pas s'approcher davantage. Il obtempéra sans renâcler, mais n'en demeura pas moins attentif à ce qu'il entendait : de faibles gémissements et de petits bruits de succion.

La louve gronda un peu plus fort. Alors, sans insister outre mesure, il se roula en boule devant l'entrée et s'endormit. Au matin, quand une lumière diffuse éclaira l'intérieur de la grotte, il en profita pour essayer de découvrir la source de ces sons bizarres qui éveillaient en lui de lointaines réminiscences. Il discerna une nuance nouvelle dans les grondements de sa compagne, une sorte d'agressivité possessive qui l'incita à demeurer à distance respectueuse. Il parvint cependant à distinguer, blottis entre les pattes de la louve, tout contre son ventre, cinq étranges petits paquets de vie, très fragiles, très vulnérables et qui émettaient un bruissement ténu sans parvenir à ouvrir leurs yeux à la lumière. Il était abasourdi. Certes, ce n'était pas la première fois qu'il vivait une semblable expérience. Au cours de sa longue et fructueuse existence, il avait eu souvent l'occasion de se retrouver dans une telle situation. Mais il en avait toujours éprouvé autant de stupéfaction.

La louve le fixait avec inquiétude en poussant de petits grognements qui se transformaient en un grondement sourd s'il faisait mine de vouloir la rejoindre. Sa propre expérience ne pouvait la renseigner sur ce qui se passait exactement. Mais son instinct, qui contenait en quelque sorte le savoir de toutes les mères louves qui l'avaient précédée, évoquait pour elle des pères dévorant leur progéniture sans défense. L'écho était si fort en elle qu'elle était prête à tout pour empêcher le borgne de venir regarder de plus près le fruit de sa paternité.

Il n'y avait pourtant aucun risque. Le borgne sentait monter en lui une impulsion irrésistible dictée elle aussi par l'instinct atavique de tous les pères des loups. Il ne cherchait pas à comprendre, ne se posait pas la moindre question. Il avait tout cela en lui, inscrit dans les fibres de son être. Et c'est le plus naturellement du monde qu'il obéit à cette loi impérieuse en tournant le dos aux siens pour se mettre en quête de nourriture et assurer ainsi leur subsistance.

A une dizaine de kilomètres de la tanière, la rivière se ramifiait en deux bras qui s'éloignaient perpendiculairement l'un de l'autre en direction des montagnes. Le vieux loup venait de s'engager dans le bras de gauche quand il tomba sur des empreintes toutes fraîches. Il les renifla et les jugea si récentes qu'il s'aplatit aussitôt, les yeux fixés vers l'endroit où elles disparaissaient. Puis il fit délibérément demi-tour pour gagner le bras de droite. Ces empreintes étaient beaucoup plus larges que celles de ses propres pattes, et dans leur voisinage, il n'aurait guère de chance de trouver du gibier.

Il avait parcouru moins d'un kilomètre sur le bras de droite, quand ses oreilles exercées perçurent un bruit de mastication. Il avança furtivement dans cette direction et découvrit un porc-épic qui se faisait les dents sur l'écorce d'un arbre. Il s'approcha en silence, mais sans se faire trop d'illusions. Il connaissait ces animaux bien qu'il n'en eût jamais rencontré aussi loin vers le nord et qu'il n'eût jamais pu en tuer un pour le manger. Mais il savait d'expérience qu'il fallait compter avec un élément indéfinissable, quelque nom qu'on lui donne : Hasard ou Opportunité. Aussi poursuivit-il son approche. Rien ne servait d'imaginer ce qui risquait d'advenir car, avec les vivants, tout peut arriver.

Le porc-épic se roula en boule, dardant ainsi dans toutes les directions de longues épines acérées pour décourager l'éventuel agresseur. Dans sa jeunesse, le borgne avait une fois reniflé d'un peu trop près l'une de ces grosses pelotes apparemment inerte. Une queue en avait brusquement surgi, le frappant en pleine face. Et pendant des semaines, un dard planté dans son museau lui avait fait endurer d'intolérables brûlures. Aussi se contenta-t-il de s'allonger confortablement sur le sol, le nez à une cinquantaine de centimètres de l'animal, mais hors de portée de sa queue. Puis il attendit sans bouger, prêt à toute éventualité. Quelque chose allait peut-être se passer. Si le porc-épic déployait son corps, il avait une chance d'atteindre d'un rapide coup de griffe la chair tendre du ventre ainsi offert.

Mais au bout d'une heure, il se leva, lança un grognement hargneux à l'adresse de la grosse boule et quitta les lieux. Il avait eu, dans le passé, suffisamment d'occasions d'attendre en vain qu'un porc-épic daignât se dérouler, pour perdre plus de temps. Il poursuivit sa remontée le long du bras droit de la rivière. La journée était déjà bien avancée, il n'avait toujours rien trouvé.

La voix impérieuse de son instinct paternel résonnait en lui avec une force accrue. Il devait absolument se procurer de la nourriture. Dans l'après-midi, enfin, il tomba sur un lagopède. Il sortait d'un fourré quand il se retrouva face à face avec ce volatile lourdaud qui se tenait sur un tronc abattu, à quelques dizaines de centimètres de son museau. Ils se découvrirent en même temps. Le lagopède voulut prendre son essor mais, d'un coup de patte, le loup l'intercepta et le projeta sur le sol. L'oiseau tenta de s'enfuir en clopinant dans la neige, mais il fut aussitôt rejoint et achevé. Dès qu'il eut enfoncé ses crocs dans la chair savoureuse, le borgne se mit à manger par réflexe. Puis il se souvint et fit demi-tour pour reprendre avec sa proie le chemin de la tanière.

Ombre silencieuse, il avançait de sa démarche souple et feutrée, attentif aux moindres détails de tout ce qui l'entourait. Environ quinze cents mètres avant la jonction des deux bras de la rivière, il aperçut de nouvelles empreintes exactement semblables à celles qui lui avaient fait rebrousser chemin le matin.

Comme elles s'éloignaient dans la même direction que lui, il les suivit, s'attendant à tomber d'un instant à l'autre sur l'animal qui avait ainsi marqué la neige de ses pas.

Alors qu'il franchissait un gros rocher, à un endroit où la rivière faisait une large courbe, il découvrit un spectacle qui le fit aussitôt s'aplatir sur le sol. La bête dont il avait suivi la piste était là. C'était une grande femelle de lynx, allongée dans une position identique à celle qui avait été la sienne plusieurs heures auparavant, et pour la même raison : elle surveillait une grosse boule hérissée de piquants. Plus léger qu'une ombre, il contourna furtivement la scène afin de se poster sous le vent des deux protagonistes immobiles et silencieux.

Dissimulé derrière les basses branches d'un petit sapin, il se coucha dans la neige après avoir déposé le lagopède à côté de lui. Et il se mit à observer ce jeu de la vie et de la mort dans lequel s'opposait la patience du lynx à celle du porc-épic. Chacun des deux adversaires aspirait pareillement à la vie. Et la règle du jeu avait ceci de singulier qu'il s'agissait pour l'un de manger l'autre, et pour l'autre de ne pas l'être. Quant au vieux loup, il espérait qu'un coup du sort ferait tourner les choses en sa faveur et lui apporterait non seulement la victoire, mais sa légitime part de vie.

Une demi-heure s'écoula, puis une heure. Il ne se passait toujours rien. La boule d'épines ne bougeait pas plus qu'une pierre. Le lynx avait l'immobilité d'une statue de marbre. Et le vieux loup aurait pu passer pour mort. Pourtant, les trois animaux étaient tendus à l'extrême. Et cette tension presque doulou-reuse manifestait par là même combien la vie bouillonnait en eux malgré leur apparente pétrification. Avec une attention accrue, le borgne se déplaça légèrement pour mieux voir.

Il se passait quelque chose. Le porc-épic avait fini par se convaincre que son ennemi n'était plus là. Lentement, prudemment, il commençaient à déployer se redoutable cuirasse. Il n'avait pas le moindre frémissement d'appréhension. Tout doucement, la grosse pelote épineuse se détendait, s'étirait. Le borgne, fasciné, sentit sa gueule s'emplir d'une brusque humidité et de la bave perla le long de ses babines, tant étant grande son excitation à la vue de cette chair palpitante qui s'offrait devant lui pour son régal.

Le porc-épic ne s'était pas encore déployé quand il découvrit le danger. Instantanément, le lynx frappa en un réflexe fulgurant. La large patte aux griffes acérées s'abattit sur le ventre délicat qu'elle déchira profondément avant de revenir rapidement en arrière. Si le porc-épic avait été entièrement détendu ou s'il n'avait pas découvert son ennemi une fraction de seconde avant l'attaque, celle-ci ne lui eût pas laissé le temps de réagir. Mais sa queue fouetta l'air d'un mouvement instinctif, plantant de nombreuses épines dans la patte qui se retirait.

Tout s'était déroulé en un éclair : l'attaque, la riposte, le cri d'agonie du porc-épic, le hurlement surpris et douloureux du grand félin. Très excité, le vieux loup s'était à demi redressé, les oreilles pointées en avant, la queue tendue et frémissante. Incapable de contenir sa fureur, le lynx se jeta sauvagement sur le responsable de ses blessures. Mais le porc-épic, qui gémissait faiblement en essayant de remettre en boule son corps disloqué, eut encore un mouvement instinctif de la queue. Et le grand félin poussa un nouveau cri de souffrance et de surprise. Il recula précipitamment avec des éternuements plaintifs et le museau hérissé de dards acérés, telle une monstrueuse pelote d'épingles. Il essaya frénétiquement de se débarrasser des féroces aiguillons avec ses pattes, enfonça sa tête dans la neige, la frotta contre les arbres tout en bondissant de droite et de gauche, fou d'angoisse et de douleur.

Le lynx éternuait sans arrêt et son tronçon de queue était agité de violentes secousses, comme s'il faisait de son mieux pour fouetter l'air. Puis il parut se calmer et demeura immobile pendant plusieurs minutes. Le borgne ne le quittait pas des yeux. Et c'est en réprimant un sursaut, ses poils se hérissant d'instinct le long de son échine, qu'il vit tout à coup le grand félin exécuter un énorme bond au-dessus du sol, dans un long et terrible hurlement, avant de s'élancer droit devant lui sans cesser de crier.

Les horribles cris commençaient seulement à s'estomper dans le lointain quand le borgne se hasarda sur la scène du drame. Il s'avança à petits pas précautionneux, comme si la neige était hérissée de piquants prêts à s'enfoncer dans les coussinets moelleux de ses pattes. Le porc-épic accueillit son approche par de furieux claquements de ses longues incisives. Il avait réussi à replier son corps, mais sans aller jusqu'à former une boule impénétrable comme auparavant, car ses muscles déchiquetés ne le lui permettaient plus. Il avait le ventre ouvert et perdait son sang en abondance.

Le borgne plongea sa gueule dans la neige rougie pour laper avec délice le mélange sanguinolent. C'était appétissant, et sa faim s'accrut d'autant. Mais il avait trop roulé sa bosse pour en oublier toute prudence. Il se coucha et attendit, cependant que le porc-épic grinçait des dents avec des grognements et des hoquets, y ajoutant parfois de petits gémissements aigus. Au bout d'un certain temps, le vieux loup remarqua que les piquants s'affaissaient avec des frissons spasmodiques. Les frissons s'arrêtèrent brusquement. Il y eut un dernier claquement de dents. Puis tous les piquants retombèrent, le corps se détendit et ne bougea plus.

D'un preste mouvement de sa patte pliée, le borgne acheva d'allonger le corps du porc-épic et le retourna sur le dos. Rien ne se passa. L'animal était certainement mort. Il l'observa un moment, puis le saisit fermement entre ses crocs et reprit sa descente de la rivière gelée, moitié portant, moitié tirant le cadavre, la tête penchée sur le côté pour éviter le contact avec les redoutables épines. Quelque chose lui revint à l'esprit et il laissa tomber le cadavre pour retourner à l'endroit où il avait laissé le galopède. Il n'eut pas la moindre hésitation. Il savait parfaitement ce qu'il convenait de faire, et il le fit en dévorant promptement le volatile. Puis il alla récupérer la dépouille du porc-épic.

Quand il fut de retour à la tanière, la louve examina le produit de sa journée de chasse, puis elle leva son museau et lui lécha légèrement le cou. L'instant d'après, elle l'incita de nouveau à s'éloigner de leurs petits, mais ses grognements avaient perdu de leur férocité habituelle et ressemblaient plus à une prière qu'à une menace. Elle sentait diminuer l'appréhension instinctive qu'elle avait éprouvée à l'encontre du vieux loup. Car celui-ci se comportait comme un père devait le faire, sans manifester l'envie de dévorer les jeunes vies qu'il avait contribué à mettre au monde.

Chapitre VI

LE LOUVETEAU GRIS

Il ne ressemblait pas à ses frères et sœurs dont la fourrure se nuançait de reflets roussâtres comme celle de leur mère. Car sur ce plan, il tenait plutôt de son père. Il était le seul petit loup gris de la portée. En fait, il avait hérité des véritables caractéristiques de l'espèce, c'est-à-dire qu'il était l'exacte réplique du vieux borgne, à cette différence près, toutefois, que ses deux yeux étaient intacts.

Et ses yeux, le petit loup gris ne les avait pas ouverts depuis bien longtemps qu'il était déjà capable de s'en servir pour observer avec une parfaite précision ce qui l'entourait. Auparavant, quand il n'y voyait pas encore, il avait appris à toucher, à goûter et à sentir. Il connaissait très bien ses deux frères et ses deux sœurs. Avec eux, il avait commencé à se livrer à toutes sortes de gambades chancelantes et maladroites, et même à se quereller, sa petite gorge faisant entendre alors, quand il lui arrivait de se mettre en fureur, de faibles raclements : ses premiers grognements. Et, bien avant d'avoir les yeux ouverts, il savait reconnaître par le toucher, le goût et l'odorat, sa mère, source de chaleur, de nourriture et de tendresse. Il aimait sa langue douce et caressante dont il ressentait les effets apaisants quand elle la passait sur son corps et l'incitait à ainsi se blottir contre elle pour s'endormir.

Le premier mois de son existence, il avait passé la majeure partie de son temps à dormir. Maintenant qu'il pouvait voir, il restait éveillé plus souvent et commençait à se familiariser avec son univers. C'était un univers obscur, mais il ne le savait pas, puisqu'il n'en connaissait pas d'autre. Faute de pouvoir comparer, il s'accommodait fort bien de la faible lumière qui y régnait. C'était de plus un univers minuscule, confiné entre les parois de la grotte, mais bien loin encore de soupçonner l'immensité du monde extérieur, il n'en éprouvait aucune angoisse particulière.

Très tôt, cependant, il avait remarqué que l'une des parois de son univers ne ressemblait pas aux autres. Il s'agissait de l'entrée de la grotte par où pénétrait la lumière. Il avait fait cette constatation avant même d'avoir une conscience cohérente de ses pensées et de ses désirs. Ses yeux n'étaient pas encore ouverts qu'il ressentait déjà une irrésistible attirance pour cette clarté qui, filtrant à travers ses paupières closes jusqu'aux nerfs optiques, faisait naître en lui de faibles pulsations accompagnées d'agréables miroitements chauds et colorés. Le souffle vital dont son être était animé dans ses moindres filtres, ce souffle qui en était l'essence même le poussait ardemment vers cette lumière tout comme la structure chimique d'une plante pousse celle-ci à se tourner vers le soleil.

Au tout début, avant les premières manifestations de sa pensée consciente, il se tournait sans cesse vers l'entrée de la grotte. Et sur ce plan, ses frères et sœurs ne différaient pas de lui. Jamais, durant la

même période, il ne leur arriva de se diriger sponta-
nément vers les recoins les plus sombres de leur
tanière. De même que des végétaux, ils étaient attirés
par la lumière car celle-ci était indispensable à
l'équilibre chimique de la matière vivante dont ils
étaient constitués. Et les petits corps aveugles ram-
paient instinctivement vers elle comme les vrilles
d'une vigne grimpante. Par la suite, quand se développa leur personnalité et qu'ils acquirent une conscience individualisée de leurs impulsions et de leurs
aspirations, cette fascination ne fit que croître. Rampant et culbutant les uns sur les autres, ils s'effor-
çaient perpétuellement d'approcher de la lumière, et
chaque fois, leur mère les ramenait en arrière.

Le petit loup gris apprit ainsi à ses dépens que
sa mère n'était pas seulement dotée d'une langue
douce et caressante. Ses reptations obstinées vers la
lumière lui valurent en effet de faire connaissance
avec un museau capable de lui administrer de sévères
bourrades et, plus tard, avec une patte qui le plaquait
au sol avant de le faire rouler à petits coups savam-
ment contrôlés. Il fit ainsi l'apprentissage de la
douleur. Et puis surtout, il apprit à l'éviter, d'abord
en faisant ce qu'il fallait pour ne pas s'y exposer, mais
aussi, quand il en courait le risque, en esquivant ou
en reculant. Il s'agissait là d'actions conscientes qui
étaient le fruit de ses premières réflexions raisonnées
sur son entourage. Auparavant, il réagissait machinalement à la douleur, de même qu'il se dirigeait
machinalement vers la lumière. Mais désormais,
c'était en connaissance de cause qu'il fuyait ce qui lui
était désagréable.

Le petit louveteau faisait preuve d'une certaine
férocité, tout comme ses frères et ses sœurs. Et cela

n'avait d'ailleurs rien de suprenant. C'était un carnivore. Il appartenait à une race qui tuait des animaux
pour se repaître de leur chair. Son père et sa mère ne
se nourrissaient que de viande. Le lait qu'il avait sucé
à ses débuts vacillants dans l'existence n'était qu'un
produit de transformation de cette viande. Et maintenant, à un mois, alors que ses yeux étaient ouverts
depuis moins d'une semaine, il commençait à manger
la viande proprement dite, par petites bouchées
prédigérées que la louve régurgitait pour lui-même et
ses frères. Tous cinq se pressaient contre elle et lui en
réclamaient sans cesse davantage.

Mais il dépassait en sauvage impétuosité le reste
de la portée. Il grognait plus fort que les autres et ses
accès de fureur étaient les plus terribles. C'est lui qui
sut avant tout le monde comment s'y prendre pour
culbuter un autre louveteau d'un habile coup de patte.
Il fut également le premier à refermer ses mâchoires
sur une oreille pour tirer et secouer son adversaire en
grondant. Et c'est lui qui donna à sa mère le plus de
mal pour tenir la portée à distance de l'entrée.

La fascination qu'éprouvait le petit loup gris
pour la lumière augmentait de jour en jour. Avec
obstination, il se lançait dans des expéditions vers
l'entrée de la grotte et se faisait chaque fois ramener
en arrière. Il ne savait évidemment pas qu'il s'agissait
d'une entrée. Il ignorait d'ailleurs tout de cette notion
elle-même, du fait qu'il pût y avoir des passages
permettant d'aller d'un endroit à un autre. Il ne
connaissait pas davantage l'existence d'autres endroits
et encore moins la façon de s'y rendre. Aussi, l'entrée
de la caverne n'était-elle pour lui qu'une paroi, une
paroi de lumière. Et cette paroi jouait dans son
univers un rôle aussi important que celui du soleil

pour ceux qui vivaient au-dehors. Elle l'attirait comme une chandelle attire les papillons de nuit. Inlassablement, il s'efforçait de l'atteindre. Le souffle vital qui bouillonnait en lui avec tant d'impétuosité le poussait sans répit vers ce mur de lumière. Car ce souffle vital savait qu'il faudrait franchir ce passage, le seul qui pourrait l'amener dans le monde extérieur. Toutefois lui-même ignorait jusqu'à l'existence de ce monde extérieur.

Il y avait tout de même quelque chose qui l'intriguait à propos de cette paroi de lumière. Il s'agissait de son père dont il avait déjà une conscience assez précise : il voyait en lui le seul autre habitant de leur univers, une créature semblable à sa mère, qui dormait près de la lumière et qui leur procurait de la nourriture. Or, son père avait l'étrange faculté de traverser le mur de lumière et de disparaître. Le louveteau gris n'y comprenait rien. Bien que sa mère l'eût toujours empêché d'atteindre cette paroi, il avait déjà eu l'occasion de se heurter aux autres et de constater ainsi qu'elles opposaient une brutale résistance à son museau. Et que cela faisait mal. Instruit par cette expérience, il évitait donc désormais de s'en approcher de trop près. Sans y réfléchir outre mesure, il considérait cette faculté de disparaître comme une caractéristique de son père au même titre que le lait et la viande prédigérée étaient des caractéristiques de sa mère.

En fait, le louveteau n'avait pas véritablement la capacité de réfléchir, du moins pas dans le sens où l'entendent les humains. Son cerveau fonctionnait de façon confuse. Et pourtant, il en obtenait des conclusions aussi claires et aussi précises que celles dont les hommes sont capables. Sa méthode consistait à admet-

tre les choses sans s'interroger sur leurs causes et leur
finalité. Il ne se préoccupait pas de comprendre le
pourquoi de ces choses, mais seulement de savoir
comment elles arrivaient. Ainsi, après s'être cogné
plusieurs fois le museau contre les parois du fond, il
en avait conclu qu'il ne pouvait pas passer au travers.
Mais il ne se souciait pas de découvrir la raison pour
laquelle il y avait une différence à ce sujet entre son
père et lui-même. Logique et physique n'avaient
aucune place dans ses structures mentales.

Comme la plupart des créatures de ces immen-
sités sauvages, les habitants de la caverne connurent
la faim. Non seulement la viande vint à manquer,
mais également le lait maternel. Au début, les louveteaux gémissaient et criaillaient, mais passaient le
plus clair de leur temps à dormir. Puis le manque de
nourriture les réduisit peu à peu à une sorte d'en-
gourdissement comateux. Finies les bagarres et les
culbutes, finis les accès de fureur et les ébauches de
grondements, finies aussi les tentatives d'escapades
vers la lumière. Les louveteaux ne faisaient plus que
dormir, et la flamme de vie dont ils étaient animés
commença à vaciller, menaçant de s'éteindre.

Le borgne était aux abois. Il se lançait dans des
expéditions de plus en plus lointaines et revenait
rarement prendre un peu de repos à la tanière qui
offrait un spectacle pitoyable. La louve elle-même
avait fini par quitter sa portée pour partir à son tour
en quête de gibier. Durant les premiers jours qui
avaient suivi la naissance des louveteaux, le borgne
était retourné plusieurs fois aux alentours du camp
indien pour y récupérer des lapins pris au collet.
Mais avec la fonte des neiges et de dégel des cours
d'eau, les Indiens s'en étaient allés et l'on ne pouvait
plus compter sur cette source de nourriture.

Quand le petit loup gris revint à la vie et commença de s'intéresser à nouveau au mur de lumière, il constata que les habitants de son univers étaient moins nombreux. Il ne lui restait plus qu'une sœur. Tous les autres avaient disparu. Et lorsqu'il eut repris suffisamment de forces, il dut se contenter de jouer seul, car sa sœur était incapable de se lever et de se déplacer. Alors que lui-même recommençait à grossir, pour elle, il était trop tard. Elle demeura plongée dans un sommeil léthargique, et sous la peau de son petit corps squelettique roulé en boule, la flamme de la vie brilla de plus en plus faiblement, et finit par s'éteindre pour toujours.

Puis vint le jour où le louveteau gris cessa de voir son père apparaître et disparaître par la paroi lumineuse et s'étendre dans l'entrée pour dormir. Ce fut vers la fin de la seconde et de la plus rude famine. La louve savait pourquoi son compagnon ne reviendrait jamais plus, mais elle n'avait aucun moyen d'expliquer au louveteau ce qu'elle avait vu. Elle était elle-même partie en chasse et remontait le petit affluent de gauche, là où vivait le lynx femelle, quand elle était tombée sur la piste du borgne. Ses empreintes dataient d'environ une journée. Elle les avait suivies et avait ainsi retrouvé le vieux loup ou du moins ce qui en restait. Le combat qui s'était déroulé là avait laissé de nombreuses traces. La louve remarqua également celles qu'avait laissées le lynx en regagnant sa tanière. Elle parvint même à repérer l'emplacement de cette dernière, mais ne chercha pas à s'en approcher, car tout indiquait que le grand félin devait s'y trouver.

Elle évita dès lors d'aller chasser le long du bras de gauche. Car elle avait compris que dans cette tanière, le lynx femelle avait des petits à protéger. Or, elle connaissait le tempérament agressif de cet animal ainsi que ses redoutables aptitudes au combat. Une demi-douzaine de loups pouvait facilement contraindre un lynx crachant de rage à se réfugier dans un arbre. Mais un loup solitaire n'avait rien à espérer d'un tel affrontement, surtout s'il avait affaire à une femelle prête à tout pour protéger sa progéniture.

Seulement, il fallait compter aussi avec les lois de la vie sauvage et avec l'instinct maternel dont les exigences ne sont pas moins impérieuses dans la nature qu'ailleurs. Et le moment allait bientôt venir où, pour la survie de son petit, la louve retournerait sur le bras de gauche et s'avancerait vers la tanière dissimulée dans les rochers afin de braver la fureur du lynx.

CHAPITRE VII

LA MURAILLE DU MONDE

Quand sa mère prit l'habitude de quitter la tanière pour aller chasser, le louveteau avait déjà parfaitement assimilé la règle qui lui interdisait l'approche de l'entrée. Et ce n'était pas seulement par crainte des coups de patte ou de museau, mais parce que l'instinct de peur commençait à se développer en lui. Jamais, au cours de sa brève existence à l'intérieur de la grotte, il n'avait rencontré quoi que ce fût dont il aurait pu éprouver de la peur. Et pourtant, celle-ci était en lui. Elle lui était venue, relayée par des milliers et des milliers de vies, du fond des âges. Il la tenait directement du borgne et de la louve auxquels elle avait été transmise par les générations de loups qui les avaient précédés. La peur! C'est le sceau indélébile de la vie sauvage, dont chaque animal doit être marqué, sans qu'il puisse jamais s'en débarrasser.

Le louveteau gris connaissait donc la peur, bien qu'il fût incapable d'en analyser la nature exacte. Sans doute l'acceptait-il comme l'une des contraintes de son existence. Car il avait appris qu'il lui fallait compter avec de telles contraintes. La faim, par exemple, il savait ce que c'était et quand elle ne pouvait être apaisée, il ressentait cela comme une contrainte. L'impitoyable obstacle formé par les parois de la grotte, les douloureux coups de museau et de patte prodigués par sa mère, le lancinant besoin de nourriture ressenti pendant plusieurs famines, tout cela lui avait fait comprendre que le monde n'était pas entièrement voué à la liberté, que la vie avait des limites et des obligations. Or, ces limites et ces obligations avaient force de loi et mieux valait s'y soumettre pour éviter les ennuis et tendre ainsi vers le bonheur.

Évidemment, il ne raisonnait pas à ce sujet comme l'eût fait un homme. Il opérait simplement une distinction entre tout ce qui était désagréable et tout ce qui ne l'était pas. Et en fonction de cela, il s'efforçait d'éviter ce qui était désagréable, les obstacles, les contraintes, afin de pouvoir profiter par ailleurs des avantages et des satisfactions de la vie. Ce fut donc par soumission, tant à la loi de sa mère qu'à l'autre, inconnue et sans nom : la peur, qu'il n'approcha plus de l'entrée.

Elle demeurait pour lui une blanche muraille de lumière. Quand sa mère n'était pas là, il passait le plus clair de son temps à dormir, et s'il était éveillé, il se tenait parfaitement tranquille, en réprimant les gémissements plaintifs qu'il sentait monter dans sa gorge.

Lors d'un de ces moments où il restait couché sans dormir, il entendit un son étrange en provenance du mur blanc. Un glouton venait de s'arrêter devant l'entrée, tout frémissant de sa propre hardiesse et reniflant avec prudence pour essayer de déterminer ce qu'il pouvait bien y avoir à l'intérieur de la grotte. Le louveteau n'en savait rien. Il fut seulement frappé par une odeur bizarre, une odeur indéfinissable, inconnue et par conséquent terrifiante, car l'inconnu est l'un des principaux constituants de la peur.

Les poils de son dos se hérissèrent, mais il ne bougea pas. Comment savait-il donc qu'il y avait lieu de se comporter de la sorte à l'égard de cette chose qui reniflait ? Son attitude ne pouvait être dictée par aucune forme de connaissance acquise, et pourtant elle était la manifestation évidente de la peur qui l'habitait et dont il n'y avait encore jamais eu d'équivalence dans sa propre vie. Et puis à cet instinct, s'en ajoutait un autre, celui de la dissimulation. Le petit loup était fou de terreur, mais il n'esquissa pas le moindre geste, ne proféra pas le moindre son et demeura figé, pétrifié dans une immobilité aussi absolue que s'il avait été mort. La louve, à son retour, gronda en décelant les traces du glouton, puis bondit à l'intérieur de la grotte où elle se mit à lécher son petit et à le caresser de son museau avec d'inhabituels débordements d'affection. Et le louveteau comprit qu'il avait dû échapper à quelque chose de très désagréable.

Mais d'autres forces bouillonnaient également en lui, notamment celle de la croissance, la plus active de toutes. L'instinct et la loi l'obligeaient à se soumettre. Mais la croissance le poussait à l'insoumission. Sa mère et la peur incitaient le jeune loup à se tenir à l'écart de la blanche muraille. Seulement la croissance c'est la vie, et toute vie aspire à la lumière. Aussi ne pouvait-il contenir bien longtemps ce puissant influx vital qui montait en lui et dont l'intensité augmentait avec chaque bouchée de viande qu'il avalait, avec chaque bouffée d'air qu'il inspirait. Et finalement, un beau jour, toute crainte et toute soumission balayées par l'irrépressible trop-plein, le louveteau se risqua en rampant vers l'entrée de la grotte.

A la différence de toutes les autres parois dont il avait eu l'occasion d'éprouver la solidité, celle-ci paraissait se résorber au fur et à mesure qu'il s'en approchait. Aucune surface dure ne percuta le tendre petit museau qu'il pointait prudemment devant lui. Cette paroi avait l'air constituée d'un matériau inconsistant comme la lumière. Aussi, trompé par les apparences, eut-il l'impression de pénétrer à l'intérieur de ce qu'il avait toujours considéré comme un mur et de se plonger dans la substance même dont celui-ci était formé.

Il était déconcerté. Voilà qu'il traversait la matière solide! Et la lumière devenait même de plus en plus éclatante. La peur l'incitait à rebrousser chemin, mais le bouillonnement de la vie le poussa en avant. Soudain, il se retrouva au-dehors, devant l'entrée de la grotte. Le mur à l'intérieur duquel il croyait se mouvoir s'était brusquement effacé devant lui pour faire place à une étendue incommensurable. La lumière l'aveugla cruellement. Il en ressentit comme un vertige. Tout aussi vertigineuse, d'ailleurs, était l'impression que lui procurait ce brutal et terrifiant déploiement de l'espace. Automatiquement, ses yeux finirent par s'accoutumer à la lumière et par se régler sur les vastes distances qu'ils embrassaient désormais. Un instant, le mur s'était effacé devant lui. Maintenant, il l'apercevait de nouveau. Mais il lui sembla étonnamment lointain, et son apparence même avait changé. C'était devenu un ensemble bigarré, comprenant les arbres qui bordaient le lit de la rivière, les montagnes qui surplombaient les arbres, et le ciel au-dessus.

Une terrible angoisse le saisit. L'inconnu prenait là de nouvelles dimensions. Il s'accroupit au débouché de la grotte et se mit à observer le monde qui l'entourait. Il avait vraiment très peur. Car l'inconnu, pour lui, était synonyme de menace. Les poils hérissés tout au long de l'échine, il retroussa ses babines sur une ébauche de grondement qui se voulait féroce. Par-delà son impuissance et sa frayeur, il lançait un défi et un avertissement à l'ensemble de l'univers.

Il ne se passa rien. Il continua d'observer avec un intérêt croissant, au point qu'il finit par en oublier de grogner. Et puis il en oublia aussi d'avoir peur. A la longue, le bouillonnement de la vie avait eu raison de ses craintes tout en excitant sa curiosité. Il commença à détailler ce qui était proche de lui : une partie de la rivière libérée par le dégel et qui miroitait au soleil, le tronc desséché d'un sapin mort près de la berge, et la berge elle-même qui descendait abruptement devant lui et s'arrêtait à moins d'un mètre en dessous de la grotte.

Jusqu'alors, le jeune louveteau avait toujours vécu sur un seul niveau. Il n'avait jamais éprouvé la douleur d'une chute. Il ne savait même pas ce qu'était une chute. Aussi fut-ce d'un pas assuré qu'il s'avança dans le vide. Et comme ses pattes de derrière étaient encore sur le rebord de la grotte, il bascula en avant, la tête la première. Le sol frappa son museau avec une violence qui lui fit pousser un glapissement. Puis il boula le long de la pente en une interminable dégringolade. Il était fou de terreur. L'inconnu avait fini par s'emparer de lui. Il le tenait d'une poigne sauvage et s'apprêtait à lui faire subir quelque horrible châtiment. Toute sa vitalité réduite à néant par une peur panique, il se mit à piauler comme n'importe quel chiot martyrisé.

Entraîné par l'inconnu vers il ne savait quel épouvantable traitement, il ne cessait de gémir et de crier. Cela n'avait plus rien à voir avec la peur paralysante suscitée par la menace diffuse d'un danger inconnu rôdant aux alentours. Cette fois, le danger inconnu avait brutalement fondu sur lui. Alors à quoi bon se taire ? De plus, le jeune loup était submergé par l'épouvante.

Vers le bas, toutefois, la pente s'atténuait progressivement pour s'achever dans l'herbe. Le jeune loup perdit peu à peu de la vitesse et finit par s'arrêter avec un dernier hurlement, long et plaintif. Puis, tout naturellement, comme s'il avait déjà eu l'occasion de faire sa toilette des milliers de fois auparavant, il entreprit de se lécher soigneusement pour éliminer la poussière argileuse dont il était maculé.

Après quoi, il s'assit afin de considérer ce qui l'entourait, comme pourrait le faire un homme débarqué sur la planète Mars. Le louveteau s'était forcé un passage à travers la muraille du monde. Il avait échappé à l'emprise de l'inconnu et se retrouvait là, sain et sauf. Mais un homme sur le sol martien eût été moins démuni que lui. Sans aucune notion préalable, sans avoir jamais pressenti que tout cela pût même exister, il était lancé à la découverte d'un monde dont il ignorait tout.

Dès lors qu'il avait échappé aux terribles maléfices de l'inconnu, il en oubliait jusqu'à leur existence. Il ressentait seulement une immense curiosité et s'en fut examiner de plus près ce qu'il apercevait : l'herbe devant lui, puis les plaques de mousse un peu plus loin, et le tronc desséché d'un sapin mort qui se dressait à la lisière d'un espace découvert. Un écu-

reuil qui contournait la base du tronc déboucha sous
son nez et lui causa une grande frayeur. Il s'aplatit
sur le sol en grondant. Mais l'écureuil, dont la
panique fut au moins égale à la sienne, grimpa
prestement dans l'arbre et se mit à jacasser avec
véhémence dès qu'il s'estima hors d'atteinte.

Le louveteau en fut rasséréné. Et même s'il
faillit détaler à la vue d'un pic-vert rencontré peu
après, il poursuivit son exploration avec assurance. Sa
confiance en lui était d'ailleurs telle qu'il n'hésita pas
à donner de la patte sur un geai qui avait eu
l'impudence de vouloir se poser sur lui. Cela lui valut
un bon coup de bec à la truffe qui le fit s'aplatir avec
des gémissements aigus. Affolé par un tel tapage, le
geai s'enfuit à tire-d'aile.

Le petit louveteau n'en faisait pas moins son
apprentissage. Confusément, son cerveau avait déjà
opéré une classification. Il y avait des choses animées
et d'autres qui ne l'étaient pas. Il comprenait en outre
qu'il fallait se méfier des premières. Les secondes
restaient toujours à la même place. Mais les choses
animées se déplaçaient et l'on ne pouvait pas prévoir
ce qu'elles allaient faire. De leur part, on devait
s'attendre à tout et se tenir sur ses gardes en
conséquence.

Il se déplaçait avec une extrême maladresse en se
cognant à toutes sortes de choses. Une branche dont il
avait mésestimé la portée se rabattait brutalement sur
son museau ou lui cinglait les côtes. Et puis il y avait
les inégalités du sol : tantôt il donnait du nez contre
une surélévation de terrain, tantôt il se tordait les
pattes, faute d'avoir pris suffisamment d'élan pour
franchir un obstacle. Il y avait également les cailloux
et les galets qui roulaient sous ses pieds quand il

marchait dessus. Il apprit ainsi que les objets inanimés n'avaient pas tous une stabilité aussi constante
que celle de sa grotte; ils découvrit en outre que les
plus petits étaient davantage enclins à tomber ou à
basculer que les gros. Chaque mésaventure enrichissait son expérience. Plus il avançait et mieux il se
débrouillait. Il ne cessait de faire des progrès. Il
apprenait à doser ses efforts, à connaître ses limites, à
évaluer les distances entre les objets, mais aussi entre
les objets et lui-même.

Il fut favorisé par la chance des débutants.
Destiné, bien qu'il l'ignorât, à vivre du produit de sa
chasse, il débusqua du gibier à deux pas de la grotte,
dès sa première incursion dans le monde extérieur.
Car ce fut tout à fait par hasard que sa maladresse lui
permit de découvrir un nid de lagopède, pourtant très
habilement dissimulé. En fait, il tomba dessus au sens
propre du terme. Il avait voulu s'engager sur le tronc
mort d'un sapin abattu, mais l'écorce pourrie avait
cédé sous ses pas. Basculant par-dessus la surface
incurvée avec un jappement de détresse, il plongea à
travers le feuillage touffu d'un buisson pour aboutir
au beau milieu d'une couvée de sept tout jeunes
lagopèdes.

Les poussins l'accueillirent par un tel tapage
qu'il en fut d'abord effrayé. Puis il s'enhardit en
constatant qu'ils étaient très petits. Ils bougeaient. Et
quand il posa une patte sur l'un d'eux, celui-ci s'agita
de plus belle. Il en ressentit un certain plaisir. Après
avoir reniflé sa victime, il la prit dans sa gueule où il
la sentit se débattre contre sa langue. Au même
instant, il éprouva le besoin de manger. Ses mâchoires
entrèrent en action. Il y eut des craquements d'os
brisés et la chaleur du sang lui envahit la bouche. Le

goût en était agréable. C'était de la nourriture
semblable à celle que lui procurait sa mère. Mais
celle-là était vivante entre ses dents et il trouva cela
bien meilleur. Il dévora donc le petit lagopède et ne
s'arrêta de manger que quand il eut fait disparaître
toute la nichée. Alors il se lécha longuement les
babines comme il l'avait vu faire à sa mère, avant
d'entreprendre de se glisser hors du buisson.

Un tourbillon de plumes l'assaillit. Frappé de
stupeur par la soudaineté de l'attaque, aveuglé par de
furieux battements d'ailes, il se protégea la tête entre
ses pattes avec des jappements aigus. Les coups
redoublèrent. La mère des petits lagopèdes était folle
de rage. Puis il se mit lui aussi en colère. Il se
redressa en grondant et balaya l'air de ses pattes. Il
parvint à planter ses petits crocs dans une aile et la
secoua sauvagement en tous sens. Le lagopède se
défendait en l'accablant d'une grêle de coups avec son
aile libre. Ce fut le premier combat du jeune loup. Il
exultait. Il en oubliait les menaces de l'inconnu. Plus
rien ne lui faisait peur. Il se battait, il déchiquetait
une chose vivante qui le frappait, une chose vivante
qui n'en n'était pas moins de la nourriture. Le goût
du carnage était emparé de lui. Il venait de détruire
de petites parcelles de vie. Il allait maintenant venir à
bout d'une créature beaucoup plus grande. Il était
trop occupé et son bonheur était trop intense pour
qu'il en eût seulement conscience. Il ressentait une
joie, une exaltation entièrement neuves et dont l'intensité dépassait tout ce qu'il avait connu auparavant.

Sans lâcher prise, il grondait entre ses mâchoires
contractées. le lagopède l'entraîna d'abord hors du
buisson. Mais quand il voulut le ramener à l'abri des

feuillages, le jeune loup s'y opposa fermement et le contraignit à demeurer à découvert. Le jeune volatile ne cessait de crier et de battre de l'aile dans un nuage floconneux de plumes blanches. L'excitation du jeune loup était à son comble. Toute l'ardeur combative de sa race bouillonnait en lui. C'était la vie, tout simplement, mais il n'en savait rien. Il suivait la voie qui devait être la sienne. Il remplissait le rôle qui lui était imparti : tuer pour se nourrir et se battre pour tuer. Il justifiait ainsi son existence et, par là même, réalisait une sorte de chef-d'œuvre. Car la vie atteint les sommets de la perfection quand elle peut donner le meilleur d'elle-même proportionnellement aux moyens dont elle dispose.

Au bout d'un moment, le lagopède cessa de se débattre. Immobiles sur le sol, les deux adversaires s'observaient. Le jeune louveteau, qui n'avait toujours pas relâché sa prise, émit des grondements qui se voulaient féroces et menaçants. En réponse, il fut gratifié de plusieurs coups de bec sur son museau qui, malheureusement, se trouvait déjà endolori par suite de sa précédente mésaventure. Il tressaillit, mais ne desserra pas les mâchoires. Les coups reprirent de plus belle. En gémissant, il recula pour tenter de s'y soustraire, mais sans réaliser que, faute de lâcher prise, il entraînait son tortionnaire à sa suite. Et les coups redoublèrent sur son museau tuméfié. Alors son ardeur combative l'abandonna. Il libéra sa proie, fit demi-tour et, en une retraite peu glorieuse, décampa.

Franchissant l'espace découvert où il se trouvait, il alla se coucher à la lisière des premiers taillis pour se remettre de ses émotions, la langue pendante, le souffle court, le museau traversé d'élancements dou-

loureux qui lui arrachaient de petits gémissements. Il
fut soudain envahi par l'impression angoissante
qu'une terrible menace pesait sur lui. La peur de
l'inconnu reprenait le dessus avec tout son cortège
d'épouvante, et le jeune loup recula instinctivement
pour se mettre à l'abri des feuillages. Au même
instant, il y eut comme un déplacement d'air et un
corps puissant aux ailes déployées le frôla, silencieux
et sinistre. Tombé tout droit de l'azur, un faucon
venait de le manquer de peu.

Recroquevillé dans le buisson où il se remettait
de ses frayeurs, le jeune loup suivait des yeux la
femelle lagopède qui voltigeait autour de son nid
dévasté, de l'autre côté de l'immense clairière. Le
massacre de sa nichée la rendait insensible au danger
qui planait au-dessus de sa tête. Le louveteau observa
le drame qui suivit, et ce fut pour lui un avertissement, et une leçon. Il vit le plongeon fulgurant du
faucon, la brève palpitation de ses ailes au-dessus du
sol, le choc des serres sur le corps du lagopède qui
poussa un glapissement de terreur et d'agonie, puis
l'essor irrésistible du rapace remontant vers l'azur
avec sa proie.

Le jeune loup attendit longtemps avant de se
hasarder hors de son abri. Il avait beaucoup appris.
Les choses vivantes étaient de la viande. Elles étaient
bonnes à manger. Seulement, à partir d'une certaine
taille, elles pouvaient être dangereuses. Aussi valait-il
mieux pour se nourrir en choisir de petites, comme les
poussins, plutôt que des grosses comme la femelle
lagopède. Une sorte d'exigence intérieure refusait
néanmoins de le laisser en paix, il le sentait : c'était
un vague besoin d'affronter de nouveau le fameux
lagopède. Malheureusement, le faucon l'avait empor-

té. Mais peut-être y en avait-il d'autres. Il fallait aller voir.

Il descendit jusqu'à une berge escarpée et s'arrêta devant la rivière. Jamais encore il n'avait vu de l'eau. Ce terrain qui ne présentait pas la moindre aspérité lui parut idéal pour la promenade. Il s'y engagea donc d'un pas résolu... et s'enfonça en hurlant de terreur, saisi une nouvelle fois par l'étreinte de l'inconnu. Le froid le fit hoqueter. Sa respiration s'accéléra. L'eau remplaça dans ses poumons l'air auquel il était habitué. A demi asphyxié, il se sentit mourir. Certes il n'avait pas une conscience précise de ce qu'était la mort, mais, comme toutes les bêtes sauvages, il la connaissait d'instinct. Elle représentait à ses yeux la plus insupportable des épreuves, l'inconnu par excellence, autrement dit quelque chose de redoutable par-dessus tout : la suprême et inimaginable catastrophe susceptible de lui arriver.

Il refit surface, et une merveilleuse goulée d'air s'engouffra dans sa gueule ouverte. Il ne replongea pas. Aussi naturellement que s'il renouait avec une vieille habitude, il agita ses pattes en tous sens et se mit à nager. La rive la plus proche était à moins d'un mètre. Mais comme il lui tournait le dos, ce fut l'autre qu'il aperçut : il s'y dirigea aussitôt. La rivière s'évasait à cet endroit pour former un bassin de retenue qui atteignait une bonne demi-douzaine de mètres de large.

A mi-parcours, le jeune loup fut entraîné par le courant jusqu'à l'extrémité du bassin où s'amorçait une série de petits rapides. Il se trouva bientôt dans l'impossibilité de nager. L'eau paisible s'était brusquement mise en fureur. Tantôt aspiré vers le fond, tantôt rejeté à la surface, il fut pris dans de violents remous qui ne cessèrent de le faire tournoyer, de le culbuter cul par-dessus tête en le projetant au passage contre des rochers. Chaque fois qu'il heurtait l'un d'eux, il poussait un jappement de douleur : à l'entendre on eût pu facilement les dénombrer.

En aval du rapide, s'étalait un second bassin où le louveteau fut pris par un contre-courant qui l'entraîna doucement vers la berge et le déposa au bord d'une plage de graviers. Il rampa frénétiquement pour se mettre au sec et se coucha sur le ventre. Son apprentissage du monde venait de s'enrichir d'une nouvelle expérience. L'eau n'était pas vivante. Pourtant, elle bougeait. De plus, si elle avait l'air solide comme la terre, elle était dépourvue de consistance réelle. Il en conclut que les choses n'étaient pas toujours ce qu'elles paraissaient être. Sa crainte de l'inconnu découlait d'une expérience congénitale qui se trouvait maintenant renforcée par l'expérience acquise... Désormais, il aurait un doute permanent sur l'exacte nature des choses quelle que fût leur apparence. Il devrait en déterminer par lui-même la véritable réalité avant de pouvoir s'y fier.

Une autre aventure l'attendait ce même jour. Parmi les choses qu'il connaissait, une, singulièrement, lui était revenue en mémoire : sa mère. Et le sentiment qu'il avait besoin d'elle plus que de n'importe quoi l'envahit. Tout ce qui venait de lui arriver avait non seulement épuisé son corps mais son jeune cerveau. Il en avait plus fait au cours de cette seule journée que durant toutes celles qui s'étaient écoulées depuis sa naissance. En outre, il avait sommeil. Aussi, brusquement saisi par une oppressante sensation de faiblesse et de solitude, se mit-il tout de suite en quête de la grotte et de sa mère.

Il se glissait au milieu des fourrés quand il entendit un cri aigu et menaçant. Un éclair jaune attira son regard et il vit une belette sauter prestement hors de sa portée. Il s'agissait d'une petite chose, et il n'en éprouva aucune frayeur. Puis il découvrit devant lui, juste à ses pieds, un autre être vivant, beaucoup plus petit encore. C'était, à peine longue de quelques centimètres, une autre belette qui avait comme lui échappé à la vigilance de sa mère pour partir à l'aventure. Elle tenta de s'enfuir, mais, d'un coup de patte, il la retourna. Elle émit aussitôt un petit bruit étrange de crécelle et, au même instant, l'éclair jaune réapparut. De nouveau le louveteau entendit le cri menaçant, puis quelque chose le frappa au cou et il sentit les dents de la belette pénétrer dans sa chair.

Tandis qu'il battait précipitamment en retraite avec des jappements plaintifs et des gémissements, il vit la belette bondir sur son petit et disparaître avec lui dans le plus proche buisson. La blessure de son cou lui faisait mal, mais ce qui le torturait au plus profond était encore moins supportable. Il s'assit en geignant faiblement. Comment cette belette minuscule pouvait-elle être aussi sauvage ? Il ne savait pas encore que, pour sa taille et son poids, c'était le plus féroce, le plus vindicatif et le plus redoutable de tous les tueurs du Grand Nord. Or il n'allait pas tarder à le découvrir à ses dépens. Il gémissait encore quand la belette refit son apparition. Son petit maintenant en lieu sûr, elle ne se jeta pas sur lui. Elle avança avec prudence dans sa direction, et le louveteau put considérer à loisir son corps mince et sinueux, sa tête dressée au profil effilé comme celui d'un serpent. En l'entendant pousser son cri aigu et menaçant, il sentit se hérisser les poils de son dos. Il gronda. Pas à pas

elle approchait. Mais tout à coup le bond qu'elle fit
fut tellement rapide qu'elle échappa totalement à son
regard inexpérimenté. La petite silhouette jaune
disparut brusquement de son champ de vision. Mais,
presque simultanément, elle se retrouva suspendue à
sa gorge, ses dents enfouies dans sa fourrure et dans
sa chair.

D'abord, il grogna et voulut se battre. Mais il
n'était qu'un tout jeune louveteau lancé pour la
première fois dans le monde. Ses grognements devinrent des cris plaintifs et son ardeur à combattre fit
place à des efforts désespérés pour se dégager. La
belette tenait bon. Agrippée à son adversaire, elle le
fouaillait de ses dents pour atteindre la grosse veine
où bouillonnait le flux de la vie. La belette est une
buveuse de sang et c'est de préférence à la gorge que
son instinct la pousse à le rechercher.

Le jeune louveteau serait mort et son histoire
aurait pris fin ici, si sa mère n'avait brusquement
surgi des fourrés. La belette relâcha aussitôt sa prise
pour se jeter à la gorge de la louve. Elle manqua sa
cible, mais demeura suspendue à sa mâchoire. La
louve secoua la tête en tous sens, fouettant l'air avec
violence, et finit par projeter le petit corps jaune
au-dessus d'elle. Avant même d'être retombée au sol,
la belette fut happée au passage et broyée à mort par
les crocs puissants.

Cette fois encore, le louveteau eut droit à toutes
sortes de démonstrations affectueuses de la part de sa
mère. Celle-ci paraissait encore plus joyeuse que lui
de ces retrouvailles. Elle le flattait de son museau, le
caressait, léchait les plaies laissées par les dents
ennemies. Ensuite, quand ils se furent partagé la
dépouille de la buveuse de sang, ils regagnèrent tous
deux leur tanière pour dormir.

CHAPITRE VIII

LA LOI DE LA VIANDE

Le louveteau fit de rapides progrès. Il se reposa pendant deux jours, puis s'aventura de nouveau hors de la caverne. Au cours de cette expédition, il tomba sur la jeune belette dont il avait contribué à dépecer la mère, et lui fit subir le même sort qu'à cette dernière. Mais cette fois, il ne se perdit pas. Quand il se sentit fatigué, il sut retrouver son chemin et revint à la caverne pour y dormir. Dès lors, il partit ainsi chaque jour pour des pérégrinations de plus en plus lointaines.

Il commençait à se faire une idée assez précise de ses possibilités et de ses limites, à savoir quand il pouvait aller de l'avant, et quand il valait mieux se montrer prudent. En fait, il jugea plus pratique d'agir constamment avec précaution, sauf dans les rares occasions où il se sentait suffisamment sûr de lui pour pouvoir donner libre cours à ses accès de fureur et à ses impulsions.

Il devenait fou de rage chaque fois qu'il débusquait un lagopède isolé. Et les criailleries de l'écureuil qu'il avait rencontré le premier jour au pied de l'arbre mort ne manquaient jamais de déchaîner sa colère. De même, la vue d'un geai le mettait en fureur, car il n'avait toujours pas oublié les coups de bec dont l'un d'eux lui avait criblé le museau.

Il y avait toutefois des circonstances où même un geai ne l'eût pas fait réagir. C'était quand il se sentait lui-même menacé par un autre carnassier rôdant dans les parages. Il n'oubliait pas le faucon, et l'apparition de son ombre silencieuse le faisait toujours bondir à l'abri du buisson le plus proche. Il ne se vautrait plus sur le sol, ne se campait plus gauchement sur ses quatre pattes écartées. Il adoptait déjà l'allure souple et furtive de sa mère, se déplaçant sans effort apparent, avec une perfide aisance.

En ce qui concernait la chasse, la chance de ses débuts avait cessé de lui sourire. Les sept petits lagopèdes et la jeune belette demeuraient son unique palmarès. Son envie de tuer augmentait de jour en jour et il s'intéressait, en cela, plus particulièrement à l'écureuil dont les cris d'alarme avertissaient toutes les bêtes du voisinage quand il s'en approchait. Mais de même que les oiseaux peuvent s'échapper par la voie des airs, les écureuils grimpent aux arbres, et pour les surprendre au sol, il faut parvenir à ramper jusqu'à eux sans se faire repérer.

Il éprouvait une grande admiration pour sa mère. Elle était capable de se procurer de la viande et ne manquait jamais de lui en donner sa part. En outre, elle n'avait peur de rien. Il ne lui venait pas à l'esprit que cette intrépidité pût être fondée sur l'habitude et sur les connaissances acquises. Il y voyait une manifestation de puissance. Sa mère personnifiait la puissance. D'ailleurs, en grandissant, lui-même en fit l'expérience à ses dépens lorsqu'il reçut de sévères coups de patte ou de museau, et bientôt même de véritables morsures. Cela ne fit qu'accroître son respect pour elle. Elle exigeait de lui une totale soumission et lui manifestait une agressivité de plus en plus ombrageuse à mesure qu'il prenait de l'âge.

Il y eut une nouvelle famine, et cette fois le louveteau en subit les affres de façon plus consciente. Sans cesse en quête de nourriture, la louve devint d'une extrême maigreur. Elle ne revenait que très rarement dormir dans la caverne et passait presque tout son temps à essayer de débusquer du gibier, mais en vain. Cette famine ne dura pas très longtemps, mais fut particulièrement dure. Le louveteau ne pouvait pas compter sur le lait de sa mère et ne parvenait pas lui-même à se procurer la moindre parcelle de viande.

Jusqu'alors, il avait chassé avec insouciance, pour le plaisir. Maintenant, il chassait par nécessité, avec une ardeur désespérée. Mais il ne trouvait rien. Cet insuccès contribua pourtant à lui faire faire des progrès plus rapides. Il s'appliqua avec une attention accrue à observer le comportement de l'écureuil et à échafauder des plans pour arriver à le prendre par surprise. Il s'intéressa aux mulots et essaya d'en dénicher au fond de leur terriers. Il apprit beaucoup sur les mœurs des geais et des pic-verts. Et puis vint un jour où l'ombre du faucon cessa de le faire détaler vers le plus proche fourré. Devenu plus fort et plus malin, il avait pris de l'assurance. Et surtout, il était aux abois. Aussi resta-t-il bien en vue, assis sur son derrière au milieu d'un espace découvert pour inciter le rapace à descendre du ciel. Car ce qu'il voyait planer dans l'azur au-dessus de lui, c'était de la chair fraîche, cette chair dont ses entrailles ressentaient si cruellement le besoin. Mais le faucon ne manifestant

aucunement l'intention de venir l'affronter, le louveteau s'enfonça dans le buisson avec des gémissements
de déception et de rage.

Puis la famine cessa. La louve revint à la tanière
avec de la nourriture, une nourriture étrange, différente de tout ce qu'elle avait ramené auparavant.
C'était un jeune lynx, à peu près du même âge que le
louveteau, mais de plus petite taille. Et il fut entièrement pour lui. La louve avait déjà pu se rassasier
ailleurs. En fait, elle avait dévoré tout le reste de la
portée. Mais le louveteau l'ignora, de même qu'il ne
réalisa pas combien il avait fallu de courage désespéré
à sa mère pour en arriver là. Il constata seulement
que ce petit corps à la fourrure soyeuse était bon à
manger, et son plaisir ne fit que croître à chaque
bouchée.

Un ventre repu incitant au repos, le louveteau
s'allongea contre le flanc de sa mère au fond de la
caverne et s'endormit. Il fut réveillé par un grondement. Jamais il n'avait entendu la louve émettre un
son aussi terrible, peut-être le plus féroce qu'elle eut
l'occasion de proférer de toute son existence. Or, il y
avait une bonne raison à cela, et la louve était mieux
placée que quiconque pour le savoir. Car on ne
s'attaque pas impunément à la progéniture d'un lynx.
Éclairée à contre-jour par la pleine lumière de
l'après-midi, la silhouette du grand félin se profilait
dans l'entrée de la tanière. A cette vue, le louveteau
sentit un frisson parcourir les poils de son dos. La
peur était là, sans qu'il fût nécessaire cette fois de
faire appel à l'instinct pour l'expliquer. D'ailleurs, si
la seule vue de l'intrus n'eût pas été assez convain-
cante, son cri de fureur eût suffi par lui-même, un cri
qui débuta en un long feulement, puis s'amplifia

jusqu'à se transformer en un hurlement sauvage.
Aiguillonné par la poussée vitale qui bouillonnait en lui, le louveteau se dressa en grognant
bravement à côté de sa mère. Mais celle-ci le repoussa
sans ménagement derrière elle. L'entrée de la caverne
était trop étroite pour permettre au lynx de bondir à
l'intérieur. Et quand il passa à l'attaque en rampant,
la louve sauta sur lui et le cloua au sol. Le louveteau
ne distingua pas grand-chose de la mêlée. Les deux
bêtes hurlaient, crachaient, grognaient en s'entre-
déchirant, le lynx lacérant des griffes et des dents, la
louve ne se servant que de ses crocs.

A la première occasion favorable, le louveteau se
détendit brusquement et planta les siens dans l'un des
membres postérieurs du lynx. Les mâchoires contractées, il se mit à gronder avec obstination. Ralentissant
les mouvements du félin par le poids de son corps, il
apporta ainsi à sa mère, sans même s'en rendre
compte, une aide non négligeable. Une nouvelle
péripétie lui valut de se retrouver écrasé sous la masse
des deux corps enchevêtrés, et il dut lâcher prise.
Aussitôt, le lynx en profita pour se dégager, puis,
avant de se jeter de nouveau sur son adversaire,
décocha au louveteau un furieux coup de patte qui lui
lacéra l'épaule jusqu'à l'os et le projeta contre la paroi
de la caverne. Alors, aux rugissements des deux bêtes,
le louveteau mêla des cris de souffrance et de peur.
Mais l'affrontement dura si longtemps qu'il finit par
se calmer, et même par se laisser aller à un second
accès de bravoure. L'ultime phase du combat le trouva
de nouveau suspendu à une patte de derrière, grondant rageusement entre ses mâchoires contractées.

Le lynx avait cessé de vivre. Mais la louve était à
bout de forces et dans un très piteux état. Elle

commença d'abord par réconforter son petit et par
lécher ses plaies. Mais tout le sang perdu l'avait vidée
de son énergie. Et pendant un jour et une nuit, elle
demeura étendue contre le cadavre de son adversaire,
incapable de bouger, respirant à peine. Elle resta une
semaine sans quitter la caverne, sinon pour aller boire
à la rivière jusqu'où elle se traînait d'une démarche
lente et incertaine. Au terme de cette période, le lynx
avait été entièrement dévoré et la louve fut suffisamment remise de ses blessures pour pouvoir repartir en
quête de gibier.

L'épaule raide et endolorie, le louveteau boita
quelque temps, suite au terrible coup de griffe qu'il
avait reçu. Le monde, désormais, lui paraissait différent. Il l'abordait avec plus d'assurance, avec une
confiance en lui qu'il n'avait jamais éprouvée avant
l'épisode du lynx. Il avait découvert la vie sous son
aspect le plus impitoyable. Il s'était battu, il avait
enfoncé ses crocs dans la chair d'un ennemi, et il avait
survécu. Tout cela le faisait aller de l'avant avec une
témérité accrue, une agressivité nouvelle, quelque peu
provocante. Il n'avait plus peur des choses sans
importance et s'était libéré d'un grand nombre de ses
appréhensions. Il n'en continua pas moins cependant
à sentir peser sur lui l'ombre de l'inconnu avec ses
mystères terrifiants et ses intangibles menaces.

Il prit l'habitude d'accompagner sa mère à la
chasse. Il apprit ainsi comment on s'y prend pour
tuer du gibier et commença lui-même à jouer un rôle
de plus en plus actif dans ce domaine. Il découvrait
confusément ce qu'était la loi de la survie alimentaire.
Il y avait deux sortes de vies : la sienne et celle des
autres. La première n'était représentée que par sa
mère et par lui-même. La seconde appartenait à

toutes les autres espèces animées. Et ces dernières se répartissaient elles-mêmes en plusieurs catégories. D'abord celles qu'il pouvait tuer et manger, et parmi elles les tueurs occasionnels et les inoffensifs, ensuite celles qui le tueraient immanquablement s'il ne les tuait pas lui-même avant. Et la loi découlait de cette classification. Le but de la vie, c'est de se nourrir. La vie elle-même est de la nourriture. La vie se nourrit de la vie. Il y a ceux qui mangent et ceux qui sont mangés. Telle est donc la loi : MANGER OU ÊTRE MANGÉ. Le louveteau ne se formulait pas cette loi en termes précis et n'en tirait aucune considération morale. Il n'y pensait même pas. Il se contentait simplement de vivre cette loi sans plus y réfléchir.

Partout autour de lui, cette loi manifestait sa présence. Il avait mangé les petits du lagopède. Le lagopède avait été mangé par le faucon. Lui-même avait failli être mangé par le faucon. Et plus tard, quand il aurait suffisamment grandi, il mangerait le faucon. Il avait mangé la portée du lynx. Et celui-ci l'aurait mangé à son tour s'il n'avait pas été mis à mort et dévoré. Et tout à l'avenant. Cette loi était inhérente à la vie même de chacune des créatures qui l'entouraient, et lui-même n'y échappait pas. Il était un carnivore. Il se nourrissait uniquement de chair, de la chair vivante qui fuyait devant lui ou s'envolait dans les airs, ou grimpait aux arbres, ou se cachait dans le sol, ou faisait front pour se défendre... quand il ne devenait pas lui-même cette chair poursuivie pour être dévorée !

Le louveteau aurait-il raisonné à la manière d'un être humain, qu'il eût pu définir la vie comme une sorte de monstrueux appétit, et le monde comme le lieu d'affrontement d'une multitude d'appétits :

persécuteurs et persécutés, chasseurs et chassés, mangeurs et mangés, le tout dans l'aveuglement et la confusion, la violence et le désordre, en un chaos vorace et sanguinaire régi par le hasard, la cruauté et condamné à l'éternel recommencement.

Mais le louveteau ne pensait pas comme un homme. Il n'avait pas une vision globale de ce qui l'entourait. Ses entreprises se limitaient toujours à l'immédiat et il n'avait jamais qu'une seule idée, qu'une seule pensée à la fois. Outre la grande loi de la survie alimentaire, il y en avait une infinité d'autres de moindre importance qu'il lui fallait apprendre et respecter. La vie était pleine d'imprévu. Le bouillonnement de la vie qui était en lui, le jeu de ses muscles étaient une inépuisable source de plaisir. Forcer un gibier aux abois était toujours une aventure excitante et riche d'émotions. Il se délectait de ses accès de fureur et des combats qui s'ensuivaient. L'épouvante elle-même et les mystères de l'inconnu participaient également de cette vitalité.

Et puis il y avait les moments de bonheur et de satisfactions paisibles. Se sentir repu, sommeiller paresseusement au soleil, voilà qui le récompensait de ses peines et de ses fatigues; encore que celles-ci fussent elles-mêmes dispensatrices de satisfactions. Car dans la mesure où elles étaient des manifestations de vie, elles participaient à sa plénitude. Aussi le jeune louveteau ne pensait-il nullement à contester l'organisation de cet environnement pourtant hostile. Il était plein de sève, parfaitement heureux et très fier de lui-même.

CHAPITRE IX

LES FAISEURS DE FEU

Le louveteau tomba sur eux à l'improviste. Ce fut entièrement sa faute. Il n'avait pas fait attention. Il avait quitté la caverne pour aller boire à la rivière. Et s'il avait manqué de prudence, c'était peut-être parce qu'il était encore à moitié endormi : il avait passé toute la nuit à chasser et venait seulement de se réveiller. A moins que ce ne fût parce que le trajet jusqu'au bassin de retenue lui était devenu trop familier : il l'avait parcouru tant de fois sans le moindre incident !

Il venait de traverser l'espace découvert, au-delà de l'arbre mort, et s'engageait entre les sapins, quand son flair et sa vue furent alertés en même temps. Devant lui se tenaient accroupies cinq créatures vivantes d'une espèce qui lui était totalement inconnue. Ce fut sa première vision de l'humanité. En l'apercevant, les cinq hommes n'avaient ni bondi sur leurs pieds, ni montré les dents, ni grondé. Ils ne firent pas un geste et demeurèrent immobiles dans un silence inquiétant.

Le louveteau ne bougea pas davantage. Son instinct habituel aurait dû le pousser à s'enfuir éperdument, s'il n'avait pas senti se manifester en lui pour la première fois un autre instinct contradictoire. Une grande frayeur le submergea. Il était littéralement paralysé par une accablante impression de faiblesse et d'inconsistance. Il y avait là quelque chose qui le dépassait de très loin en puissance et en autorité.

Le louveteau n'avait jamais vu d'hommes, et pourtant il en avait une sorte de connaissance innée. Confusément, il devinait en eux l'animal qui avait imposé sa domination à toutes les autres espèces de la nature sauvage. Et ce n'était pas seulement avec ses propres yeux, mais aussi avec ceux de tous ses ancêtres que le louveteau considérait sa nouvelle découverte. Des yeux qui avaient percé les ténèbres autour de maints feux de campement, toujours à distance respectueuse, dissimulés au plus profond des fourrés pour observer cet étrange bipède qui régnait sur toutes les autres créatures vivantes. Il subissait malgré lui le sortilège ancestral, cette crainte respectueuse qui était le fruit d'antagonismes séculaires et d'expériences accumulées au fil des générations. Et cet héritage était trop pesant pour qu'un aussi jeune louveteau pût s'en affranchir. Eût-il été un adulte dans la pleine force de l'âge, qu'il se fût sans doute enfui. Mais il demeura là, recroquevillé au sol, en proie à une frayeur paralysante. Il acceptait déjà le pacte d'allégeance auquel son espèce s'était soumise depuis le premier jour où un loup était venu s'asseoir devant le feu des hommes pour s'y réchauffer.

L'un des Indiens se leva, marcha dans sa direction et vint se pencher sur lui. Le louveteau s'aplatit davantage. L'inconnu était là, enfin matérialisé sous cette forme concrète faire de chair et de sang qui s'inclinait en tendant le bras pour se saisir de lui. Ses poils se hérissèrent instinctivement, il retroussa ses babines et montra les dents. La main, suspendue au-dessus de sa tête comme un symbole du destin, parut hésiter, et l'homme parla en riant : « *Wabam wabisca ip pit tah!* » (« Regardez ces crocs blancs! »).

Les autres Indiens se mirent également à rire et encouragèrent leur compagnon à s'emparer du louveteau. Celui-ci, comme la main se faisait de plus en plus proche, se sentait tiraillé par deux impulsions contradictoires : le désir de soumission et l'agressivité. Le résultat fut une sorte de compromis. Il laissa faire jusqu'à ce que la main fût presque en contact avec son corps. Alors, il réagit et planta ses crocs dans la main tendue. L'instant d'après, il reçut à la tête une violente taloche qui le fit basculer sur le côté. Toute son agressivité l'abandonna aussitôt. Il ne fut plus qu'un pauvre petit louveteau submergé par l'instinct de soumission. Il s'assit sur son derrière et se mit à piauler. Mais l'homme qu'il avait mordu était furieux et le gratifia d'une autre taloche. Et les cris redoublèrent.

Les quatre Indiens s'esclaffèrent de plus belle et leur hilarité finit par gagner celui qui avait été mordu. Ils entourèrent le louveteau qui gémissait de crainte et de douleur, tout en échangeant des plaisanteries. Puis quelque chose lui fit dresser l'oreille. Les Indiens aussi avaient entendu. Mais le louveteau savait de quoi il s'agissait. Et après un dernier hurlement plus triomphal que plaintif, il cessa de crier pour attendre l'arrivée de sa mère, la louve sauvage et indomptable qui pouvait affronter et tuer n'importe quel adversaire, celle qui n'avait jamais peur. Elle avait entendu les gémissements de son petit et se précipitait à son secours.

Elle bondit au milieu d'eux, la rage de son instinct maternel exacerbé lui donnant un aspect qui n'avait rien de bien engageant. Mais le louveteau fut comblé d'aise à la vue de ce déchaînement salvateur. Il s'élança vers elle avec un jappement de joie, tandis ques les hommes reculaient précipitamment de plusieurs pas. Dressée entre eux et son petit, la louve grognait sourdement, le poil hérissé. Elle était défigurée par le rictus féroce qui plissait son museau depuis la truffe jusqu'aux yeux, laissant filtrer le grondement qui montait de sa gorge.

C'est alors qu'il y eut un cri poussé par l'un des hommes.

« Kitché ! » prononça-t-il. C'était une exclamation de surprise. Le louveteau sentit sa mère perdre contenance aussitôt.

« Kitché ! » reprit l'homme, mais cette fois d'un ton dur et sans réplique.

Et le louveteau vit sa mère, la louve, celle qui n'avait jamais peur, se tasser sur elle-même, s'aplatir le ventre contre le sol en remuant la queue avec de petits gémissements et toutes sortes de manifestations amicales. Le louveteau n'y comprenait rien. Complètement abasourdi, il sentait grandir en lui la crainte que lui inspirait l'homme. Son instinct ne l'avait donc pas trompé. Sa mère le prouvait : elle aussi acceptait de se soumettre à l'animal-homme.

L'homme qui avait parlé vint vers elle. Il posa une main sur sa tête et elle s'aplatit davantage. Elle ne mordit pas, n'en manifesta même pas l'intention. Les autres hommes s'approchèrent à leur tour et se mirent à la toucher, à la palper sans provoquer la moindre réaction de sa part. Ils paraissaient très excités, et faisaient beaucoup de bruit avec leurs bouches. Ces sons n'avaient pourtant pas l'air menaçant, estima le louveteau. Encore agité d'incoercibles frissons, il s'allongea contre sa mère tout en faisant de son mieux pour paraître soumis.

« Cela n'a rien d'étonnant, disait un Indien. Le père de Kitché était un loup, mais sa mère était une chienne. Mon frère l'attachait dans les bois au moins trois nuits de suite quand elle était en chaleur. C'est ainsi que Kitché a eu un loup pour père.

— Voici un an qu'elle s'est enfuie, Castor-Gris, prononça un second Indien.

— Rien d'étonnant à cela non plus, Langue-de-Saumon, répondit l'interpellé. C'était l'époque de la famine et il n'y avait plus rien à donner aux chiens.

— Elle a vécu avec les loups, dit un troisième Indien.

— On le dirait bien, Trois-Aigles, répondit Castor-Gris en posant sa main sur le louveteau. Et celui-ci en est la preuve. »

Le louveteau eut un léger grognement au contact de cette main. Et celle-ci l'abandonna une fraction de seconde pour lui administrer une tape. Le louveteau cessa aussitôt de montrer ses crocs et se laissa faire sans protester, tandis que la main revenait le frotter derrière les oreilles et le long de son dos.

« Celui-ci en est la preuve, répéta Castor-Gris. Il est évident que Kitché est sa mère. Mais son père est un loup. Il y a donc en lui un peu de chien et beaucoup de loup. Blancs sont ses crocs et Croc-Blanc sera son nom. J'ai dit. Il est à moi. Car Kitché n'était-elle pas la chienne de mon frère ? Et mon frère n'est-il pas mort ? »

Le louveteau, qui venait de recevoir un nom à la

face du monde, restait allongé et observait. Les
animaux-hommes continuèrent pendant un certain
temps à proférer des sons avec leurs bouches. Puis
Castor-Gris sortit un couteau d'un étui qui pendait à
son cou et alla couper un bâton dans un fourré.
Croc-Blanc ne le quittait pas des yeux. L'Indien fit
une encoche à chacune des extrémités du bâton et y
fixa deux lanières de cuir cru. Il attacha l'une de ces
lanières au cou de Kitché qu'il emmena jusqu'à un
petit sapin auquel il attacha l'autre lanière.

Croc-Blanc suivit sa mère et se coucha près
d'elle. La main de Langue-de-Saumon s'abaissa vers
lui et le fit basculer sur le dos sous le regard inquiet
de Kitché. Croc-Blanc sentit de nouveau la peur
monter en lui. Il ne put s'empêcher de grogner, mais
ne tenta pas de mordre. La main, dont les doigts
s'étaient recourbés et écartés, se mit à lui frotter
gentiment le ventre, tout en le faisant rouler de droite
et de gauche. C'était ridicule et peu pratique d'être
ainsi renversé sur le dos, avec les pattes en l'air. En
outre, toute la nature du louveteau s'indignait d'une
position qui le rendait terriblement vulnérable. Il était
dans l'incapacité de se défendre. Si cet animal-homme
lui voulait du mal, Croc-Blanc savait qu'il ne pourrait lui échapper. Comment aurait-il pu s'enfuir alors
que ses quatre pattes se balançaient au-dessus de sa
tête ? L'instinct de soumission lui fit pourtant dominer sa peur et il se contenta de grogner faiblement.
Mais ce grognement qu'il ne pouvait réprimer ne lui
valut aucune taloche de la part de l'animal-homme.
Étrangement, d'ailleurs, Croc-Blanc finit par éprouver une indicible sensation de plaisir au fur et à
mesure que la main poursuivait ses allées et venues.
Il fut basculé sur le côté et cessa aussitôt de grogner.

Et quand les doigts se mirent à le gratter avec
insistance derrière les oreilles, la sensation de plaisir
s'accrut prodigieusement. Enfin, lorsque, après une
dernière caresse, l'homme le laissa pour s'en aller,
Croc-Blanc n'avait plus la moindre appréhension.
Certes, les hommes lui donneraient encore maintes
fois l'occasion de connaître la peur, mais la confiance
qui venait de naître en lui à leur égard, était une
préfiguration de celle qui, un jour, dominerait définitivement ses rapports avec eux.

Au bout d'un certain temps, Croc-Blanc entendit
se rapprocher des bruits insolites. Il ne tarda pas à les
identifier, car il reconnut rapidement qu'ils avaient
une origine humaine. Quelques minutes plus tard, les
autres représentants de la tribu firent peu à peu leur
apparition en ordre dispersé comme ils l'étaient au
cours de leurs déplacements. Il y avait encore des
hommes, mais aussi beaucoup de femmes et des
enfants, une quarantaine de personnes au total, toutes
lourdement chargées, avec du matériel de campement
et d'autres accessoires. Il y avait également de nombreux chiens et ceux-ci, à l'exception des tout jeunes
chiots, transportaient aussi du matériel. Les sacoches,
attachées sur leur dos par des lanières qui leur
passaient sous le ventre, contenaient des charges
pesant de dix à quinze kilos.

Croc-Blanc n'avait encore jamais vu de chiens,
mais il sentit qu'ils appartenaient à la même espèce
que lui, avec toutefois une certaine différence. Mais
cela ne parut guère influencer leur comportement
quand ils découvrirent la présence du louveteau et de
sa mère. Ce fut la ruée. Croc-Blanc, le poil hérissé, se
mit à gronder et accueillit à coups de dent les gueules
menaçantes des assaillants. Mais il fut rapidement

submergé, et la douleur aiguë des morsures fouialla sa chair, tandis que lui-même déchirait et tailladait les pattes et les ventres qui s'offraient à sa portée. Le vacarme était assourdissant. Il entendit les grondements de Kitché qui s'efforçait de le secourir, puis les cris des animaux-hommes, un bruit de bâtons frappant des corps et des hurlements de douleur de la part des chiens.

A peine quelques minutes plus tard, il se trouva sur ses pattes. Il voyait maintenant les animaux-hommes repousser les chiens afin de le défendre, de le soustraire, lui, aux dents féroces de ces créatures qui lui ressemblaient sans être tout à fait de son espèce. Certes, il n'y avait pas place dans son cerveau pour un concept aussi abstrait, mais il n'en prenait pas moins conscience à sa manière de ce qu'était la justice selon les animaux-hommes. Et ceux-ci lui apparurent pour ce qu'ils étaient, c'est-à-dire des êtres capables d'établir des lois et de les mettre à exécution. Il découvrait en outre comment ils s'y prenaient pour faire respecter ces lois. Car à l'encontre de tous les autres animaux qu'il connaissait, ceux-là ne se servaient ni de leurs dents, ni de leurs griffes. Leur force vivante s'imposait par l'intermédiaire de choses non vivantes. Celles-ci étaient à leurs ordres. Ainsi, les bâtons et les pierres commandés par ces étranges créatures s'étaient envolés dans les airs, comme animés pour venir frapper douloureusement les chiens.

A ses yeux, il s'agissait là d'un pouvoir hors du commun, d'un pouvoir inconcevable, d'un pouvoir quasi divin. De par sa nature même, Croc-Blanc n'avait pas la moindre notion d'une quelconque forme de divinité. Tout au plus pouvait-il concevoir l'existence d'autre chose que ce qu'il connaissait. Mais l'émerveillement et la crainte que lui inspiraient ces animaux-hommes n'étaient pas sans analogie avec ce que ressentirait un homme à la vue d'une créature céleste trônant au sommet d'une montagne et lançant à pleines mains ses foudres sur un monde frappé de stupeur.

Le dernier chien avait été repoussé. Le tumulte s'était apaisé. Et Croc-Blanc léchait ses blessures en réfléchissant à ce qui lui arrivait, à son premier contact avec la cruauté d'une meute, à son incorporation dans celle-ci. Jamais il ne lui serait venu à l'idée que sa propre espèce pût compter d'autres créatures que le vieux loup borgne, sa mère et lui-même. A eux trois, ils avaient constitué une espèce à part. Or il venait brusquement de découvrir que beaucoup d'autres créatures en faisaient également partie. Et il en voulait confusément à ces frères de race de s'être jetés sur lui dès qu'ils l'avaient vu, pour essayer de le détruire. De même qu'il lui déplaisait de voir sa mère entravée par un bâton, même si cela était dû aux animaux-hommes dont il reconnaissait par ailleurs la supériorité. Cela sentait le piège, la servitude. Et pourtant, il ignorait tout des pièges et de la servitude. La liberté de vagabonder à sa guise et de s'arrêter là où bon lui semblait avait été son lot jusqu'alors. Et voilà que maintenant, il n'en était plus de même. Les mouvements de sa mère étaient réduits à la longueur d'un bâton. Et lui-même subissait un sort identique dans la mesure où il n'osait pas encore s'éloigner d'elle.

Cela ne lui plaisait pas. Et cela ne lui plut pas davantage quand les animaux-hommes se levèrent pour reprendre leur marche. Car un tout petit animal-homme vint saisir l'autre extrémité du bâton pour entraîner Kitché derrière lui. Et Croc-Blanc suivit sa mère, complètement perturbé par ce nouvel aspect de son aventure.

Ils allèrent bien au-delà des plus lointains terrains d'exploration de Croc-Blanc et suivirent la rivière jusqu'à l'endroit où elle se jette dans le fleuve Mackenzie. Il y avait là des canoës mis à l'abri sur des piquets au-dessus du sol et des claies de séchage pour le poisson. C'est ici que fut installé le camp, et Croc-Blanc observa d'un regard perplexe. La supériorité de ces animaux-hommes s'affirmait davantage à chaque instant. Il y avait l'autorité qu'ils exerçaient sur ces chiens aux crocs acérés. C'était une preuve manifeste de leur puissance. Mais plus prodigieux encore aux yeux du louveteau était leur empire sur les choses inanimées, cette faculté de transformer ce qui pour lui était la face même du monde.

C'était surtout cela qui le troublait. La mise en place d'armatures formées de longues perches attira son attention. En soi cela n'avait rien d'étonnant de la part de créatures capables de projeter à distance des bâtons et des pierres. Mais quand ces armatures devinrent des tipis recouverts de toile et de peaux, Croc-Blanc en fut abasourdi. Ce fut surtout la masse énorme de ces tentes coniques qui l'impressionna. Il s'en élevait partout autour de lui, comme de monstrueuses formes de vie à croissance rapide. Elles occupèrent bientôt à peu près toute la circonférence de son champ de vision. Elles lui parurent terrifiantes. Elles se dressaient sinistrement au-dessus de lui. Et quand le vent leur imprimait d'amples balancements, il se recroquevillait de peur sans les quitter des yeux et se tenait prêt à déguerpir au cas où elles auraient essayé de se jeter sur lui.

Mais il ne lui fallut pas longtemps pour se rassurer au sujet des tipis. Il constata que des femmes et des enfants y pénétraient et en ressortaient sans dommage et vit souvent des chiens s'efforcer d'y entrer mais s'en faire chasser par des éclats de voix ou des jets de pierres. Au bout d'un moment, il s'écarta de sa mère et se mit à ramper précautionneusement vers la tente la plus proche. Il était poussé par une curiosité vitale, par ce besoin de savoir et d'agir qui lui permettrait de se forger sa propre expérience. Les derniers centimètres qui le séparaient du tipi furent parcourus avec un surcroît presque douloureux de lenteur et de prudence. Les événements de cette journée lui avaient appris que l'inconnu pouvait se manifester par les voies les plus inimaginables, les moins prévisibles. Enfin, son museau entra en contact avec la toile. Il attendit. Rien ne se passa. Alors il renifla cette étrange matière imprégnée par l'odeur des hommes. Il referma ses dents dessus et tira doucement. Il ne se passa rien sinon que la paroi se mit à bouger. Il tira plus fort et le mouvement de la toile s'amplifia d'autant. Puis il tira de plus en plus fort et par saccades, au point que la tente entière finit par être agitée de violents soubresauts. Le cri aigu d'une squaw s'éleva aussitôt à l'intérieur et le fit déguerpir pour rejoindre sa mère. Mais désormais, il n'eut plus jamais peur de la haute silhouette des tipis.

Un instant plus tard, il repartait à l'aventure en abandonnant sa mère qui ne pouvait le suivre, car elle était attachée à un piquet enfoncé dans le sol. Un jeune chien, un peu plus grand et plus âgé que lui, vint à sa rencontre avec lenteur et ostentation, en affichant un air belliqueux. Son nom était Lip-lip, comme Croc-Blanc aurait par la suite l'occasion de l'apprendre en l'entendant appeler. Il avait déjà participé à de nombreux combats de chiots et, dans sa catégorie, c'était une sorte de champion.

Pour Croc-Blanc, Lip-lip était de sa race et ne devait donc pas être dangereux, d'autant qu'il était tout jeune. Aussi s'apprêta-t-il à l'aborder avec des intentions amicales. Mais quand il vit l'étranger s'avancer d'une démarche raidie en montrant les dents, le louveteau se tendit également et retroussa ses babines. Sans se perdre des yeux, ils commencèrent à se tourner autour en grondant, le poil hérissé. Ce manège dura plusieurs minutes et Croc-Blanc finit par s'en amuser, comme d'une sorte de jeu. Mais soudain, avec une surprenante rapidité, Lip-lip bondit en avant, le taillada d'un coup de dent et sauta aussitôt en arrière. La morsure avait atteint l'épaule déjà déchirée par les griffes du lynx et qui n'avait pas encore eu le temps de se cicatriser en profondeur. La surprise et la douleur arrachèrent un gémissement à Croc-Blanc; mais l'instant d'après, celui-ci se jeta furieusement sur Lip-lip qu'il mordit à son tour.

Seulement, le jeune chien avait toujours vécu dans les campements et il avait l'habitude de se battre avec ses congénères. Trois fois, quatre fois, une demi-douzaine de fois, ses petites dents pointues lacérèrent la chair du nouveau venu qui finit par s'enfuir avec des cris lamentables pour aller se réfugier auprès de sa mère. Ce fut le premier des nombreux combats qui devaient l'opposer à Lip-lip, car les deux bêtes furent ennemies dès le départ, des ennemis héréditaires, que leur nature prédestinait à entrer perpétuellement en conflit.

Kitché lécha doucement les plaies de Croc-Blanc

en s'efforçant de l'inciter à demeurer près d'elle. Mais le louveteau ne pouvait refréner sa curiosité. Et quelques minutes plus tard, il repartit en quête de nouvelles aventures. Il tomba sur Castor-Gris, assis sur ses talons en train de faire quelque chose avec des bâtons et de la mousse sèche qui était étalée devant lui sur le sol. Croc-Blanc s'approcha pour observer. Castor-Gris émit avec sa bouche une série de sons qui parurent totalement dénués d'hostilité, aussi le louveteau s'avança-t-il encore plus près.

Des femmes et des enfants ne cessaient d'apporter d'autres bâtons et des branchages. Il s'agissait visiblement d'une opération importante. A force de s'approcher, Croc-Blanc finit par heurter du museau le genou de Castor-Gris, sans réaliser, tant sa curiosité était aiguillonnée, qu'il avait affaire à l'un de ces redoutables animaux-hommes. Soudain, il vit une sorte d'étrange brouillard s'échapper du tas de mousse sous les mains de Castor-Gris. Puis, au milieu même des bâtons apparut une chose vivante qui s'éleva en tournoyant et dont la couleur ressemblait à celle du soleil dans le ciel. Croc-Blanc ignorait tout du feu. Il se sentit attiré par cette chose comme il l'avait été par la lumière du jour dans l'entrée de la caverne. Il franchit en rampant la courte distance qui le séparait du foyer. Il entendit Castor-Gris glousser au-dessus de lui et comprit qu'on ne lui voulait toujours pas de mal. Puis son museau entra en contact avec la flamme au moment où il sortait sa petite langue pour la lécher.

Sur le coup, il demeura un instant comme paralysé. Surgissant de cet amas de bâtons et de mousse, l'inconnu venait de lui sauter sauvagement au museau. Puis il se jeta en arrière dans une explosion de piaulements affolés. A ce bruit, Kitché se dressa au bout de son bâton en grondant, furieuse de ne pouvoir venir à son secours. Castor-Gris, quant à lui, riait à gorge déployée et se tapait sur les cuisses en racontant à la cantonade ce qui s'était passé, si bien que son hilarité finit par gagner tout le reste du camp. Mais Croc-Blanc restait assis sur son derrière et ne cessait plus de gémir, petit être pitoyable abandonné au milieu des animaux-hommes.

Jamais il n'avait ressenti une douleur aussi atroce. Son nez et sa langue avaient tous deux été brûlés par cette chose vivante qui avait la couleur du soleil et qu'il avait vue naître sous les mains de Castor-Gris. Il criait et criait encore, interminablement, et chacune de ses plaintes soulevait de nouvelles vagues d'hilarité chez les animaux-hommes. Il essaya de rafraîchir son nez en le léchant. Mais comme sa langue était également à vif, cela ne fit qu'accroître la douleur et ses cris redoublèrent d'intensité. Il avait atteint le comble du désespoir.

Et puis la honte le saisit. Il n'ignorait pas ce qu'était le rire et en connaissait la signification. Il ne nous a pas été donné de découvrir comment certains animaux sont informés à ce sujet et comment ils savent quand on se moque d'eux. Toujours est-il que Croc-Blanc était lui-même parfaitement au courant. Et il se sentit honteux en comprenant que les animaux-hommes se moquaient de lui. Aussi fit-il demi-tour pour s'enfuir, non pas devant les dangers du feu, mais devant les rires dont le déferlement croissant le blessait au plus profond de lui-même. Il alla se réfugier auprès de Kitché, folle de rage au bout de son bâton, Kitché la seule créature au monde qui ne riait pas de lui.

Le jour s'assombrit peu à peu, puis ce fut la nuit.
Et Croc-Blanc demeura couché près de sa mère. Son
nez et sa langue lui faisaient toujours mal, mais ce
n'était pas ce qui le préoccupait le plus. Il avait la
nostalgie de la tanière. Il éprouvait comme un
sentiment de vide, il aspirait au silence et à la
quiétude de la rivière et de la caverne au flanc de la
berge abrupte. Trop de monde avait envahi son
existence. C'est qu'ils étaient tellement nombreux,
tous ces animaux-hommes, ces hommes, ces femmes,
ces enfants bruyants et agités! Et puis il y avait les
chiens, toujours en train de se quereller, de se
bagarrer, dans un incessant désordre ponctué de
brusques charivaris. La paisible solitude de la seule
vie qu'il avait connue s'était envolée. Ici, l'air lui-
même était rempli d'une palpitante animation. On y
décelait en permanence toutes sortes de rumeurs et de
bruissements. Et ces multiples nuances, ces incessantes variations d'intensité mettaient ses nerfs et ses sens
à rude épreuve, l'épuisaient et le rendaient inquiet,
car il avait toujours l'impression qu'il allait se passer
quelque chose.

Il observait les mouvements des animaux-hommes, leurs allées et venues. Et dans une certaine
mesure, le regard qu'il posait sur eux n'était pas sans
analogie avec la façon dont les hommes eux-mêmes
considèrent les dieux qu'ils se sont créés. Car il
s'agissait manifestement de créatures supérieures, de
dieux en quelque sorte. Son esprit rudimentaire
voyait en eux des faiseurs de miracles comparables à
ce que les dieux sont pour les hommes. Ils avaient la
suprême autorité, la maîtrise de l'inconnu et de
l'impossible sous tous leurs aspects. Ils régnaient sur
le vivant et sur le non-vivant, commandaient aux êtres

animés et mettaient en mouvement les choses inanimées, faisaient naître de la vie, une vie couleur de
soleil à la douloureuse morsure, d'un ensemble inerte
de mousse et de bois. Ils étaient des faiseurs de feu. Ils
étaient des dieux!

CHAPITRE X

LA SERVITUDE

Au fil des jours, Croc-Blanc ne cessait d'enrichir son expérience. Tout le temps que Kitché resta attachée à son bâton, il le passa à vagabonder à travers le camp, à fureter, à observer, à s'instruire. Il se familiarisa rapidement avec la plupart des habitudes de ces animaux-hommes, mais sans que son intérêt en fût atténué pour autant. Car plus il apprenait à les connaître, plus leur supériorité s'affirmait, plus se déployait l'étendue de leurs mystérieux pouvoirs et se multipliaient les éclatantes manifestations de leur caractère divin.

Il a été donné à l'homme l'amer privilège d'assister bien souvent à la chute de ses dieux, à l'effondrement de ses autels. Mais le loup et le chien sauvage venus se coucher aux pieds de l'homme ne connaissent jamais rien de semblable. Car si les dieux des hommes procèdent de l'invisible et de l'impondérable, s'ils ne sont que vapeurs et nébulosités imaginaires échappant au domaine de la réalité, reflets fugaces de nos aspirations au bien-être et à la puissance, affleurements immatériels de notre moi au royaume de l'esprit, des loups et les chiens sauvages qui s'approchent de nos foyers trouvent, quant à eux,

des dieux de chair et de sang, des dieux parfaitement
tangibles qui occupent une place définie sur la Terre
et dont l'existence et les objectifs demeurent tributai-
res du temps. Il n'est pas nécessaire de faire acte de
foi pour croire à de tels dieux dont il est impossible de
nier la réalité. On ne peut s'y dérober. Ils se tiennent
là sur leurs pattes de derrière, un bâton à la main,
dépositaires d'un immense pouvoir, violents, gron-
deurs et affectueux, dieux de mystère et de puissance
tout enveloppés de chair, une chair qui saigne si on la
déchire et qui est aussi bonne à manger qu'une
autre.

Ainsi en fut-il pour Croc-Blanc. Les animaux-
hommes étaient indubitablement des dieux auquels il
eût été vain de vouloir échapper. De même que sa
mère Kitché leur avait manifesté sa soumission au
premier appel de son nom, de même il commençait lui
aussi à reconnaître leur autorité. Il leur cédait le
passage comme un privilège incontestable. A leur
approche, il s'écartait de leur chemin. S'ils l'appelaient, il venait. S'ils menaçaient, il se couchait
humblement. S'ils lui intimaient l'ordre de s'en aller,
il déguerpissait aussitôt. Car chacune de leurs volon-
tés était sous-tendue par le pouvoir de la faire
respecter, un pouvoir susceptible de faire mal, un
pouvoir qui s'exprimait avec des claques et des
bâtons, avec des jets de pierres et des lanières
cinglantes.

Il leur appartenait au même titre que tous les
chiens. Tout ce qu'il faisait dépendait d'eux. Son
corps dépendait d'eux : libre à eux de le malmener et
de lui donner des coups, il était fait pour subir leur
caprice. Tel fut le principe qu'il lui fallut rapidement
assimiler. Et ce fut difficile dans la mesure où cet

apprentissage allait à l'encontre de ce qu'il y avait de plus puissant et de plus profond dans son tempérament naturel. Mais alors même qu'il s'y soumettait avec répugnance, il apprenait à son insu à en tirer de réelles satisfactions. C'est qu'il s'agissait en fait de confier son sort à d'autres, de s'affranchir des responsabilités de sa propre existence. Et ce fut une compensation, car il est plus facile de s'en remettre à d'autres que de se débrouiller seul.

Toutefois, ce ne fut pas en un jour qu'il parvint ainsi à se donner corps et âme aux animaux-hommes. Il ne pouvait renier d'emblée tout l'acquis de son hérédité, ni les souvenirs de la vie sauvage. Certains jours il lui arrivait de s'avancer jusqu'à la lisière de la forêt et de rester là à écouter l'appel lointain de la liberté. Et chaque fois, il en revenait inquiet et mal à l'aise en gémissant tristement et se mettait à lécher la tête de sa mère à petits coups de langue ardents et interrogateurs.

Croc-Blanc se familiarisa rapidement avec les mœurs du camp. Il apprit à connaître l'injuste voracité des plus vieux chiens quand il y avait des morceaux de viande ou de poisson à récupérer. Il découvrit que les hommes étaient plus équitables, les enfants plus cruels, les femmes plus affectueuses et plus souvent disposées à lui jeter de la nourriture ou un os. Et, après deux ou trois expériences douloureuses avec les mères des jeunes chiots, il estima prudent de laisser celles-ci en paix, de s'en écarter le plus possible et de les éviter quand il les voyait venir.

Mais le pire fléau de son existence, c'était Lip-lip. Plus grand, plus vieux et plus fort, Lip-lip avait jeté son dévolu sur Croc-Blanc pour en faire son souffre-douleur. Et le louveteau avait beau se défendre avec acharnement, il ne faisait pas le poids face à un adversaire trop gros pour lui. C'en était devenu un véritable cauchemar. Chaque fois qu'il s'aventurait hors du voisinage de sa mère, il était sûr de voir son tortionnaire surgir à ses trousses en grondant pour le houspiller, guettant le moment où il n'y aurait plus d'animaux-hommes à proximité pour lui sauter dessus et l'obliger à se battre. Lip-lip remportait invariablement la victoire et en éprouvait une intense satisfaction. Cela devint même sa principale source de joie dans l'existence, alors que pour Croc-Blanc ce fut la plus angoissante des obsessions.

Le louveteau n'en accepta pas pour autant de se résigner. En dépit des souffrances qu'il endurait et de ses perpétuelles défaites, il demeurait indomptable. Seulement, son tempérament s'en ressentit. Il devint hargneux et taciturne. Sa sauvagerie naturelle s'accrut sous l'effet de ces incessantes persécutions. Il n'avait plus guère l'occasion de donner libre cours à la joyeuse spontanéité de son jeune âge. Les jeux et les gambades des petits chiots du camp lui étaient interdits, Lip-lip y veillait. Dès que Croc-Blanc tentait de s'approcher d'eux, son tortionnaire se précipitait pour l'intimider, le bousculer ou même pour se battre avec lui et le contraindre à prendre la fuite. Tout cela valut à Croc-Blanc d'être frustré d'une grande partie de sa jeunesse et d'acquérir une maturité sans rapport avec son âge.

Dans l'impossibilité de libérer par le jeu le trop-plein de son énergie, il se replia sur lui-même et développa ses facultés de réflexion. Il devint rusé car il compensait son inaction en méditant toutes sortes d'astuces. Faute d'obtenir sa ration de viande et de poisson quand on en distribuait aux chiens, il se mit à

voler avec habileté. Ne pouvant compter que sur
lui-même pour se procurer de la nourriture, il s'en
acquitta fort bien au grand dam des squaws dont il fut
la bête noire. Il apprit à se faufiler partout dans le
camp, à se montrer retors, à se tenir au courant des
moindres événements. Voyant tout, entendant tout et
raisonnant en conséquence, il parvint à échapper de
plus en plus efficacement à son persécuteur.

Peu de temps après le début de ces persécutions,
il put ainsi donner toute la mesure de son astuce en
combinant une véritable manœuvre qui lui procura
pour la première fois les joies de la revanche. De
même que Kitché, quand elle vivait encore avec les
loups, avait incité des chiens à s'éloigner du campement des hommes pour les éliminer les uns après les
autres, de même Croc-Blanc rusa pour amener Lip-
lip à portée des mâchoires vengeresses de sa mère.
Feignant de fuir devant lui, il entraîna son adversaire
en une course désordonnée entre les tentes. Il était
très rapide, plus rapide que tous les jeunes chiens de
sa taille et que Lip-lip lui-même. Mais il ne fit rien
pour gagner de la distance et s'arrangea au contraire
afin que son poursuivant eût toujours l'impression
d'être sur le point de le rejoindre.

Entièrement pris par l'action et très excité par la
constante proximité de sa victime, Lip-lip en oublia
toute prudence, tout souci de chercher à savoir où il
allait. Et il revint seulement à la réalité quand un
dernier détour le fit entrer brusquement en collision
avec Kitché attachée au bout de son bâton. Il eut à
peine le temps de pousser un gémissement d'effroi
que les puissantes mâchoires se refermaient déjà sur
lui. Bien qu'elle fût entravée, il pouvait difficilement
lui échapper. Elle le fit basculer sur le sol pour

prévenir toute tentative de fuite et se mit à le lacérer
de ses crocs.

Et quand il parvint enfin à rouler de côté et à se
remettre sur ses pattes, il se retrouva tout ébouriffé et
fort mal en point, tant au moral qu'au physique. Il
avait la fourrure en bataille, avec des touffes qui
pendaient, là où les dents s'étaient plantées. Sans
bouger de l'endroit où il s'était redressé, il ouvrit la
gueule pour émettre le long hurlement des chiots en
détresse. Mais il n'eut même pas le loisir d'aller
jusqu'au bout de sa plainte. Car Croc-Blanc se jeta
après lui et referma ses dents sur l'une de ses pattes
arrière. Lip-lip avait perdu toute son ardeur et
s'enfuit honteusement avec son ancienne victime sur
les talons qui le houspilla sans merci jusqu'à son tipi.
C'est seulement alors qu'il fut secouru par des
squaws, et Croc-Blanc, changé en un démon furieux,
dut déguerpir sous une grêle de pierres.

Vint le jour où Castor-Gris estima que Kitché ne
devait plus avoir envie de s'enfuir, et il la détacha.
Croc-Blanc fut enchanté de la liberté de sa mère. Il
l'accompagna en folâtrant à travers le camp, et tant
qu'il resta à côté d'elle, Lip-lip se tint à distance
respectueuse. Croc-Blanc alla même jusqu'à hérisser
son poil en raidissant sa démarche. Mais Lip-lip ne
releva pas le défi. Il n'était pas stupide et préférait
attendre un moment où le louveteau serait seul.

Vers la fin de ce même jour, Kitché et Croc-
Blanc se retrouvèrent en bordure de la forêt, à
l'extérieur du camp. Pas à pas il avait réussi à
entraîner sa mère jusque-là. Et quand elle s'arrêta, il
essaya de l'inciter à s'éloigner davantage. La rivière,
la tanière et la paix des sous-bois éveillaient en lui
comme un appel, et il aurait voulu que sa mère le

suivît. Il progressa de quelques bonds, s'arrêta et
regarda derrière lui. Elle n'avait pas bougé. Après un
gémissement implorant, il se mit à galoper d'un
fourré à l'autre. Puis il revint vers sa mère et lui lécha
le museau avant de repartir pour de nouvelles gambades. Mais elle demeurait toujours immobile. Il
s'arrêta pour la fixer intensément, tout son corps
frémissant d'une ardente supplication qui s'évanouit
lentement quand il la vit tourner la tête et regarder le
camp.

Il entendait monter en lui l'appel de la nature et
de la liberté. Et sa mère l'entendait comme lui. Mais
elle était également sollicitée par un autre appel, plus
puissant encore, celui du feu des hommes, un appel
auquel seul le loup est capable de répondre, le loup et
son frère le chien sauvage.

Kitché fit demi-tour et reprit lentement le chemin des tentes. Plus forte que la contrainte du bâton
était sur elle l'emprise du camp. Les dieux imposaient
leur pouvoir sans même manifester leur présence et, à
distance, l'empêchaient de s'en aller. Croc-Blanc
s'assit au pied d'un bouleau et se mit à gémir
doucement. A la puissante odeur des pins qui impré-
gnait l'air, se mêlaient des effluves sylvestres plus
subtils, et tout cela lui rappelait sa vie d'avant la
servitude. Mais il était encore un trop jeune louveteau
et l'appel de la nature sauvage, pas plus que de lui
des hommes, ne pouvait rivaliser avec l'influence de
sa mère. Depuis sa naissance, il n'avait jamais cessé
de dépendre d'elle. Et il n'était pas encore assez mûr
pour s'affranchir de cette tutelle. Alors il se leva et, la
mort dans l'âme, repartit lui aussi vers le camp,
s'arrêtant une fois, puis deux, pour s'asseoir un
instant et prêter l'oreille à l'appel qui continuait à
sourdre des profondeurs de la forêt.

A l'état sauvage, un petit ne reste jamais bien longtemps auprès de sa mère. Mais sous la domination des hommes, leur séparation put intervenir encore beaucoup plus tôt, comme ce fut le cas pour Croc-Blanc. Castor-Gris était en dette avec Trois-Aigles. Or ce dernier devait s'en aller pour remonter le Mackenzie jusqu'au Grand Lac de l'Esclave. Une pièce de tissu rouge, une peau d'ours, vingt cartouches et Kitché servirent à rembourser la dette. Quand sa mère fut emmenée à bord du canoë de Trois-Aigles, Croc-Blanc voulut la suivre. Mais il fut rejeté sans ménagement sur le rivage. L'embarcation s'éloigna aussitôt. Alors il se jeta dans son sillage et se mit à nager, sans se préoccuper des cris de Castor-Gris qui lui enjoignait de revenir. Même un animal-homme, même un dieu ne comptait plus pour lui, tant était grande son angoisse de perdre sa mère.

Seulement les dieux ont l'habitude d'être obéis et Castor-Gris, furieux, sauta dans un canoë pour se lancer à sa poursuite. Quand il parvint à la hauteur de Croc-Blanc, il se baissa et le souleva au-dessus de l'eau par la peau du cou. Mais il ne le déposa pas tout de suite au fond du canoë. Le maintenant suspendu à bout de bras, il entreprit de lui administrer une raclée. Et pour une raclée, c'en fut une, car il n'y alla pas de main morte. Chaque coup était calculé pour faire le plus de mal possible, et il y en eut une multitude.

Sous cette grêle qui s'abattait sur lui tantôt d'un côté, tantôt de l'autre, Croc-Blanc était projeté d'avant en arrière comme un douloureux pendule saisi de folie. Toutes sortes d'émotions se bousculèrent en lui. Cela avait d'abord été de la surprise. Puis il eut un moment de panique qui le fit japper plaintivement à chaque impact de la main. Mais la peur se

substitua vite à la rage. Pourtant son tempérament indépendant reprit le dessus, et il montra les dents en lançant de courageux grondements à la face du dieu en colère. Mais cela ne fit qu'accroître la fureur de ce dernier. Les coups redoublèrent, se firent plus violents, encore plus douloureux.

Castor-Gris continuait de frapper. Croc-Blanc continuait de gronder. Mais cette situation ne pouvait durer éternellement. Il fallait que l'un des deux finisse par céder. Et ce fut Croc-Blanc. L'angoisse le saisit de nouveau. Les jets de pierres et les coups de bâton dont on l'avait occasionnellement gratifié auparavant faisaient figure de caresses en comparaison de ce qu'il était en train de subir. Abandonnant toute résistance, il se contenta de crier et de gémir à chaque coup qu'il recevait. Puis son angoisse se muant en une folle terreur, il fit entendre un hurlement continu, une sorte de plainte ininterrompue que n'influençait même plus le rythme de la correction.

Enfin, Castor-Gris cessa de frapper, mais sans relâcher sa prise. Et Croc-Blanc, toujours suspendu à bout de bras, n'en continua pas moins de crier. Cela parut satisfaire son maître qui le jeta sans ménagement au fond du canoë. Pendant ce temps, l'embarcation était partie à la dérive dans le courant. L'Indien s'avança pour ramasser la pagaie et décocha un violent coup de pied à Croc-Blanc qui se trouvait sur son passage. Retrouvant aussitôt toute sa combativité, le louveteau planta ses crocs dans le mocassin.

La raclée qu'il venait de subir avait été peu de chose en comparaison de celle qu'il reçut alors. La fureur de Castor-Gris atteignit son paroxysme, de même que l'angoisse de Croc-Blanc. Ce ne fut pas seulement une main, mais aussi la dure pagaie de bois qui servit à le frapper. Et quand il fut de nouveau rejeté au fond du canoë, son corps n'était plus qu'une pauvre chose pantelante et brisée par la douleur. Castor-Gris fit exprès de le heurter encore du pied au passage. Mais cette fois, Croc-Blanc ne réagit pas. Il venait d'assimiler une leçon de plus dans son apprentissage de la servitude : jamais, au grand jamais, il ne fallait se hasarder à mordre le dieu qui était son seigneur et maître. Le corps de ce seigneur et maître avait un caractère sacré que les dents d'une créature de son espèce ne devaient en aucun cas souiller. C'était sans nul doute le pire des crimes, la suprême et inexpiable offense, celle qui ne méritait pas la moindre indulgence.

Quand le canoë rejoignit le rivage, Croc-Blanc demeura immobile, attendant en gémissant le bon vouloir de son maître. Et ce bon vouloir fut de lui faire regagner la terre ferme : il s'y trouva projeté sans douceur. Il se reçut lourdement sur le flanc et cela ne fit qu'accroître les souffrances de son corps meurtri. Lip-lip, qui avait suivi toute l'affaire depuis la berge, se précipita sur lui, le renversa et l'assaillit à coups de dent. Beaucoup trop affaibli pour se défendre, Croc-Blanc eût sans doute été mis à mal si Castor-Gris n'était venu à son secours en projetant Lip-lip d'un violent coup de pied qui l'envoya s'écraser au sol à plusieurs mètres de là. Telle était la justice de l'animal-homme. Et malgré le triste état dans lequel il se trouvait, Croc-Blanc en éprouva un petit frisson de reconnaissance. Claudiquant sur les talons de son maître, il le suivit à travers tout le camp jusqu'à son tipi. Ainsi donc, Croc-Blanc venait d'apprendre que le droit aux représailles est un privilège dont les dieux se réservent l'exclusivité et qu'ils en interdisent l'usage aux créatures inférieures.

Cette nuit-là, dans le calme revenu, Croc-Blanc ne put s'empêcher de se lamenter en pensant à sa mère. Et ses lamentations devenant un peu trop bruyantes, il finit par réveiller Castor-Gris qui le battit. Dès lors, il se contenta de gémir doucement quand il se trouvait au voisinage des dieux. Mais parfois, il lui arrivait de s'avancer seul jusqu'à la lisière de la forêt afin d'y donner libre cours à son désespoir en lançant de longs hurlements plaintifs.

Durant cette période, il aurait pu répondre à l'appel de la caverne et de la rivière, et reprendre sa liberté. Mais le souvenir de sa mère l'en empêchait. De même que des animaux-hommes revenaient au village après s'en être éloignés un certain temps, pour aller chasser, de même sa mère finirait bien par refaire un jour son apparition. Et cette attente lui fit accepter sa servitude.

Cette servitude ne présentait d'ailleurs pas que des aspects négatifs. Croc-Blanc trouvait largement de quoi satisfaire sa curiosité. En fait, il se passait toujours quelque chose. Ce que ces dieux étaient capables de faire pouvait varier à l'infini. Or, le louveteau s'intéressait à tout ce qu'il voyait. Et puis il apprenait à vivre en bonne intelligence avec Castor-Gris. Une rigoureuse et indéfectible obéissance était tout ce qu'on attendait de lui. En contrepartie, cela lui valait de ne pas être battu et de mener une existence supportable.

Castor-Gris allait même parfois jusqu'à lui jeter un morceau de viande en veillant à ce que les chiens ne l'empêchent pas de le manger. Un tel morceau de viande avait une inestimable valeur. Aussi étrange que cela puisse paraître, il représentait beaucoup plus qu'une douzaine de morceaux semblables jetés par une squaw. Castor-Gris ne prodiguait jamais ni câlinerie ni la moindre caresse. Peut-être était-ce la force de sa main, ou sa justice, ou bien le rayonnement de son pouvoir, ou peut-être était-ce l'ensemble de tout cela qui agissait sur Croc-Blanc. Toujours est-il que des liens se formaient indéniablement entre le louveteau et son brutal seigneur.

Insidieusement, autant par la contrainte, les claques, les coups de bâton ou les pierres, que par des voies plus mystérieuses, les chaînes de la servitude resserraient leur emprise sur Croc-Blanc. Il appartenait à une espèce qui avait su très tôt venir se réchauffer auprès du feu des hommes, et cela grâce à certaines qualités particulières qui étaient susceptibles de se développer. Or, c'était précisément ce qui se passait maintenant. Et peu à peu, il commença à prendre goût à la vie de campement, aussi pénible fût-elle, quoiqu'il n'en eût pas conscience. Il éprouvait seulement de la peine d'avoir perdu sa mère dont il espérait le retour, et une furieuse envie de renouer avec la vie indépendante qui avait été la sienne.

Chapitre XI

LE RÉPROUVÉ

Lip-lip continua à rendre la vie impossible à Croc-Blanc et celui-ci en devint plus sauvage et plus féroce qu'il ne l'eût été normalement. Certes, la sauvagerie était inhérente à sa nature, mais celle qui se développa en lui dépassa les limites habituelles. Il se fit une réputation de méchanceté parmi les animaux-hommes eux-mêmes. Chaque fois qu'il y avait de l'agitation et du tapage dans le camp, chaque fois qu'éclatait une bagarre ou qu'une femme se mettait à hurler pour un morceau de viande dérobé, s'il n'en était pas directement cause, Croc-Blanc s'y trouvait mêlé. Et l'on ne cherchait pas à s'interroger sur les motifs de ce comportement. On en constatait seulement les effets qui étaient détestables. Il n'était qu'un sale voleur, un être malfaisant, un fauteur de troubles. Et les squaws ne se faisaient pas faute, tandis qu'il se tenait aux aguets, prêt à esquiver leurs projectiles, de lui jeter à la face qu'il n'était qu'un loup, un moins que rien promis au pire des sorts.

Sa situation devint celle d'un réprouvé parmi la population du camp. Tous les jeunes chiens se conformaient à l'attitude de Lip-lip. Il y avait une différence entre Croc-Blanc et eux. Peut-être recon-

naissaient-ils en lui la marque originelle d'une créature issue de la forêt sauvage et ressentaient-ils de ce
fait l'aversion instinctive des chiens domestiques pour
les loups. Toujours est-il qu'ils se joignirent à Lip-lip
afin de le persécuter. Et une fois qu'ils eurent
commencé, tous les prétextes furent bons pour s'en
prendre à lui. A un moment ou à un autre, tous
eurent affaire à ses coups de dent, et il faut avouer
qu'il en distribua davantage qu'il n'en reçut. En
combats singuliers, il aurait pu avoir facilement le
dessus avec la plupart d'entre eux. Mais on ne lui en
laissait guère l'occasion. Car dès qu'un tel affrontement semblait sur le point de s'engager, tous les
jeunes chiens du camp se précipitaient pour se jeter
sur lui.

De ces persécutions collectives, il tira deux
enseignements importants : il apprit comment se
défendre face à un grand nombre d'adversaires et
comment infliger à un attaquant isolé le maximum de
dommages en un minimum de temps. Ne pas se
laisser entraîner au sol dans une mêlée furieuse était
un principe vital, il s'en rendit rapidement compte. Et
tel un chat, il devint capable de toujours retomber sur
ses pattes. Si la lourde masse d'un chien adulte venait
à le heurter, que ce fût par-derrière ou sur le côté, et
qu'alors il dérapât ou même fût projeté en l'air, il se
retrouvait immanquablement sur ses quatre pattes,
les pieds solidement ancrés au sol.

Les combats de chiens sont généralement annon-
cés par un certain nombre de préliminaires : grondements, hérissement des poils, raidissement de la
démarche. Croc-Blanc, quant à lui, apprit à passer
outre à ce genre de rituel. Toute perte de temps
laissait à l'ensemble des chiens l'opportunité de se

rameuter contre lui. Il comprit donc qu'il fallait agir
rapidement et s'enfuir aussitôt sans jamais manifester
ses intentions à l'avance. Il se jetait à l'improviste sur
sa proie et la lacérait de ses dents sans lui laisser le
temps de se préparer au combat. Il acquit ainsi une
redoutable et fulgurante efficacité. Il découvrit du
même coup les avantages de l'effet de surprise. Un
chien pris au dépourvu et qui se retrouve avec une
épaule déchirée ou une oreille en lambeaux avant
même d'avoir pu réaliser ce qui lui arrivait, est déjà
pour moitié hors de combat.

En outre, l'animal pris par surprise tombe
facilement à la renverse; une fois dans cette posture, il
laisse fatalement, ne fût-ce qu'un court instant, le
dessous de son cou à découvert : c'est dans cette partie
tendre et vulnérable qu'il faut alors frapper pour lui
ôter la vie.

Or Croc-Blanc connaissait ce point faible. C'était
une notion innée transmise à son instinct de chasseur
par toutes les générations de loups qui l'avaient
précédé. Quand il prenait l'initiative d'une attaque,
sa méthode était donc la suivante : il recherchait
d'abord un jeune chien isolé, puis il se jetait inopiné-
ment sur lui pour le faire tomber à la renverse et
s'efforçait alors de lui ouvrir la gorge à coups de
dent.

Mais comme il était encore loin d'avoir atteint le
terme de sa croissance, ses mâchoires n'étaient ni
assez larges, ni assez puissantes pour porter des coups
mortels. Il n'empêche que bien des jeunes chiens du
camp arboraient des déchirures au cou qui ne laissaient aucun doute sur ses intentions. Or un jour qu'il
s'en était pris selon sa méthode habituelle à l'un de ses
ennemis qui se hasardait seul en bordure de la forêt, il

s'acharna sur lui avec une telle opiniâtreté qu'il parvint en fin de compte à lui trancher l'artère jugulaire et, ainsi, à le tuer, Il s'en était suivi dans le camp ce soir-là un beau tapage. On l'avait vu, et la nouvelle avait été rapportée au maître de la victime. Les squaws s'étaient alors empressées d'évoquer tous les chapardages de nourriture qui avaient eu lieu, et des voix furieuses s'en étaient prises à Castor-Gris. Mais celui-ci avait résolument interdit l'entrée de son tipi où s'était réfugié le coupable, et il était demeuré sourd aux clameurs de vengeance des gens de sa tribu.

Croc-Blanc devint un objet de haine pour les hommes comme pour les chiens. Au cours de cette période de son existence, il ne fut plus un seul instant en sécurité. Il était guetté tant par les dents des chiens que par les mains humaines. Ceux de son espèce l'accueillaient par des grondements, et les dieux par des invectives ou même des pierres. Il vivait dans une tension perpétuelle. Sans cesse sur ses gardes, toujours prêt à l'attaque ou à en repousser une, surveillant les alentours pour pouvoir esquiver à temps un éventuel projectile, il se savait tenu d'agir rapidement, de se jeter en avant dans un éclair de ses dents blanches ou de bondir en arrière avec un grognement de menace, et ne pouvait se permettre une erreur.

Or, pour ce qui était de gronder, nul chien, les jeunes comme les vieux, ne savait le faire avec autant de terrifiante puissance que lui. Le grondement a pour fonction d'avertir ou d'effrayer, et ne doit intervenir qu'à bon escient. Croc-Blanc savait parfaitement quand il devait y recourir et de quelle façon. Il y mettait alors un paroxysme de férocité, de rage et de menace. Le museau parcouru de crispations spasmodiques, le poil hérissé de vagues frémissantes, la langue apparaissant et disparaissant par à-coups comme un horrible serpent rose, les oreilles rejetées en arrière, les yeux luisants de haine et les babines retroussées sur des crocs humides, tout dans son attitude concourait à briser net l'élan d'un quelconque assaillant. Alors, du court instant d'hésitation qui s'ensuivait chez son adversaire, Croc-Blanc savait tirer profit pour arrêter son plan d'action. Bien souvent d'ailleurs, l'hésitation se prolongeait, et l'attaque tournait court. C'est ainsi que, même contre des chiens adultes, il eut plus d'une fois l'occasion de se tirer honorablement d'affaire par le seul effet de ses grondements.

S'il était mis au ban de la meute par les jeunes chiens, ses méthodes sanguinaires et sa remarquable efficacité lui offraient les moyens de leur faire durement payer cette attitude. Si les membres du groupe lui interdisaient de se joindre à leurs activités, eux-mêmes ne pouvaient s'éloigner les uns des autres, car il le leur interdisait. Sa science de l'affût et de l'embuscade dissuadait en effet les chiots de se lancer dans des expéditions solitaires. A l'exception de Lip-lip, ils s'en trouvaient condamnés à rester ensemble pour se protéger mutuellement contre le redoutable ennemi qu'ils s'étaient fait. Un chiot égaré seul au bord du fleuve était un chiot mort... quand il ne mettait pas le camp en effervescence en s'enfuyant avec des hurlements de douleur et d'effroi devant le louveteau qui l'avait attaqué par surprise.

Croc-Blanc poursuivit ses représailles même quand les jeunes chiens eurent fini par comprendre qu'ils ne devaient pas s'éloigner les uns des autres. Il attaquait tous ceux qui se trouvaient isolés et eux-mêmes l'attaquaient lorsqu'ils étaient regroupés. Il leur suffisait de l'apercevoir pour se lancer à ses trousses et seule son extrême rapidité lui permettait de leur échapper. Mais malheur au chien qui lors d'une telle poursuite distançait ses compagnons! Croc-Blanc avait appris à faire brusquement demi-tour pour se jeter sur l'inconscient et à le lacérer de ses dents avant l'arrivée des autres. Cela se produisit maintes fois, car dans l'excitation de la chasse, la meute hurlante pouvait en oublier toute prudence, alors que Croc-Blanc, lui, ne cessait jamais de veiller à sa sécurité. Sans ralentir sa course, il jetait de fréquents coups d'œil derrière lui et se tenait toujours prêt à bondir sur un poursuivant trop zélé galopant en tête de la meute.

Le jeu est une activité naturelle des jeunes chiens. Et cette situation de conflit permanent répondait parfaitement à leur besoin de s'amuser. Aussi, la chasse au louveteau devint-elle leur distraction favorite, une distraction mortelle, il est vrai, qui tournait parfois au drame. Croc-Blanc, de son côté, qui avait pour lui l'avantage de la vitesse, n'hésitait pas à s'aventurer n'importe où. Au cours de cette période où il attendit en vain le retour de sa mère, il eut maintes fois l'occasion d'entraîner la meute à sa suite dans la forêt environnante. Et invariablement, la meute perdait sa trace. Elle menait si grand tapage qu'il n'avait aucun mal à la localiser. Lui-même, en revanche, se déplaçait sans bruit entre les arbres, ombre silencieuse aux pattes de velours, comme il l'avait vu faire à sa mère et à son père. Et puis il avait beaucoup plus qu'eux l'habitude de la nature sauvage dont il connaissait les secrets et les pièges. L'un de ses trucs favoris consistait à leur faire perdre sa piste dans un cours d'eau, puis à se glisser tranquillement à l'intérieur d'un buisson proche d'où il entendait s'élever leurs cris de dépit.

Haï par ceux de son espèce et par les hommes, irréductible, perpétuellement agressé et recherchant lui-même toutes les occasions d'agresser les autres, son développement fut rapide mais déséquilibré. Car de telles conditions ne pouvaient guère le prédisposer à découvrir la gentillesse et l'affection. Il s'agissait là de sentiments dont il n'avait pas la moindre notion. Le seul principe qu'il eût appris était de se soumettre aux forts et d'opprimer les faibles. Castor-Gris était un dieu et il avait la force. Aussi Croc-Blanc lui obéissait-il. Par contre, un chien plus jeune et plus petit que lui était faible et devait être éliminé. La force était l'objectif vers lequel tendait toute son évolution. Les aptitudes naturelles qui lui permirent de se défendre et de se battre efficacement pour éviter d'être détruit se développèrent exagérément. Il devint plus vif et plus rapide à la course que tous les autres chiens, plus débrouillard, plus meurtrier, plus agile, plus maigre aussi, avec des muscles secs et nerveux. Il acquit plus d'endurance, de férocité et d'intelligence. Il n'avait d'ailleurs pas le choix : faute de faire preuve de toutes ces qualités, il n'aurait jamais pu s'en sortir dans l'environnement hostile auquel il était confronté.

CHAPITRE XII

LA PISTE DES DIEUX

Vers la fin de l'année, quand les jours commencèrent à raccourcir et que dans l'air se fit sentir la morsure du froid, Croc-Blanc eut l'occasion de reprendre sa liberté. Pendant plusieurs jours, le village avait été le théâtre d'un grand remue-ménage. On démontait le campement d'hiver que la tribu s'apprêtait à évacuer avec armes et bagages avant la raréfaction du gibier. Croc-Blanc observa tout d'un œil attentif et, quand il vit les tipis se défaire et les canoës se remplir sur la berge, il comprit. Déjà quelques embarcations s'étaient éloignées et certaines venaient de disparaître dans un tournant du fleuve.

Délibérément, il décida de rester en arrière. Il guetta un moment favorable pour se glisser hors du camp et gagna la forêt. Il brouilla sa piste dans un petit ruisseau où de la glace se formait déjà. Puis il alla se tapir au cœur d'un épais buisson et attendit. Le temps passa et, pendant des heures, il dormit par intermittence. Puis il fut réveillé par la voix de Castor-Gris qui criait son nom. Il y avait également d'autres voix. Croc-Blanc reconnut celle de la squaw de Castor-Gris, qui participait aux recherches, et celle de Mit-sah, le fils de Castor-Gris.

Frissonnant de peur, Croc-Blanc se sentit tenté de sortir de sa cachette. Mais il sut résister à cette impulsion. Finalement les voix s'évanouirent dans le lointain et, après avoir encore attendu quelque temps, il rampa hors de son taillis, décidé à mettre à profit le succès de son entreprise. La nuit commençait à tomber et il se mit à jouer entre les arbres, savourant sa liberté retrouvée. Puis, de façon toute soudaine, il prit conscience de sa solitude. Il s'assit pour réfléchir, attentif au silence de la forêt qui le mettait mal à l'aise. Le fait qu'il n'y eût pas le moindre bruit, pas le moindre mouvement avait quelque chose d'inquiétant. Il fut envahi par une impression de danger, diffuse et indéfinissable. La haute silhouette des arbres et toutes ces ténèbres qui l'entouraient, lui parurent chargées d'innombrables menaces.

De plus il faisait froid, et il n'avait pas la possibilité d'aller se pelotonner contre la chaude paroi d'un tipi. Pour échapper au glacial contact du sol, il se mit à lever les pattes les unes après les autres, puis il les entoura de sa queue touffue et, dans le même instant, il eut une sorte de vision. Cela n'avait rien d'extravagant. C'était comme une succession de souvenirs brusquement surgis au fond de ses yeux. Il revit le campement, les tentes et l'éclat des feux. Il entendit les voix perçantes des femmes, celles plus graves des hommes et les grognements des chiens. Il avait faim et se rappela les morceaux de viande et de poisson qu'on lui jetait. Là où il se trouvait, il n'y avait rien à manger, mais seulement le silence, un insupportable et menaçant silence.

La servitude l'avait amolli. La dépendance lui avait fait perdre une partie de ses moyens. Il ne savait plus se prendre lui-même en charge. Le vide de la nuit l'étreignit. Habitués au brouhaha et à l'agitation du camp, à une incessante sollicitation de ses yeux et de ses oreilles, ses sens s'étaient émoussés. Démobilisés, ils ne voyaient rien, n'entendaient rien. Ils demeuraient tendus dans l'attente d'une éventuelle rupture du silence et de l'immobilité de la nature. Ils étaient paralysés par une angoisse née de cette immobilité : l'impression que quelque chose de terrible se préparait.

Il eut un violent sursaut de frayeur. Son champ de vision venait d'être traversé par une forme colossale aux contours mouvants. Il s'agissait en fait de l'ombre d'un arbre projetée par la lune brusquement surgie d'un nuage. Rassuré, il se mit à gémir faiblement. Mais il s'interrompit aussitôt, de crainte que sa voix n'attirât l'attention des forces malfaisantes dont il était entouré.

Contracté par le gel nocturne, un arbre fit entendre un bruit sourd, juste au-dessus de sa tête. Il eut un jappement d'effroi. Pris de panique, il s'élança éperdument en direction du village. Il éprouvait un irrépressible besoin de retrouver la protection et la compagnie de l'homme. Ses narines frémissaient aux souvenirs des effluves du feu de camp. Dans ses oreilles résonnaient puissamment les bruits et les appels du village. Émergeant de la forêt, il déboucha en terrain découvert, là où la lumière de la lune effaçait les ombres et l'obscurité. Mais aucun village ne s'offrit à sa vue. Il avait oublié : le village s'en était allé.

L'élan de sa course en fut brisé net. Il n'y avait plus d'endroit vers où galoper. Il erra misérablement sur le site déserté du camp en reniflant au passage les tas d'ordures et les détritus divers abandonnés par les dieux. Comme il aurait été heureux d'entendre siffler au-dessus de sa tête des pierres lancées par une squaw acariâtre! heureux de sentir tomber sur lui la main brutale de Castor-Gris! Il aurait même accueilli avec délice la ruée de Lip-lip et de toute la meute grondante.

Il retrouva l'emplacement où s'était dressé le tipi de Castor-Gris et s'assit au milieu de l'espace qu'avaient délimité les contours de la tente. Il pointa son museau vers la lune, la gorge nouée de spasmes incoercibles. Il ouvrit la gueule et laissa s'exprimer, en une plainte déchirante, sa solitude et son angoisse, sa peine d'avoir perdu Kitché, tous ses ennuis et ses malheurs passés, mais aussi sa peur des dangers qui l'attendaient. C'était le long hurlement du loup, profond et lugubre, le premier véritable hurlement qu'il eût jamais poussé.

Le retour de la lumière dissipa ses appréhensions, mais accrut son sentiment de solitude en lui permettant de mesurer du regard le vide qui l'entourait : il y avait eu là, au même endroit et si peu de temps auparavant, tellement de monde! Il ne fut pas long à se décider. Il s'enfonça sous les arbres et suivit la rive du fleuve dans le sens du courant. Il marcha tout le jour, à vive allure et sans jamais se reposer. On eût dit qu'il devait avancer ainsi indéfiniment. Ses muscles d'acier ignoraient la fatigue. Et quand celle-ci commença de se faire sentir, la résistance séculaire de sa race lui fournit les ressources nécessaires pour continuer et permit à son corps endolori d'aller sans cesse plus avant.

Là où le fleuve s'enfonçait dans des gorges escarpées, il escaladait les hauteurs qui le surplombaient. Les affluents, il les franchissait à gué ou à la nage. Il

dut souvent s'engager sur les minces couches de glace
qui commençaient à se former et il lui arriva plus
d'une fois de passer au travers et de devoir lutter
désespérément pour échapper à la violence du courant. Il ne cessait jamais de guetter des traces du
passage des hommés, au cas où ceux-ci auraient
quitté le fleuve pour gagner l'intérieur des terres.

Croc-Blanc était plus intelligent que la moyenne
de ses semblables. Mais sa vision mentale ne portait
pas assez loin pour lui faire envisager que le Mackenzie pût avoir une autre rive. Et si la piste des
dieux menait de l'autre côté? Cela ne lui vint jamais
à l'esprit. Plus tard, quand il aurait bourlingué
davantage, pris de l'âge et de l'expérience et suivi
beaucoup d'autres pistes, beaucoup d'autres fleuves,
peut-être alors finirait-il par envisager une telle
possibilité. Mais un pareil élargissement de ses pers-
pectives appartenait encore à un avenir hypothétique.
Pour l'instant, il marchait à l'aveuglette et seule
comptait la rive sur laquelle il se trouvait.

Toute la nuit il poursuivit sa course, se heurtant
dans l'obscurité à toutes sortes d'obstacles qui lui
faisaient perdre du temps mais ne le décourageaient
pas pour autant. Vers le milieu du jour suivant, cela
faisait une trentaine d'heures qu'il n'avait cessé de
marcher et l'acier de ses muscles commençait à
donner de sérieux signes de fléchissement. Il n'avait
rien mangé depuis quarante heures et la faiblesse le
gagnait. Et puis ses nombreux passages dans des eaux
glacées n'avaient rien arrangé. Sa belle fourrure était
maculée de boue. Les larges coussinets de ses pieds
étaient meurtris et ensanglantés. Il s'était mis à boiter
et sa claudication ne fit que s'accentuer avec le temps.
Pour aggraver la situation, le ciel s'obscurcit et la

neige fit son apparition, une neige âpre, humide et
collante, une neige gluante qui glissait sous ses pattes,
qui dérobait à sa vue les contours du paysage,
masquait les inégalités du terrain et rendait sa
progression encore plus hasardeuse, plus pénible.

Ce soir-là, Castor-Gris avait prévu d'établir le
campement de l'autre côté du Mackenzie, car c'était
par là qu'il comptait trouver du gibier. Mais peu
avant la tombée de la nuit, Kloo-kootch, sa squaw,
avait aperçu un élan qui venait boire sur la rive même
où se trouvait Croc-Blanc. Si cet élan n'était pas venu
boire, si Mit-sah n'avait pas pagayé au ras de la berge
à cause de la neige, si Kloo-kootch n'avait pas aperçu
l'élan et si Castor-Gris n'avait pas eu la chance
d'abattre la bête au premier coup de feu, rien de ce
qui s'ensuivit n'aurait eu lieu. Le campement n'aurait
pas été établi de ce côté-ci du fleuve, Croc-Blanc
aurait ignoré sa présence et serait passé outre, soit
qu'il finît par en mourir, soit qu'il reprît les habitudes
de ses frères les loups et redevînt l'un d'eux pour le
restant de ses jours.

Il faisait nuit noire. La neige tombait de plus en
plus dru et Croc-Blanc gémissait en trébuchant à
chaque pas, quand il tomba sur une piste fraîche. Elle
était même si récente qu'il l'identifia aussitôt. Haletant d'excitation, il la suivit en remontant de la rive
vers la lisière des arbres. Les bruits du campement
parvinrent à ses oreilles. Il vit l'éclat du feu, Kloo-
kootch qui faisait cuire quelque chose et Castor-Gris,
assis sur ses talons, qui mastiquait un gros morceau
de suif cru. Il y avait de la viande fraîche au
campement!

Croc-Blanc s'attendait à une raclée. A cette
pensée, il se tassa sur lui-même et son poil se hérissa

légèrement. Mais il continua d'avancer. Il savait qu'il allait être battu et il n'aimait pas cela, il le redoutait. Seulement, il savait aussi qu'il pourrait profiter de la chaleur du feu, de la protection des hommes, de la compagnie des chiens, une compagnie hostile, certes, mais une compagnie tout de même à laquelle aspirait son besoin d'une vie communautaire.

Aplati au ras du sol, il rampa en direction de la lumière du foyer. Castor-Gris le vit et cessa de mastiquer son suif. Croc-Blanc avançait lentement, se traînait misérablement sur le ventre, dans toute l'abjection de sa honte et de sa soumission. Il se dirigeait directement vers Castor-Gris, sa progression se faisant plus lente et plus laborieuse à chaque centimètre parcouru. Il finit ainsi par se retrouver couché aux pieds de son maître; il se livrait à lui entièrement, corps et âme. Il avait résolument choisi de venir prendre place auprès du feu de l'homme et d'accepter la domination de ce dernier. Croc-Blanc attendit en tremblant le châtiment qui allait s'abattre sur lui. Il y eut un mouvement de la main au-dessus de sa tête et il se recroquevilla instinctivement pour se préparer au coup. Mais rien ne vint. Alors, il risqua un regard furtif. Castor-Gris venait de couper en deux son morceau de suif! Castor-Gris lui tendait une part de son suif! Lentement, avec un rien de méfiance, il commença par renifler le lambeau de graisse, puis entreprit de le dévorer. Castor-Gris lui fit apporter de la viande et empêcha les chiens d'approcher pendant qu'il mangeait. Après quoi, Croc-Blanc, reconnaissant et satisfait, s'étendit aux pieds de son maître, les yeux fixés sur le feu qui le réchauffait, les paupières alourdies par une douce somnolence, bercé par la certitude rassurante qu'il ne se retrouverait pas, le lendemain, en train d'errer dans la solitude menaçante de la forêt, mais dans le campement des animaux-hommes, parmi les dieux auxquels il s'était donné et dont il dépendait maintenant.

CHAPITRE XIII

LE PACTE

Décembre était déjà bien avancé quand Castor-Gris entreprit une expédition en remontant le long du Mackenzie. Mit-sah et Kloo-kootch l'accompagnèrent. Il prit lui-même la direction du traîneau principal auquel furent attelés des chiens qu'il avait achetés ou empruntés. Mit-sah, de son côté, avait la responsabilité d'un second traîneau, plus petit, et que tiraient uniquement les jeunes chiens. On lui avait surtout confié ce traîneau pour l'amuser, mais le garçon éprouvait une profonde satisfaction à l'idée qu'il commençait à accomplir des tâches d'homme. De fait, c'était pour lui l'occasion d'apprendre à diriger des chiens. Et les chiots, de leur côté, faisaient ainsi connaissance avec le harnais. D'ailleurs, ce traîneau servait réellement à quelque chose puisqu'il transportait près d'une centaine de kilos d'équipement et de vivres.

Croc-Blanc avait déjà vu des chiens tirer des traîneaux, aussi ne fut-il pas trop désemparé quand on le harnacha lui-même pour la première fois. On lui plaça autour du cou un collier rembourré de mousse auquel furent fixées deux courroies de traction qui passaient devant sa poitrine et par-dessus son dos. Et c'est à ces courroies qu'on attacha la longue corde destinée à haler le traîneau.

Ils étaient sept à composer l'attelage. Les autres, qui étaient nés plus tôt dans l'année, avaient de neuf à dix mois, alors que Croc-Blanc n'en avait que huit. Chaque chien était relié au traîneau par une corde distincte. Et ces cordes avaient toutes une portée différente qui s'espaçait de l'une à l'autre d'environ la longueur du corps d'un chien. Elles aboutissaient à des anneaux fixés sur le devant du traîneau. Celui-ci n'avait pas de patins, car c'était une simple coque en écorce de bouleau dont l'avant était relevé pour l'empêcher de s'enfoncer dans la neige. Ce type de construction permettait d'obtenir un étalement maximum de la surface portante sur la couche de neige poudreuse. Et c'est également pour étaler le plus possible la répartition du poids que les chiens, au bout de leur corde, formaient un éventail autour de la proue du traîneau, de telle sorte qu'aucun d'entre eux n'avait à marcher dans les traces d'un autre.

Cette disposition en éventail avait un second avantage. La différence de longueur entre les cordes interdisait aux chiens d'attaquer par-derrière ceux qui les précédaient. Le chien qui voulait s'en prendre à l'un de ses congénères pouvait seulement se retourner vers celui qui le suivait au bout d'une corde plus courte. Il se retrouvait alors face à son adversaire, mais du même coup face au fouet du conducteur. Le principal intérêt de ce système était pourtant d'un autre ordre. Le chien qui cherchait à atteindre celui qui le précédait tirait sur sa corde avec un surcroît d'ardeur. Et l'animal poursuivi en faisant autant pour ne pas être rejoint. Celui qui était derrière ne pouvait donc jamais rattraper l'autre. Et plus le premier accélérait sa course, plus le second en faisant autant, plus les autres chiens devaient courir vite. Le traîneau se déplaçait ainsi avec une constante rapidité qui prouvait encore une fois la supériorité de l'homme sur les bêtes.

Mit-sah ressemblait à son père dont il avait hérité le discernement et le bon sens. Il avait eu l'occasion de remarquer les persécutions que Lip-lip faisait subir à Croc-Blanc. Seulement, comme ce chien appartenait jusqu'alors à un autre, il n'avait jamais osé faire plus que de lui lancer une pierre de temps en temps. Or maintenant que Lip-lip était à lui, il décida de lui faire payer son comportement en l'attelant à l'extrémité de la plus longue corde. Cette position de chef de file pouvait passer pour un privilège. Or, c'était tout le contraire. Car au lieu d'être le meneur qui entraînait les autres, Lip-lip devint le chien le plus détesté et le plus persécuté de la meute.

Du fait qu'il était attelé au bout de la plus longue corde, Lip-lip se trouvait en permanence devant les autres chiens. Ceux-ci ne voyaient donc de lui que sa queue touffue et ses pattes de derrière en pleine action. Or, c'était là un spectacle beaucoup moins intimidant que celui de sa crinière hérissée et de ses crocs luisants. De plus, la mentalité des chiens est ainsi faite qu'ils ont toujours envie de s'élancer à la poursuite de celui qui semble s'enfuir devant eux.

Dès l'instant où le traîneau s'ébranla, l'attelage se rua aux trousses de son chef de file avec une féroce ardeur qui ne se démentit pas de toute la journée. Au début, Lip-lip essaya bien de se retourner vers ses poursuivants pour se faire respecter et assouvir sa

colère. Mais les neuf mètres du fouet en boyau de
caribou que maniait Mit-sah le cinglaient aussitôt en
pleine face et l'obligeaient à tourner les talons pour
reprendre sa course. Lip-lip pouvait affronter la
meute mais pas le fouet. Aussi n'eut-il plus d'autre
choix que de tirer de toutes ses forces sur sa corde afin
de maintenir son arrière-train à distance des dents de
ses congénères.

Mais l'esprit du jeune Indien conçut une idée
plus diabolique encore. Pour décupler l'ardeur que
mettait l'attelage à poursuivre son chef de file,
Mit-sah favorisa ouvertement celui-ci par rapport
aux autres chiens. Et ces faveurs ne firent qu'attiser
leur jalousie et leur haine. Mit-sah donnait de la
viande à Lip-lip et n'en donnait qu'à lui. Les autres
en étaient exaspérés. Tenus à distance par le fouet de
caribou, ils s'agitaient rageusement pendant que Lip-
lip dévorait sa friandise. Et quand Mit-sah n'avait
plus rien à lui donner, il l'emmenait à l'écart et faisait
semblant de lui jeter quelque chose.

Croc-Blanc accepta sa tâche sans difficulé. Il
avait couru autrement plus longtemps quand il était
parti à la recherche des dieux pour se soumettre à
eux! De plus, il avait appris qu'il était inutile de
s'opposer à la volonté de l'homme. Et les persécutions
qu'il avait subies de la part de ses congénères l'avaient
amené à leur attribuer une place négligeable dans
l'organisation de sa vie où l'homme, en revanche,
avait la primauté. Il s'était habitué à ne plus compter
sur la solidarité de ses semblables. Quant au souvenir
de Kitché, il commençait à s'estomper. La principale
manifestation de sentiment dont il était capable se
limitait à la confiance dont il gratifiait les dieux qu'il
avait acceptés pour maîtres. Aussi s'adonnait-il à sa

tâche avec ardeur. Il apprenait la discipline et se montrait obéissant. Il témoignait de sa fidélité et de sa bonne volonté dans tout ce qu'il faisait. Ce sont là les traits essentiels du loup et du chien sauvage quand on est parvenu à les domestiquer. Or, ces traits de caractère, Croc-Blanc les possédait au plus haut point.

Certes, des relations s'étaient établies entre Croc-Blanc et les autres chiens, mais elles étaient fondées sur l'antagonisme et l'hostilité. Avec eux, il n'avait jamais pu apprendre à jouer. Il avait seulement appris à se battre et ne se faisait pas faute de le leur prouver en leur rendant au centuple toutes les morsures et toutes les brimades qu'ils lui avaient fait subir quand Lip-lip était le meneur de la bande. Mais Lip-lip avait perdu ce privilège, excepté lorsqu'il entraînait ses compagnons à sa suite, attelé au bout de sa corde, avec le traîneau qui cahotait derrière. Au campement, il ne s'éloignait plus de Mit-sah, de Castor-Gris ou de Kloo-kootch. Il n'osait plus s'aventurer loin des dieux, car les crocs de tous les autres chiens se retournaient contre lui, et c'était maintenant son tour de connaître le calvaire qu'avait enduré Croc-Blanc.

Suite à cette mise à l'écart de Lip-lip, Croc-Blanc aurait pu devenir le chef de la meute. Mais pour ce faire il avait un tempérament trop taciturne et trop solitaire. Il se contentait simplement de houspiller ses compagnons d'attelage. Pour le reste, il feignait de les ignorer. Eux-mêmes se détournaient de son chemin et les plus hardis n'osaient pas se hasarder à essayer de lui disputer sa nourriture. Ils se dépêchaient au contraire d'ingurgiter la leur, de peur qu'il ne vînt s'en emparer. Croc-Blanc connaissait parfaitement la loi : *opprimer les faibles et obéir aux forts*. Il dévorait sa part aussi vite qu'il le pouvait, et ensuite, malheur au chien qui n'avait pas encore fini la sienne ! Un grondement, un bref éclat de crocs luisants, et ce chien s'en allait clamer son indignation vers les étoiles indifférentes, tandis que Croc-Blanc terminait le repas à sa place.

Et quand tel ou tel chien esquissait parfois un mouvement de révolte, il était aussitôt remis au pas. Ainsi, Croc-Blanc ne perdait rien de son morda· · Jaloux de la solitude dans laquelle il se complaisait au sein du groupe, il devait souvent payer de sa personne pour la faire respecter. Mais de tels affrontements étaient toujours de courte durée. Il était trop rapide pour les autres. Ils se retrouvaient déchirés et couverts de sang sans avoir eu le temps de réaliser ce qui leur arrivait, vaincus avant même de s'être battus.

Aussi implacable que la discipline d'attelage imposée par les dieux était celle que Croc-Blanc faisait régner parmi ses compagnons. Il ne tolérait pas la moindre incartade. Il exigeait d'eux, en permanence, le plus total respect à son égard. Ils pouvaient faire, entre eux, ce qu'il leur plaisait, il s'en moquait, mais il lui importait, en revanche, qu'on le laissât profiter en paix de son isolement, qu'on s'écartât de son chemin quand il passait et que sa supériorité fût reconnue en toutes circonstances. Un raidissement de la démarche de leur part, un retroussis de babines ou un hérissement de poils, et il leur sautait dessus avec détermination et férocité afin de les remettre rapidement au pas.

Sa tyrannie n'avait pas de limites. Il imposait une discipline de fer et s'en prenait abusivement aux plus faibles. Ce n'était pas pour rien qu'il avait connu les lois impitoyables de la lutte pour la vie dans son tout premier âge, quand sa mère et lui s'étaient retrouvés seuls et sans protection à devoir affronter les cruelles réalités de la nature sauvage. Et ce n'était pas pour rien non plus qu'il avait appris à filer doux devant toute créature supérieure à lui. Il opprimait les faibles, mais il respectait les forts. Et au cours de cette longue expédition qu'il fit avec Castor-Gris, il sut se faire tout petit devant les chiens adultes, dans les camps des animaux-hommes étrangers qu'ils fréquentèrent.

Les mois se succédèrent, et Castor-Gris poursuivait sa randonnée. Les longues heures passées sous le harnais à peiner devant le traîneau avaient développé les forces de Croc-Blanc, dont l'évolution mentale avait également progressé. Il se faisait maintenant une idée assez précise du monde dans lequel il vivait, une idée plutôt pessimiste et terre à terre. Le monde tel qu'il le voyait était féroce, impitoyable et totalement dénué de chaleur, un monde où il n'y avait pas place pour les manifestations de gentillesse et d'affection, un monde qui ne connaissait pas la lumineuse douceur du sentiment.

Il n'éprouvait aucune affection pour Castor-Gris. Il savait que c'était un dieu, mais un dieu d'une grande dureté. Il acceptait de bon cœur sa suzeraineté, mais celle-ci était uniquement basée sur la supériorité de l'intelligence et sur la force brutale. Certes, il y avait en lui des fibres qui vibraient à l'appel de cette suzeraineté, sinon il ne serait pas revenu de la forêt pour répondre à ce besoin de soumission. Mais dans les profondeurs de son être, il y avait aussi d'autres fibres que l'on n'avait jamais encore fait

vibrer. Un mot gentil ou une caresse de la part de Castor-Gris eût éveillé de telles résonances. Mais Castor-Gris n'utilisait pas sa main pour des contacts amicaux et ne parlait jamais avec douceur. Ce n'était pas dans sa manière. Sa domination était brutale, de même que ses méthodes pour l'imposer. Il administrait sa justice avec un bâton, frappant pour corriger les erreurs et récompensant les mérites, non par des manifestations affectueuses, mais en s'abstenant de donner des coups.

Croc-Blanc ignorait donc tout des félicités que la main de l'homme pouvait dispenser. En fait, il éprouvait de l'aversion pour les mains des animaux-hommes. Il s'en méfiait. Certes, elles jetaient parfois de la nourriture, mais il leur arrivait beaucoup plus souvent de distribuer des coups. Aussi valait-il mieux s'en tenir à distance. Elles envoyaient des pierres, maniaient le bâton, le gourdin ou le fouet, administraient des claques ou de violentes bourrades, et quand elles s'attardaient sur lui, faisaient preuve d'une grande dextérité pour pincer, tordre ou arracher. Dans les villages étrangers, il avait fait connaissance avec les mains des enfants dont il avait découvert la douloureuse cruauté. Il lui arriva même une fois de se faire à demi éborgner par une papoose qui savait à peine marcher. Ces mésaventures l'incitèrent à se défier de tous les enfants. Il en vint à ne plus pouvoir les supporter. Dès qu'il les voyait venir à lui avec leurs mains inquiétantes, il prenait le large.

Ce fut dans un village situé près du Grand Lac de l'Esclave, qu'à l'occasion de mauvais traitements infligés par la main des animaux-hommes, il en vint à modifier la loi inculquée par Castor-Gris concernant le crime impardonnable que constituait le fait de

mordre un dieu. Dans ce village, selon la coutume
généralement admise partout ailleurs pour les chiens,
il s'était mis à fureter à droite et à gauche en quête de
nourriture. Un garçon découpait à la hache un
morceau d'élan congelé et de petits éclats de viande
voltigeaient dans la neige autour de lui. Croc-Blanc,
qui passait par là, entreprit aussitôt de manger ces
morceaux éparpillés. Mais du coin de l'œil, il vit le
garçon déposer sa hache et empoigner un solide
gourdin. Croc-Blanc bondit juste à temps pour éviter
le coup. Le garçon à ses trousses, il s'enfuit au hasard
entre les tipis de ce village qu'il ne connaissait pas et
finit par se retrouver coincé dans un cul-de-sac,
contre une haute butte de terre.

Croc-Blanc n'avait aucun moyen de s'échapper.
Deux tipis encadraient l'étroit passage au milieu
duquel se tenait le garçon. Celui-ci leva son gourdin
et s'avança pour l'abattre sur sa victime aux abois.
Hors de lui, Croc-Blanc fit face à l'assaillant en
hérissant son poil avec un sourd grondement. C'est
qu'il se sentait victime d'une injustice, et cela le
révoltait. Il connaissait la coutume du furetage : tous
les débris de viande appartenaient au chien qui les
trouvait. Il n'avait donc rien fait de mal, n'avait
transgressé aucune loi, et pourtant, voilà que ce
garçon s'apprêtait à lui administrer une correction.
Croc-Blanc comprit à peine ce qui se passa. Il agit
dans un sursaut de rage et avec une telle rapidité que
son agresseur n'y vit lui-même que du feu. Tout ce
que le garçon put constater, c'est qu'il se retrouva
culbuté dans la neige de façon tout à fait inexplicable,
avec une main profondément entaillée par les dents de
Croc-Blanc.

Croc-Blanc réalisa cependant qu'il venait de

rompre la loi des dieux. Il avait planté ses dents dans la chair sacrée de l'un d'eux et ne pouvait en attendre que le pire des châtiments. Il regagna précipitamment son tipi et s'aplatit derrière les jambes de Castor-Gris en voyant surgir le garçon qu'il avait mordu et sa famille qui réclamait vengeance. Mais ils repartirent sans avoir obtenu satisfaction. Castor-Gris prit la défense de Croc-Blanc, ainsi que Mit-sah et Klookootch. Croc-Blanc écouta l'affrontement verbal, observa les gesticulations coléreuses et comprit que son acte avait été légitime. Il en conclut donc qu'il fallait distinguer plusieurs sortes de dieux : il y avait les siens et il y en avait d'autres qui étaient différents. Des siens, il devait tout accepter, l'injustice comme la justice, car dans ce cas, cela revenait au même. Mais il n'était pas tenu de supporter l'injustice des autres dieux contre lesquels il se devait alors de réagir à coups de dent. C'était son droit. Et cela aussi était une loi des dieux.

Avant la fin de ce même jour, Croc-Blanc eut l'occasion d'en apprendre encore davantage au sujet de cette loi. Mit-sah se trouvait avec lui dans la forêt en train de ramasser du bois pour le feu quand il rencontra le garçon qui avait été mordu. Celui-ci était avec plusieurs compagnons de son âge. Il y eut un échange d'invectives. Puis tous les garçons se jetèrent sur Mit-sah dont la situation devint rapidement critique. Des coups pleuvaient sur lui de tous côtés. Au début, Croc-Blanc se contenta d'observer. Il s'agissait d'une affaire entre dieux et qui ne le regardait donc pas. Puis il réalisa que c'était Mit-sah, l'un de ses dieux à lui, auquel on s'en prenait. Et ce que fit alors Croc-Blanc ne résulta d'aucune décision raisonnée. Un brusque accès de fureur le jeta instinc-

tivement en avant au milieu des combattants. Cinq
minutes plus tard, tous les garçons s'enfuyaient en
débandade sur la neige où des traces de sang témoi-
gnaient des coups de dent que nombre d'entre eux
avaient reçus. De retour au village, quand Mit-sah
raconta son aventure, Castor-Gris fit donner de la
viande à Croc-Blanc. Il lui en fit donner à profusion.
Et Croc-Blanc interpréta ce geste comme une confir-
mation de la loi.

Ce fut dans le prolongement de ces expériences
que Croc-Blanc fut initié à la loi de propriété et au
devoir de défendre cette propriété. De la protection du
corps de ses dieux à celle de leurs biens, il n'y avait
qu'un pas. Et ce pas fut bientôt franchi. Ce qui
appartenait à ses dieux, il devait le défendre contre le
reste du monde, au besoin même en mordant d'autres
dieux. Or, non seulement un tel acte avait en soi
quelque chose de sacrilège, mais il comportait en
outre bien des dangers. Les dieux étaient tout-
puissants et contre eux, un chien n'était pas de force.
Croc-Blanc en vint pourtant à les affronter sans
crainte, avec une sauvage ardeur. Le devoir passait
avant la peur et les dieux voleurs apprirent à ne plus
toucher aux biens de Castor-Gris.

Croc-Blanc s'aperçut en outre à cette occasion
que les dieux voleurs étaient généralement des dieux
poltrons prêts à prendre la fuite à la moindre alerte.
Il constata aussi qu'il se passait très peu de temps
entre le moment où il donnait l'alerte et celui où
Castor-Gris arrivait à la rescousse. Il finit d'ailleurs
par comprendre que si les voleurs déguerpissaient si
rapidement, c'était par peur de son maître et non de
lui-même. Pour donner l'alerte, Croc-Blanc n'aboyait
pas. Il n'aboyait jamais. Sa méthode consistait à se
jeter sur l'intrus et à refermer ses dents sur lui comme

il le pouvait. En raison même de son tempérament taciturne et solitaire qui le tenait à l'écart des autres chiens, il était tout désigné pour veiller ainsi sur les biens de son maître. Et celui-ci ne se fit pas faute de l'encourager et de le dresser dans ce sens. L'un des résultats de cette évolution fut de rendre Croc-Blanc encore plus sauvage, encore plus intraitable, encore plus solitaire.

Au fil des mois se resserrèrent de plus en plus étroitement les liens qui unissaient Croc-Blanc à son maître. Ces liens étaient ceux du très ancien pacte conclu avec l'homme par le premier loup qui avait tourné le dos à la vie sauvage. Et comme tous les autres loups et tous les chiens sauvages qui s'étaient succédé depuis lors, Croc-Blanc reprit ce pacte à son compte. Les clauses en étaient simples. Contre la possession d'un dieu de chair et de sang, il offrait sa liberté. Auprès de ce dieu il trouvait notamment de la nourriture et du feu, la sécurité et de la compagnie. En contrepartie, il veillait sur ce qui appartenait au dieu, protégeait son corps, travaillait pour lui et obéissait à ses ordres.

La possession d'un dieu implique un dévouement certain. Celui de Croc-Blanc était basé sur le devoir et la crainte, mais non sur l'affection. C'était là un sentiment dont il ignorait tout et qui n'avait jamais eu sa place dans son existence. Kitché n'était plus qu'un souvenir lointain. D'ailleurs, maintenant qu'il avait volontairement renoncé à la vie sauvage pour se donner à l'homme, il avait conclu avec celui-ci un pacte si puissant que, même s'il retrouvait Kitché, il ne pourrait plus abandonner son dieu pour partir avec elle. En quelque sorte, sa soumission à l'homme avait chez lui force de loi, plus encore que l'amour de la liberté, de ses semblables et de sa famille.

CHAPITRE XIV

LA FAMINE

Le printemps était déjà là quand prit fin la longue expédition de Castor-Gris. C'était en avril, et Croc-Blanc venait d'avoir un an, lorsqu'il retrouva la village d'où ils étaient partis et que Mit-sah le libéra de ses harnais. Bien qu'il fût encore loin d'avoir atteint son plein développement, il était avec Lip-lip le plus grand de sa génération. De son père le loup et de Kitché, il avait hérité la carrure et la robustesse, ce qui lui valait d'être d'une taille à peu près équivalente à celle des chiens adultes, mais en moins massif, toutefois. Son corps mince et délié était plus nerveux que puissant. Sa robe grise était celle d'un loup et le reste de son apparence physique à l'avenant. Rien dans son aspect général n'évoquait le quart de sang de chien légué par sa mère; il se manifestait seulement dans sa mentalité.

En parcourant le village, il croisa les différents dieux qu'il avait connus avant son départ et en éprouva une certaine satisfaction. Il y avait également les chiens, des jeunes en pleine croissance comme lui, et des adultes. Ceux-ci lui parurent beaucoup moins énormes et formidables que dans les images conservées par sa mémoire. Il déambula au milieu d'eux avec une paisible assurance qui était pour lui une nouveauté, mais aussi une source d'agrément.

Il y avait Baseek, un vieux mâle au poil grisonnant dont les moindres frémissements de babines suffisaient autrefois à le faire déguerpir, l'échine basse et la queue entre les jambes. C'était surtout à cause de lui qu'il allait découvrir combien sa croissance l'avait transformé. Car si avec l'âge, les forces de Baseek n'avaient fait que décliner, celles de Croc-Blanc, au contraire, n'avaient cessé de se développer.

Ce fut à l'occasion du dépecage d'un élan fraîchement tué que Croc-Blanc put prendre conscience du nouveau type de relations qui était en train de s'instaurer pour lui au sein du monde des chiens. Il avait reçu en partage un sabot et un fragment de tibia auquel adhérait encore un bon morceau de viande. Il s'était installé à l'écart de la bousculade, hors de vue derrière un buisson afin d'y dévorer sa part, quand Baseek se rua sur lui. Avant même de réfléchir à ce qu'il faisait, il mordit l'intrus à deux reprises, puis battit prestement en retraite. Pris de court par l'audace et la soudaineté de cette attaque, Baseek considéra Croc-Blanc d'un air ahuri par-dessus le tibia sanguinolent qui gisait entre eux.

Baseek était vieux et déjà, il avait eu l'occasion de découvrir la toute nouvelle ardeur des jeunes chiens dont il faisait auparavant ses victimes. Force était pour lui de réfréner son amertume et de faire appel aux ressources de son expérience pour se faire respecter. Autrefois, il eût aussitôt bondi sur Croc-Blanc avec une rage vengeresse. Mais ses forces déclinantes ne lui permettaient plus d'agir de la sorte. Il se hérissa, prit une attitude menaçante et fixa férocement son vis-à-vis. Retrouvant toutes ses anciennes terreurs, celui-ci se tassa sur lui-même, se recroquevilla au point de paraître diminuer de volume en cherchant désespérément un moyen de s'enfuir sans trop perdre la face.

Et c'est précisément à cet instant-là que Baseek commit une erreur. Se fût-il contenté de persister dans ses allures féroces et menaçantes, qu'il eût remporté la partie. Croc-Blanc était sur le point de déguerpir et l'aurait fait à coup sûr en lui abandonnant son repas. Mais Baseek n'attendit pas. Considérant déjà sa victoire comme acquise, il s'avança de quelques pas. Et quand il baissa la tête vers la viande pour la flairer, les poils de Croc-Blanc se hérissèrent légèrement. Même à ce moment-là, pourtant, le vieux chien aurait encore pu reprendre le contrôle de la situation. S'il s'était seulement campé devant l'os sanguinolent, la tête haute et le regard fulgurant, Croc-Blanc aurait tôt ou tard fini par lui céder la place. Mais la viande fraîche exerçait un trop puissant attrait sur son odorat et il ne put s'empêcher d'y planter ses dents pour en prélever un morceau.

Pour Croc-Blanc, c'en était trop. Après tous ces mois où il avait régné en maître sur ses compagnons d'attelage, il lui était impossible de se dominer davantage et de ne pas réagir en voyant un autre dévorer la nourriture qui lui appartenait. Selon son habitude, il attaqua sans préliminaires. A la première morsure, il mit en lambeaux l'oreille droite de Baseek. Celui-ci fut totalement pris de court par la soudaineté de l'agression. Et ce qu'il eut encore à subir fut tout aussi fulgurant et beaucoup plus sérieux. Il fut projeté à terre, la gorge en sang. Tandis qu'il luttait désespérément pour se remettre sur ses pattes, il eut à deux reprises l'épaule transpercée par les dents de son jeune adversaire. Les coups s'étaient enchaînés avec une incroyable rapidité. Il amorça une vaine contre-offensive et ses mâchoires claquèrent misérablement dans le vide. Mais l'instant d'après, il avait le museau lacéré et s'éloignait précipitamment de la viande convoitée.

La situation était renversée. Croc-Blanc, le poil hérissé, se dressait devant le tibia dans une attitude menaçante, tandis qu'à distance respectueuse, Baseek s'apprêtait à déguerpir. Le vieux chien n'osait plus prendre le risque d'affronter cette jeune et foudroyante impétuosité qui, amère constatation, lui faisait ressentir les atteintes de l'âge. Les efforts qu'il fit pour sauver les apparences ne manquèrent pas de grandeur. Tournant calmement le dos à son adversaire et au tibia, comme si l'un et l'autre eussent été parfaitement étrangers à ses préoccupations et indignes de son intérêt, il prit le large avec majesté. Et ce fut seulement quand il se retrouva hors de vue, qu'il s'arrêta pour lécher le sang de ses blessures.

Croc-Blanc n'en éprouva que plus de morgue et de confiance en lui. Il perdit ses allures furtives pour se déplacer au milieu des chiens adultes à l'égard desquels il se montra moins accommodant. Non pas qu'il lui arrivât de faire des détours pour chercher querelle, bien au contraire. Mais sur son chemin, il entendait qu'on le respectât. Il estimait qu'il avait le droit de déambuler en paix et qu'aucun chien ne pouvait l'obliger à céder le passage. Il fallait désormais compter avec lui, voilà tout. Il n'était plus question de l'ignorer ou de le tenir pour quantité négligeable comme c'était encore le cas pour les jeunes chiens qui avaient été ses compagnons d'attelage.

Ceux-ci, en effet, cédaient le passage aux adultes
auxquels ils devaient abandonner par force une partie
de leur pitance. Mais Croc-Blanc, farouche, sombre
et solitaire, avec son allure inquiétante et hargneuse,
son air distant et peu amène, et sa façon de regarder à
peine autour de lui, était accepté comme un égal par
ses aînés décontenancés. Ils apprirent rapidement à le
laisser tranquille, sans se hasarder à lui manifester la
moindre hostilité, mais sans chercher non plus à lui
faire des avances amicales. S'ils ne s'occupaient pas de
lui, lui-même ne s'occupait pas d'eux, selon une sorte
d'accord tacite dont, suite à quelques affrontements,
tous avaient ressenti le bien-fondé.

Vers le milieu de l'été, Croc-Blanc vécut une
expérience inattendue. Trottinant de sa démarche
silencieuse, il allait reconnaître un nouveau tipi dont
il avait découvert la présence en bordure du village où
il était de retour après avoir accompagné une expédition de chasse à l'élan, quand il tomba sur Kitché. Il
s'immobilisa pour la regarder. Elle éveillait en lui un
vague souvenir, quelque chose de diffus, mais qu'elle-
même ne parut guère ressentir. Et lorsqu'il la vit
retrousser les babines pour lui adresser l'ancestral
grondement de menace, la mémoire lui revint. Les
épisodes oubliés de sa première jeunesse et tout ce que
pouvait évoquer ce grondement familier resurgirent
d'un seul coup. Avant qu'il eût connu les dieux, elle
avait été la cheville ouvrière de son univers. Les
émotions familières de cette lointaine époque refai-
saient surface et le submergeaient. Il bondit joyeusement à la rencontre de sa mère. Mais celle-ci le reçut
d'un coup de croc qui lui déchira la joue jusqu'à l'os.
Il ne comprit pas et recula dans le plus profond
désarroi.

Kitché n'y pouvait rien. Une louve n'avait pas la faculté de se rappeler les petits qu'elle avait mis au monde plus d'un an auparavant. Aussi, ne se souvenait-elle pas de lui. Il n'était à ses yeux qu'un étranger, un intrus. Et la nouvelle portée dont elle était entourée justifiait son agressivité à l'égard de cet intrus.

L'un des jeunes chiots se dandina jusqu'à Croc-Blanc. Ils étaient demi-frères, mais ils n'en savaient rien. Comme Croc-Blanc reniflait le petit animal avec curiosité, Kitché se jeta sur lui et le mordit une seconde fois à la face. Il recula encore davantage. Ses souvenirs et toutes les émotions qu'ils avaient éveillées furent balayés et s'évanouirent de nouveau dans le néant d'où ils étaient un instant ressuscités. Il regarda Kitché qui ne cessait de gronder à son adresse que pour lécher sa progéniture. Elle ne représentait plus rien pour lui. Il avait appris à se débrouiller sans elle. Elle ne jouait plus aucun rôle dans sa mémoire. Elle n'avait pas plus de place dans sa conception des choses que lui-même n'en avait dans la sienne à elle.

Il n'avait toujours pas bougé. Ses souvenirs allaient à la dérive, et il était en train de se demander, perplexe et désemparé, ce qui lui arrivait au juste, lorsque Kitché l'attaqua pour la troisième fois avec, de toute évidence, l'intention de l'éloigner définitivement de son voisinage. Et il se laissa faire. Elle était une femelle et appartenait à la même espèce que lui. Or, une loi de leur espèce interdisait aux mâles de se battre avec leurs congénères femelles. Il ne savait rien de cette loi, car celle-ci ne relevait pas d'une généralisation consciente ni même d'une quelconque expérience vécue. Il en avait seulement une connaissance

immanente, par une sorte d'instinct atavique compa-
rable à celui qui le pousait certaines nuits à hurler
vers la lune et les étoiles, ou qui faisait monter en lui
la peur de la mort et de l'inconnu.

Les mois passèrent. Croc-Blanc devenait plus
fort, plus lourd, plus massif, tandis que les traits de
son caractère accusaient chaque jour davantage les
marques de l'hérédité et de l'environnement. L'hérédité était le matériau vivant qui, dans sa constitution,
avait tenu lieu d'argile : cette pâte malléable aux
multiples possibilités pouvait être modelée de toutes
sortes de façons. Et c'est l'environnement qui assurait
ce modelage, lui donnant son aspect particulier. Ainsi,
Croc-Blanc ne serait-il jamais venu prendre place
auprès du feu des hommes, que la vie sauvage en eût
fait un véritable loup. Seulement, les dieux l'avaient
pourvu d'un environnement différent, et c'est à cela
qu'il devait d'être un chien. Un chien certes encore
assez proche des loups par certaines caractéristiques,
mais un chien tout de même, et pas un loup.

Ce furent donc les influences réciproques de sa
nature profonde et de son mode de vie qui concouru-
rent à déterminer les traits marquants de sa personnalité. Il ne pouvait y échapper. Il devenait de plus en
plus hargneux et de moins en moins sociable, de plus
en plus solitaire et féroce. Les chiens avaient fini par
comprendre combien il était préférable d'entretenir
avec lui des rapports pacifiques, et quant à Castor-
Gris, il l'appréciait chaque jour davantage.

Bien qu'il eût atteint dans tous les domaines la
pleine possession de ses moyens, Croc-Blanc avait un
point faible qui tournait à l'obsession : il ne pouvait
supporter qu'on se moquât de lui. Les moqueries des
hommes étaient une chose détestable. Il lui était

indifférent de les voir rire entre eux de n'importe quoi pourvu qu'il ne fût pas en cause. Mais dès l'instant où il devenait lui-même l'objet de ces rires, sa rage ne connaissait plus de bornes. Digne, sombre et peu expansif, la moindre raillerie l'amenait à un paroxysme de folie furieuse qui confinait au ridicule. Il en arrivait à un tel état de révolte et de colère qu'il se comportait pendant des heures comme un véritable démon. Et malheur au chien qui croisait alors son chemin! Croc-Blanc connaissait trop bien la loi pour s'en prendre à Castor-Gris : il représentait le pouvoir divin et derrière lui il y avait un gourdin. Mais derrière les chiens, il n'y avait que l'espace vide où ils détalaient dès qu'il apparaissait, rendu fou par les rires.

Sa troisième année fut marquée par une grande famine chez les Indiens Mackenzie. Pendant l'été on manqua de poisson. En hiver, les caribous ne se montrèrent pas sur leurs parcours traditionnels. L'élan se fit rare, il n'y eut presque plus de lapins. Les carnassiers et les animaux de proie commencèrent à dépérir. Faute de trouver leurs habituelles sources de nourriture, affaiblis par la faim, ils se jetaient les uns sur les autres pour s'entre-dévorer. Seuls les plus forts pouvaient survivre. Les dieux de Croc-Blanc étaient eux aussi des animaux de proie qui vivaient de la chasse. Les plus vieux et les moins robustes moururent de faim. Ce n'était que concerts de gémissements dans le village où les femmes et les enfants étaient les plus mal lotis, car le peu qui restait était réservé au ventre creux des chasseurs qui, les yeux caves, erraient dans la forêt en quête d'un hypothétique gibier.

Les dieux en furent réduits à une telle extrémité

qu'ils en vinrent à dévorer la peau souple de leurs mocassins et de leurs moufles, tandis que les chiens rongeaient les courroies de leur harnais et même les lanières des fouets. Puis les chiens commencèrent à se manger entre eux et les hommes se mirent à manger des chiens. Les plus faibles et les moins capables furent les premières victimes. Voyant cela, les autres comprirent. Quelques-uns des plus hardis et des plus débrouillards s'écartèrent des feux des hommes transformés en charniers, et s'enfoncèrent dans la forêt. Ils y moururent de faim, ou sous les dents des loups.

Durant cette rude période, Croc-Blanc se réfugia lui aussi dans les bois. Il était mieux armé que les autres pour ce genre de vie, du fait de l'expérience acquise quand il était encore un jeune louveteau sauvage. Il retrouva notamment toute son adresse à capturer de petites créatures vivantes. Il pouvait rester des heures à l'affût, attentif aux moindres mouvements d'un écureuil dans un arbre, guettant, avec une patience aussi obstinée que sa faim, le moment où sa proie finirait par s'aventurer sur le sol. Et même alors, il ne prenait aucun risque prématuré. Il attendait jusqu'à ce qu'il fût certain de pouvoir attaquer sans laisser à l'écureuil le temps de regagner un arbre. A cet instant, et à cet instant seulement, il jaillissait de sa cachette, fulgurant bolide de fourrure grise qui atteignait à coup sûr sa cible. Aussi rapide que pût être la fuite de l'écureuil, il lui était impossible de se mettre assez vite à l'abri.

En dépit de son habileté à chasser cet animal, subsistait un inconvénient majeur : il n'y avait pas assez d'écureuils pour qu'il pût survivre avec cette seule nourriture. Aussi dut-il s'en prendre également à des créatures encore plus petites. Sa faim atteignit un tel degré d'intensité qu'il alla jusqu'à gratter le sol pour déterrer les mulots au fond de leurs trous. Il ne craignit même pas d'affronter une belette aussi affamée que lui et bien plus féroce encore.

Dans les pires moments de la disette, il revenait vers les feux des dieux. Mais il ne s'en approchait pas. Il rôdait aux alentours dans la forêt et maraudait le rare gibier qui se trouvait pris dans des collets. Il lui arriva même de récupérer ainsi un lapin dans un piège appartenant à Castor-Gris, alors que celui-ci se traînait à travers bois, les jambes flageolantes, la démarche incertaine, dans un tel état de faiblesse et d'essoufflement qu'il devait souvent s'asseoir pour se reposer.

Un jour, Croc-Blanc rencontra un jeune loup hâve et squelettique, abruti par le manque de nourriture. Si Croc-Blanc n'avait pas eu lui-même aussi faim, il se fût peut-être joint à lui pour rallier la meute de ses frères de race. Mais dans l'état où il était, il se jeta sur le jeune loup, le tua et le dévora.

Il semblait favorisé par le sort. Chaque fois que le besoin de nourriture se faisait le plus sentir, il trouvait quelque animal à tuer. En outre, dans les moments où sa faiblesse était extrême, il avait la chance de ne jamais rencontrer d'autres carnassiers plus forts que lui. Ainsi était-il en pleine possession de ses moyens grâce à un lynx qu'il avait mis deux jours à dévorer, quand la meute des loups affamés lui tomba dessus et se lança aussitôt à ses trousses. La poursuite fut longue et implacable, mais il était mieux nourri qu'eux et parvint finalement à les distancer. Ensuite, il alla jusqu'à revenir sur ses pas en un vaste cercle et rattrapa l'un de ses poursuivants épuisé.

Après quoi, il abandonna cette partie de la région pour gagner la vallée où il avait vu le jour. Et là, dans la vieille tanière, il retrouva Kitché. Celle-ci, conformément à ses habitudes, avait également déserté les feux inhospitaliers des dieux pour aller mettre bas dans son ancien refuge. Quand Croc-Blanc arriva sur les lieux, il ne restait plus de toute la portée qu'un seul survivant, et encore était-il lui-même condamné. Les trop jeunes créatures ne pouvaient en effet survivre à une telle famine.

L'accueil que réserva Kitché à son rejeton devenu grand fut rien moins qu'amical. Mais Croc-Blanc n'en eut cure. Il avait passé l'âge de s'intéresser à sa mère. Aussi tourna-t-il les talons avec philosophie pour continuer à remonter le long du cours d'eau. Au confluent, il suivit le bras de gauche et retrouva ainsi l'ancienne tanière du lynx avec lequel sa mère et lui s'étaient battus autrefois. Il se glissa dans la grotte abandonnée et y passa une journée à se reposer.

Au tout début de l'été, comme la famine diminuait, il rencontra Lip-lip qui s'était lui aussi enfui dans la forêt où il avait réussi à survivre misérablement. Croc-Blanc tomba sur lui à l'improviste. Cheminant en sens inverse au pied d'un haut escarpement, ils se retrouvèrent soudain face à face au détour d'un rocher. Ils s'arrêtèrent net, aussitôt sur le qui-vive, et s'observèrent avec méfiance.

Croc-Blanc était en parfaite condition physique. La chasse avait été bonne et cela faisait une semaine qu'il mangeait à sa faim. Il n'avait même pas encore fini de digérer sa dernière victime. Mais à la vue de Lip-lip, ses poils se hérissèrent instantanément tout au long de son dos. Ce fut de sa part une manifesta-

tion quasi réflexe, l'extériorisation physique qui
avait toujours accompagné autrefois les émotions
produites en lui par les provocations et les brimades
de son ennemi. Obéissant à la même réaction automatique, il ne perdit pas une seconde. Ce fut brutal
et expéditif. Avant que Lip-lip eût pu prendre le
large, Croc-Blanc l'avait bousculé violemment d'un
coup d'épaule. Le chien fut projeté à terre et roula
sur le dos. Aussitôt, les dents de Croc-Blanc plongè-
rent dans la gorge décharnée. Tendu et attentif,
Croc-Blanc tourna autour de son adversaire tant
que durèrent les soubresauts d'agonie. Puis il reprit
sa route en trottinant le long de l'escarpement.

Peu après cet épisode, vint un jour où il émergea de la forêt en bordure d'une étroite bande de
terrain découvert qui descendait en pente douce
jusqu'au Mackenzie. Il était déjà venu auparavant à
cet endroit où il n'y avait alors personne. Or,
maintenant, un village y était établi. Immobile à
l'abri des feuillages, il entreprit d'étudier la situation. Les odeurs, les bruits, tout ce qu'il voyait lui
était familier. Il venait de retrouver son ancien
village qui avait changé de place. Mais ses yeux, ses
oreilles et son odorat lui rapportaient une atmosphère toute différente de celle qui y régnait quand
il s'en était enfui. On n'entendait plus ni soupirs, ni
gémissements. Il reconnut toutes les manifestations
sonores du bien-être et quand il enregistra les voci-
férations d'une femme en colère, il comprit que seul
un estomac bien rempli pouvait soutenir un tel éclat
de voix. Dans l'air flottaient des relents de poisson.
Il y avait de la nourriture. C'en était fini de la
famine. Alors il s'avança sans crainte hors du sous-
bois et traversa le village jusqu'au tipi de Castor-

Gris. Celui-ci n'était pas là, mais Kloo-kootch l'accueillit avec des cris de joie. Il reçut tout un poisson fraîchement pêché et alla se coucher en attendant le retour de son maître.

CHAPITRE XV

L'ENNEMI DE SA RACE

Croc-Blanc eût-il manifesté la moindre tendance à établir des relations fraternelles avec ceux de son espèce, qu'elle eût été irrémédiablement réduite à néant du jour où l'on fit de lui le chef de file d'un attelage de traîneau. Car dès lors, il fut haï par les chiens, haï pour les suppléments de nourriture qu'il recevait de Mit-sah, haï pour toutes les faveurs réelles ou supposées dont il était bénéficiaire, haï parce qu'il courait toujours en tête : les mouvements de sa queue touffue et l'incessante dérobade de son arrière-train faisaient briller de rage les yeux des autres.

La haine qu'il leur témoignait en retour n'était pas moins virulente. Sa position de chef de file était pour lui des plus pénibles. Être contraint de fuir perpétuellement devant une meute hurlante dont il avait malmené et soumis à son autorité chaque membre pendant trois ans dépassait les limites du supportable. Toutefois il n'avait pas le choix : c'était cela ou mourir, et sa volonté de vivre demeurait la plus forte. A peine Mit-sah lançait-il le signal du départ que tout l'attelage se ruait vers lui avec de féroces hurlements de rage.

Il lui était interdit de se défendre. S'il se

retournait pour leur faire face, Mit-sah lui cinglait aussitôt le museau de la longue lanière de son fouet. Il ne lui restait que la fuite. Que pouvaient alors sa queue et ses membres postérieurs contre l'assaut de la harde forcenée? Quelles armes dérisoires contre les crocs impitoyables! Alors, il fuyait. Mais chaque bond en avant faisait violence à son orgueil naturel. Et des bonds en avant, sa journée n'était faite que de cela!

Or on ne peut contrecarrer impunément les élans de sa nature sans que celle-ci tende à prendre sa revanche en se repliant dangereusement sur elle-même. C'est un peu comme un poil dont la tendance normale est de pousser librement hors du corps et que l'on dévierait artificiellement : il finirait par pousser vers l'intérieur et former une induration suppurante et douloureuse. C'est ce qui se produisit pour Croc-Blanc.

Tout son être aspirait à se jeter sur la meute qui hurlait à ses trousses. Mais la volonté des dieux le lui interdisait, avec, comme ultime argument, le fouet en boyau de caribou et la morsure de ses neuf mètres de lanière. Il ne lui resta donc qu'à ravaler son amertume, à ruminer sa haine et sa rancune qui, par réaction, s'intensifiaient proportionnellement à l'ardeur de sa vraie nature.

S'il y eut jamais une créature honnie par sa propre race, ce fut bien Croc-Blanc. Il n'attendait pas de quartier et n'en faisait pas lui-même. Perpétuellement en butte aux menaces et aux coups de dent de ses congénères, il ne négligeait pas, à l'occasion, de les payer de retour. Car, à l'encontre de la plupart des chefs de file qui, une fois le campement établi et les chiens libérés de leurs harnais, se réfugient auprès des dieux, Croc-Blanc dédaignait leur protection. Il

déambulait avec assurance à travers le campement et
rendait durant la nuit les coups qu'il avait reçus le
jour. A l'époque où il n'avait pas encore été placé en
tête des autres, ses compagnons d'attelage avaient
appris à s'écarter de son chemin. Mais maintenant, il
n'en allait plus de même. Excités par de longues
heures de galopades à ses trousses, inconsciemment
poussés par l'obsédant souvenir de sa fuite interminable devant eux, et de ce fait, convaincus de leur
supériorité, les chiens ne pouvaient se résoudre à lui
céder le passage. Son apparition au milieu d'eux
déclenchait toujours des échauffourées, ses moindres
déplacements s'accompagnant de grondements et de
coups de dent. Il évoluait dans une atmosphère
saturée de haine et d'agressivité, et cela ne faisait
qu'accroître la haine et l'agressivité qui étaient en
lui.
    Quand Mit-sah hurlait à l'attelage de s'arrêter,
Croc-Blanc obtempérait aussitôt. Au début, cela pro-
voqua quelque désordre parmi les chiens. Car tous
avaient alors tendance à se précipiter sur ce chef de
file détesté, avec l'espoir de prendre enfin leur
revanche. Mais il y avait le fouet de Mit-sah dont le
seul sifflement avait tôt fait de les ramener à la raison.
Et les chiens finirent par admettre qu'il leur était
interdit d'attaquer Croc-Blanc quand l'attelage s'arrêtait sur ordre. Par contre, si Croc-Blanc venait à
s'immobiliser de son propre chef, ils avaient parfaitement le droit de lui sauter dessus, et de le massacrer,
si toutefois ils y parvenaient. Plusieurs expériences de
ce genre incitèrent Croc-Blanc à ne plus jamais
s'arrêter sans qu'on lui en eût donné l'ordre. Il ne fut
pas long à le comprendre. Il lui était d'ailleurs
indispensable d'apprendre rapidement, car c'était à ce

prix seulement qu'il pouvait assurer sa survie dans les conditions d'existence particulièrement difficiles auxquelles il se trouvait confronté.

Les chiens, quant à eux, étaient incapables de comprendre qu'au campement, il valait mieux le laisser en paix. Tous les jours ils lui couraient après et le provoquaient de leurs cris, oublieux de la leçon apprise à leurs dépens la nuit précédente et qu'il leur faudrait réapprendre cette nuit encore, pour de nouveau l'oublier aussitôt. Leur aversion se fondait en outre sur quelque chose de plus concret : ils sentaient qu'eux et lui n'étaient pas tout à fait de la même espèce et, en soi, cela aurait suffi à nourrir leur hostilité. Comme lui, ils étaient des loups domestiqués. Mais leur domestication remontait à des générations. Ils avaient perdu en grande partie l'instinct de la vie sauvage, si bien que celle-ci représentait pour eux l'inconnu avec tout son cortège d'angoisses, de menaces et de violence. Chez lui, en revanche, cet instinct se manifestait non seulement dans son apparence, mais aussi dans ses impulsions et dans son comportement. Il en était le symbole, la personnification. Si bien qu'en lui montrant les dents, ils cherchaient en quelque sorte à se protéger contre les puissances destructrices tapies parmi les ombres de la forêt, dans les ténèbres qui environnaient le camp.

Il y eut toutefois un enseignement que les chiens ne furent pas longs à retenir, c'était qu'il leur fallait rester groupés. Croc-Blanc était bien trop dangereux pour que quiconque pût l'affronter seul à seul. Ils faisaient front commun contre lui, sinon il eût été capable de les massacrer l'un après l'autre en une seule nuit. Il n'eut donc jamais la possibilité d'en tuer. S'il lui arrivait de jeter un chien à terre, les autres se

ruaient aussitôt à la rescousse avant qu'il ait eu le
temps d'achever sa victime d'un mortel coup de dent à
la gorge. A la moindre tentative d'agression, toute la
troupe se rameutait pour lui faire face. Certes, les
chiens ne manquaient pas de se quereller entre eux,
mais ils oubliaient leurs dissensions dès qu'il s'agissait
de s'en prendre à Croc-Blanc.

D'un autre côté, quoi qu'ils en eussent, ils
étaient eux-mêmes incapables de tuer Croc-Blanc. Il
était bien trop rapide pour eux, trop coriace et trop
retors. Il évitait les passages resserrés et se débrouillait toujours pour se tirer d'affaire lorsqu'ils amor-
çaient une tentative d'encerclement. Quant à lui faire
perdre l'équilibre pour le jeter à terre, aucun d'entre
eux ne pouvait réussir pareil exploit. Ses pattes
étaient ancrées au sol aussi solidement que la vie en
lui. D'ailleurs, dans cette guerre continuelle qui
l'opposait à la meute, sa sauvegarde consistait précisément à se maintenir debout coûte que coûte, il le
savait mieux que personne.

Il devint donc l'ennemi de ses congénères, ces
loups domestiqués amollis par le feu des hommes et
qui avaient perdu une partie de leurs forces dans
l'ombre protectrice de leurs maîtres tout-puissants.
Croc-Blanc était d'une impitoyable dureté. Ainsi avait
été modelée l'argile dont il était fait. Il menait
ouvertement contre tous les chiens une véritable
vendetta. Et ce avec une telle opiniâtreté que Castor-
Gris lui-même, malgré la sauvagerie de son propre
tempérament, s'émerveillait de tant de férocité.
Jamais, jurait-il, on n'avait vu pareil animal. Et les
Indiens des autres villages juraient de même à
l'unisson, dénombrant les victimes qu'il ne cessait de
faire parmi leurs chiens.

Croc-Blanc allait sur ses cinq ans lorsque Castor-Gris l'emmena de nouveau avec lui pour une expédition lointaine. Et l'on garda longtemps le souvenir du carnage auquel il se livra parmi les chiens des nombreux villages qui jalonnèrent leur route le long du Mackenzie et dans les montagnes Rocheuses, puis le long de la Porcupine jusqu'au Yukon. Car il assouvit alors avec délectation la haine qu'il nourrissait à l'encontre de ses congénères. Il s'agissait de chiens ordinaires qui n'étaient pas sur leurs gardes. Ils n'étaient guère préparés à sa rapidité, à sa manière expéditive d'attaquer sans avertissement préalable. Ils ne pouvaient savoir qu'ils avaient affaire à un tueur vif comme l'éclair. A son approche, ils se hérissaient, raidissaient leur démarche et prenaient des attitudes provocantes alors que lui, sans s'attarder en vains préliminaires, jaillissait en avant tel un ressort d'acier, leur ouvrait la gorge alors qu'ils étaient encore sous le coup de la surprise et les faisait passer de vie à trépas sans leur laisser le temps de se ressaisir.

Il devint un combattant très expérimenté. Il se ménageait. Il ne gaspillait pas ses forces et il ne se laissait jamais entraîner dans une mêlée. Car ses attaques étaient fulgurantes et, s'il manquait son coup, il savait se dégager avec une extrême rapidité. La répugnance des loups pour le corps à corps, Croc-Blanc l'éprouvait au plus haut degré. Il ne pouvait supporter de prolonger le contact avec un adversaire. Il y flairait un danger et cela le mettait hors de lui. Il lui fallait à tout prix se dégager, reprendre ses distances, retrouver l'indépendance de ses quatre membres à l'écart de toute créature vivante. Il y avait là comme une manifestation de son atavisme

sauvage, une résurgence de son ancienne liberté. Et
cette tendance naturelle s'était encore accusée du fait
de l'ostracisme dont il avait souffert depuis le début de
son existence. Tout contact était source de danger.
C'était le piège, ce piège dont il portait en lui la
crainte omniprésente, enracinée dans chacune des
fibres de son être.

C'est pourquoi les chiens étrangers qu'il rencon-
trait n'avaient guère leur chance contre lui. Il évitait
leurs crocs. Il remportait une victoire rapide ou bien
s'esquivait mais, dans les deux cas, s'en tirait indem-
ne. Certes, il y eut des exceptions. Il lui arriva parfois
de se faire surprendre par plusieurs chiens qui lui
sautèrent dessus à l'improviste et lui infligèrent une
correction sans lui laisser le temps de s'échapper.
Même des chiens isolés parvinrent occasionnellement
à le mordre. Mais ce ne furent là que des accidents
rarissimes. Car il avait acquis une telle maîtrise du
combat, qu'il s'en sortait le plus souvent sans une
égratignure.

Il bénéficiait également d'un autre avantage,
celui de pouvoir évaluer correctement le temps et les
distances. Non pas d'ailleurs qu'il le fît consciem-
ment. Il n'avait pas la possibilité de se livrer à de
véritables calculs. Cela se faisait chez lui de façon
automatique. Ses yeux voyaient juste et ses nerfs
transmettaient correctement cette vision à son cerveau. Toutes ses facultés s'agençaient avec une bien
plus grande précision que chez la moyenne de ses
congénères. Elles combinaient leurs divers rôles avec
plus de souplesse et de régularité. La coordination
nerveuse, mentale et musculaire atteignait chez lui un
rare degré de perfection. Quand ses yeux communi-
quaient l'image mobile d'une action à son cerveau,

celui-ci déterminait aussitôt et sans raisonnement conscient l'espace dans lequel s'inscrivait cette action et le temps nécessaire pour la réaliser. Croc-Blanc pouvait ainsi esquiver l'attaque d'un chien ou se garder d'un coup de dent tout en saisissant l'infinitésimale fraction de seconde qui lui permettait de déclencher sa propre offensive. Chez lui, le cerveau et le corps formaient un tout parfaitement cohérent. Il n'en avait d'ailleurs aucun mérite. Simplement, la nature l'avait favorisé davantage que la plupart des autres animaux.

Ce fut en été que Croc-Blanc fit son entrée à Fort Yukon. Castor-Gris avait franchi la ligne de partage des eaux entre le bassin du Mackenzie et celui du Yukon vers la fin de l'hiver et passé ensuite le printemps à chasser sur les versants occidentaux des derniers contreforts des Rocheuses. Puis, après la débâcle de glaces sur la Porcupine, il avait construit un canoë pour descendre cette rivière jusqu'à son confluent avec le Yukon, à peu près à la hauteur du Cercle arctique. C'était là qu'avait été établi le fort de l'ancienne Compagnie de la Baie d'Hudson; on y trouvait beaucoup d'Indiens, de la nourriture en quantité et une animation intense et sans précédent. C'est que l'été 1898 battait son plein et que des milliers de chercheurs d'or remontaient alors le Yukon en direction de Dawson et du Klondike. Bien qu'ils fussent encore à des centaines de kilomètres de leurs objectifs, nombre d'entre eux étaient en route depuis déjà plus d'un an. Tous avaient parcouru au minimum plusieurs milliers de kilomètres et certains venaient même de l'autre bout du monde.

C'est là que Castor-Gris fit halte. Des rumeurs de la ruée vers l'or étaient parvenues à ses oreilles, et

il apportait plusieurs balles de fourrures ainsi qu'un
assortiment de moufles et de mocassins cousus avec
des boyaux séchés. Il ne se serait pas lancé dans une
telle expédition s'il n'avait eu l'espoir d'en tirer des
profits substantiels. Mais la réalité dépassa très
largement ce qu'il en attendait. Ses rêves les plus fous
n'étaient jamais allés au-delà d'un bénéfice de cent
pour cent; or, il en fit de mille pour cent! Et en bon
Indien qu'il était, il tenait à prendre son temps pour
organiser son commerce avec prudence et pondéra-
tion, même s'il devait consacrer tout l'été et la période
hivernale à la liquidation de son stock.

C'est à Fort Yukon que Croc-Blanc vit ses
premiers hommes blancs. Comparés aux Indiens qu'il
avait connus, ils lui apparurent comme des créatures
d'un autre type, des dieux d'un niveau plus élevé. Il
fut frappé par la supériorité de leur puissance, de
cette puissance qui constitue précisément l'essence
divine. Croc-Blanc n'y pensait pas de façon raisonnée,
son esprit n'ayant pas la faculté d'établir de subtiles
généralisations sur la supériorité des dieux blancs. Il
s'agissait seulement d'une impression, mais qui ne
s'en imposait pas moins fortement. De même que
dans son jeune âge la haute silhouette des tipis dressés
par les hommes lui était apparue comme une manifestation de puissance, de même était-il maintenant
saisi de respect à la vue des maisons et de l'énorme
fort en rondins massifs. Là était la puissance. Ces
dieux blancs en étaient les détenteurs. Leur emprise
sur la matière était bien supérieure à celle des dieux
qu'il avait connus et parmi lesquels Castor-Gris était
le plus fort. Or, Castor-Gris n'était guère qu'un dieu
enfant par rapport aux autres, à ceux qui avaient la
peau blanche.

Sans nul doute, Croc-Blanc ne faisait que sentir tout cela. Il n'en avait pas réellement conscience. D'ailleurs, le comportement des animaux est beaucoup plus souvent dicté par des impressions irraisonnées que par des pensées réfléchies. Et tous les agissements de Croc-Blanc se basaient maintenant sur son impression que les hommes blancs étaient des dieux supérieurs. Il éprouva d'abord une grande méfiance à leur égard. On ne pouvait savoir de quels maléfices inconnus ils étaient porteurs, ni les châtiments qu'ils étaient capables d'administrer. Il commença donc par les observer avec intérêt tout en craignant de se faire repérer par eux. Pendant quelques heures, il se contenta de rôder furtivement sans les perdre de vue, mais à distance respectueuse. Puis, quand il eut constaté qu'il n'arrivait rien de fâcheux aux chiens qui passaient près d'eux, il se rapprocha davantage.

Lui-même fut en retour l'objet d'une grande curiosité. Son allure de loup attira les regards et on se le montrait du doigt. Tous les sens en alerte à la vue de ces bras tendus vers lui, Croc-Blanc reculait en montrant les dents dès qu'on essayait de l'approcher. Personne ne parvint à poser une main sur lui, et cela fut sans doute beaucoup mieux ainsi.

Croc-Blanc découvrit bientôt que très peu de ces dieux résidaient sur place, à peine une douzaine. Tous les deux ou trois jours un steamer (encore une colossale manifestation de puissance) accostait au rivage et faisait halte pour quelques heures. Des hommes blancs sortaient de ces bateaux à vapeur, puis repartaient à leur bord. Il semblait qu'il y en eût un nombre incalculable. Dans les premiers jours, il en vit beaucoup plus qu'il n'avait vu d'Indiens au cours de toute son existence. Et par la suite, il continua d'en arriver, qui remontaient le fleuve, débarquaient, puis reprenaient leur navigation et finissaient par disparaître hors de vue.

Mais si les dieux blancs étaient tout-puissants, leurs chiens ne paraissaient guère les valoir. Croc-Blanc s'en rendit compte rapidement en se mêlant à ceux qui descendaient à terre avec leurs maîtres. Il y en avait de toutes formes et de toutes tailles. Les uns avaient les pattes courtes, bien trop courtes, et d'autres les avaient beaucoup trop longues. Ils n'avaient pas de fourrure, mais des poils, et certains même n'en avaient presque pas. En outre, aucun ne savait se battre.

Ennemi déclaré de tous ses congénères, Croc-Blanc devait fatalement entrer en conflit avec ces chiens étrangers. Il n'y manqua pas, et cela l'amena rapidement à éprouver le plus profond mépris à leur égard. Ils étaient mous et vulnérables, menaient grand tapage et se débattaient gauchement en comptant uniquement sur leurs forces, au contraire de lui-même qui agissait à coup sûr grâce à son adresse et à sa ruse. Ils se précipitaient vers lui en hurlant, et lui bondissait légèrement de côté. Ils le perdaient alors de vue, et c'est le moment qu'il choisissait pour se jeter contre leur épaule et les faire rouler sur le sol où il leur sautait aussitôt à la gorge.

Il lui arrivait parfois de porter ainsi un coup mortel, et sa victime pantelante s'effondrait dans la poussière où elle était instantanément submergée et déchiquetée par la meute des chiens indiens qui n'attendaient que cette occasion. Croc-Blanc n'était pas fou. Il avait compris depuis longtemps que les dieux devenaient furieux quand on leur tuait des chiens. Et les hommes blancs ne faisaient pas exception. Aussi se contentait-il, quand il avait ouvert la gorge de l'un d'eux, de se retirer prestement en laissant ses congénères se ruer à la curée. Et c'était sur la meute sanguinaire que retombait la colère des hommes blancs. Il en profitait pour passer son chemin tranquillement et allait se poster non loin de là afin d'observer la suite des événements, tandis que des pierres, des bâtons, des haches et toutes sortes d'armes s'abattaient sur ses compagnons. Croc-Blanc était incontestablement très astucieux.

Mais, à leur façon, ses compagnons en tirèrent eux aussi certains enseignements dont il sut en retour faire son profit. Ils apprirent qu'ils ne pouvaient se livrer à leur distraction favorite qu'au moment où un steamer venait tout juste de s'amarrer. Car lorsque deux ou trois chiens étrangers avaient été mis à mal, les hommes blancs rembarquaient les autres à bord et s'en prenaient ensuite aux agresseurs avec une rare férocité. L'un de ces voyageurs, dont le chien, un setter, avait été déchiqueté sous ses yeux, sortit un revolver. Il fit feu coup sur coup six fois de suite, et la meute laissa derrière elle six corps sans vie ou à demi morts. Ce fut là une manifestation de puissance qui se grava profondément dans le cerveau de Croc-Blanc.

Tout cela lui plaisait beaucoup. Il n'aimait pas ses congénères et lui-même était assez débrouillard pour toujours se tirer d'affaire sans dommage. Au début, le massacre des chiens étrangers n'avait été qu'une simple distraction. Par la suite, il en fit sa principale occupation. Il n'avait rien d'autre à faire. Castor-Gris était entièrement pris par son commerce et par son désir de s'enrichir. Aussi Croc-Blanc passait-il tout son temps à rôder près du débarcadère où il attendait l'arrivée des steamers en compagnie des chiens indiens de sinistre réputation. Dès qu'un bateau accostait, les réjouissances commençaient. Puis, au bout de quelques minutes, avant que les hommes blancs aient eu le temps de se ressaisir, toute la bande se dispersait. Le jeu cessait jusqu'au passage du prochain steamer.

On ne peut guère considérer que Croc-Blanc faisait véritablement partie de la bande. Il ne se mêlait jamais à elle et s'en tenait toujours à distance, d'autant qu'il en avait lui-même un peu peur. Il est vrai, toutefois, qu'il lui apportait sa contribution. Il se chargeait d'entamer les hostilités avec le chien étranger pendant que ses congénères attendaient. Et c'est seulement quand son adversaire avait été terrassé par lui, que la meute intervenait pour l'achever. Mais il n'en est pas moins vrai qu'il s'empressait alors de déguerpir, laissant les chiens affronter sans lui la colère des dieux outragés.

Il n'avait pas à se donner beaucoup de mal pour déclencher la bagarre qu'il recherchait. Il lui suffisait simplement, quand les chiens étrangers descendaient à terre, de se montrer. Dès qu'ils l'apercevaient, ils se ruaient vers lui. Ils étaient poussés par leur instinct. Croc-Blanc incarnait à leurs yeux l'état sauvage, l'inconnu terrifiant et lourd de menaces, l'omniprésence du danger tapi dans les ténèbres autour du feu des premiers âges, la peur de ce monde sauvage dont ils étaient originaires mais qu'ils avaient trahi et abandonné. De génération en génération, depuis les temps les plus lointains, cette peur s'inscrivait indéfectiblement en eux. Depuis des siècles, tout ce qui provenait de ce monde sauvage représentait l'horreur et l'anéantissement. Et depuis des siècles ils avaient reçu une carte blanche de la part de leurs maîtres, pour exterminer tout ce qui provenait de ce monde sauvage. En agissant ainsi, ils assuraient à la fois leur propre protection et celle des dieux dont ils partageaient l'existence.

Ces chiens débarquaient tout droit de l'univers douillet qui avait été le leur dans le Sud. Et pourtant, en franchissant la passerelle du bateau et en déambulant sur les rives du Yukon, à peine voyaient-ils Croc-Blanc qu'ils éprouvaient l'irrésistible besoin de se jeter sur lui pour le supprimer. Qu'ils eussent été élevés à la ville ne changeait rien à leur aversion instinctive pour l'état sauvage. Ce n'était d'ailleurs pas seulement avec leurs propres yeux qu'ils considéraient cet animal aux allures de loup qui se tenait devant eux dans l'éclatante lumière du jour. Ils le découvraient avec les yeux de leurs ancêtres. Une sorte de mémoire innée leur faisait savoir que Croc-Blanc était un loup et ravivait en eux la haine séculaire.

Tout cela permettait à Croc-Blanc d'occuper agréablement ses journées. Si ces chiens étrangers ne pouvaient s'empêcher de se précipiter sur lui dès qu'ils le voyaient, c'était tant mieux pour lui et tant pis pour eux. Ils le considéraient comme une proie légitime et lui-même ne les traitait pas autrement.

Ce n'était pas pour rien qu'il avait vu le jour dans une tanière reculée et qu'il avait fait ses premières armes contre le lagopède, la belette et le lynx. Et ce n'était pas pour rien que sa toute première jeunesse avait été cruellement marquée par les persécutions de Lip-lip et des autres chiots. Tout aurait pu se passer autrement, et lui-même s'en serait retrouvé différent. Sans Lip-lip, il aurait grandi paisiblement parmi les chiots de son âge, il serait devenu semblable à eux et aurait pu éprouver de l'affection pour les chiens. Si Castor-Gris avait manifesté un minimum de tendresse et de douceur, certaines cordes sensibles seraient sans doute entrées en résonance et Croc-Blanc serait devenu sociable et pacifique. Mais il n'y eut rien de tout cela. Croc-Blanc avait été modelé de telle sorte qu'il ne pouvait être désormais que ce qu'il était : hargneux et solitaire, brutal et impitoyable, ennemi déclaré de tous ses congénères.

Chapitre XVI

LE DIEU FOU

Un petit nombre d'hommes blancs vivait à Fort Yukon. Ils étaient établis depuis longtemps dans cette région. Ils s'appelaient eux-mêmes *Sourdoughs* et se montraient jaloux de cette dénomination distinctive. A l'égard des nouveaux arrivants, ils n'éprouvaient que du mépris. Tous ceux qui débarquaient des steamers étaient étrangers au pays. On les désignait sous le sobriquet de *Chechaquos,* ce qui les déconcertait toujours un peu. Les Chechaquos préparaient leur pain avec de la levure artificielle en poudre. Et c'était précisément ce qui les distinguait des Sourdoughs qui n'utilisaient que du levain fait avec de la pâte aigrie (en anglais, *sourdough*), faute d'avoir à leur disposition de la vraie levure.

Ces détails n'entraient d'ailleurs guère en ligne de compte. Les gens du fort méprisaient les nouveaux arrivants dont ils observaient les déboires avec délectation. Ils se montraient particulièrement ravis des massacres de chiens auxquels se livraient Croc-Blanc et ses acolytes. A l'arrivée de chaque steamer, ils se débrouillaient toujours pour se rendre au débarcadère afin de ne rien perdre du spectacle. Ils se réjouissaient à l'avance de son déroulement, et en attendaient la conclusion avec autant d'impatience que les chiens indiens, tout en appréciant la sauvage efficacité avec laquelle Croc-Blanc jouait son rôle.

L'un de ces hommes, surtout, s'intéressait tout particulièrement à ce genre de sport. Il se précipitait au premier coup de sirène du steamer, et quand le dernier combat avait pris fin, il regagnait lentement le fort, le visage empreint de regret. Parfois, quand un chien du Sud sans défense roulait au sol en lançant un ultime hurlement d'agonie sous les crocs de la meute, cet homme ne pouvait se contenir et se mettait à sauter en l'air avec des cris de joie. Et toujours, il jetait un vif regard de convoitise sur Croc-Blanc.

Cet homme était appelé « Beauty » par ceux du fort. Nul ne connaissait son véritable nom et, dans la région, on le désignait généralement sous celui de Beauty Smith. Il n'avait pourtant rien d'une beauté, il était au contraire particulièrement laid, et c'était par antiphrase qu'on l'avait affublé de ce sobriquet. La nature ne l'avait pas gâté. D'abord il était tout petit. Et son corps chétif était surmonté d'une tête plus minuscule encore. En fait, dans son enfance, avant qu'il eût été baptisé Beauty par ses compagnons, on l'appelait « Tête d'épingle ».

Vers l'arrière, le profil de sa tête descendait en ligne continue jusqu'au cou. Vers l'avant, le crâne rejoignait abruptement un front bas et large. A partir de là, comme soudain prise de remords par tant de parcimonie, la nature avait poursuivi son œuvre avec une rare prodigalité. Les yeux étaient très grands et séparés par un espace égal à deux fois leur longueur. Son visage formait un ensemble prodigieux qui ne déparait pas le reste de son aspect. Histoire de regagner du terrain, la nature l'avait pourvu d'une mâchoire énorme. Large et massive, elle atteignait de telles proportions qu'elle avait l'air de reposer directement sur la poitrine. Cette impression était sans doute due à la faiblesse du cou dont la fluette constitution paraissait incapable de supporter un aussi lourd fardeau.

Cette mâchoire pouvait passer comme la marque d'une farouche détermination. Mais il y manquait quelque chose. Cela tenait peut-être à sa démesure, à ses dimensions excessives. Et de fait, son apparence était trompeuse. Beauty Smith avait partout la réputation d'être le pire des poltrons, le plus misérable des lâches. Pour compléter ce tableau, il avait de grandes dents jaunâtres avec les canines plus développées que les autres et qui dépassaient comme des crocs de ses lèvres minces. Ses yeux étaient jaunes et chassieux, comme si la nature, à court de pigments, avait dû presser ses tubes jusqu'à la lie. Ses cheveux étaient à l'avenant. Rares et mal plantés, d'un jaune sale indéfinissable, ils poussaient en désordre et lui retombaient sur le visage en touffes irrégulières semblables à des bottes de paille entassées là au hasard des coups de vent.

En résumé, Beauty Smith était d'une monstrueuse laideur. Mais il n'y avait pas lieu de lui en faire reproche : il n'y pouvait rien, car c'était comme cela qu'il avait été fabriqué. Il préparait à manger comme les autres hommes du fort, faisait la vaisselle et s'occupait des basses besognes. On ne le méprisait pas. On l'admettait par humanité, au sens large du terme, comme on tolère n'importe quelle créature terriblement désavantagée par la nature. Et puis on le craignait. Étant donné ses accès de fureur d'être pusillanime, ses compagnons étaient toujours en droit

de redouter une balle dans le dos ou du poison dans
leur café. Seulement, quelqu'un devait bien se charger
de faire la cuisine et, en dépit de ses imperfections
notoires, Beauty Smith avait des compétences en ce
domaine.

Tel était donc l'homme qui observait avec délectation les féroces exploits de Croc-Blanc dont il
souhaitait ardemment devenir le propriétaire. Il
essaya d'abord de faire des avances à l'animal lui-
même. Au début, celui-ci se contenta de l'accueillir
avec indifférence. Par la suite, quand ces avances se
firent plus insistantes, Croc-Blanc se hérissa et montra les dents en reculant. Il n'aimait pas cet homme
qui lui faisait une mauvaise impression. Pressentant
de la méchanceté en lui, il se méfiait de sa main
tendue et de sa façon de lui parler douloureusement.
Si bien qu'il en vint à le détester.

Chez les créatures primitives, le bien et le mal
demeurent des notions rudimentaires. Le bien réside
dans tout ce qui est source de bien-être et de
contentement, dans tout ce qui permet d'éviter la
douleur. C'est en cela que le bien est appréciable. Le
mal est représenté par tout ce qui est porteur de
menaces, de désagrément, de souffrances, et on le
déteste en conséquence.

Or, Croc-Blanc ressentait confusément que le
mal s'incarnait en Beauty Smith. De ce corps disgra-
cié, de cet esprit pervers, sourdaient mystérieusement,
tels des miasmes d'un marécage paludéen, les émana-
tions d'un tempérament malsain. Non par une
réflexion raisonnée, ni même par les seules percep-
tions de ses cinq sens, mais par une sorte de sixième
sens profond et indéfinissable, Croc-Blanc finit par se
persuader que cet homme était particulièrement dan-

gereux, capable du pire, et qu'il était donc un être mauvais dont il y avait tout lieu de se méfier.

Croc-Blanc se trouvait là quand Beauty Smith se rendit au campement de Castor-Gris. Dès qu'il l'entendit approcher et avant même de l'avoir vu, il sut de qui il s'agissait et se hérissa. Il était allongé sur le sol, paisible et détendu, mais il se redressa rapidement et, quand l'homme fit son apparition, se glissa furtivement à l'écart, de sa démarche de loup. Il ne comprit pas ce qui se disait, mais il vit l'homme et Castor-Gris causer ensemble. A un moment, l'homme tendit le bras en direction de Croc-Blanc, et celui-ci se mit aussitôt à gronder comme si cette main menaçait de le toucher alors qu'elle se trouvait en fait à une bonne quinzaine de mètres de lui. Cela fit rire Beauty Smith. Alors Croc-Blanc prit la direction des sous-bois, la tête légèrement tournée de côté pour ne pas perdre la scène de vue tandis qu'il s'éloignait en souplesse au ras du sol.

Mais Castor-Gris ne voulait pas le vendre. Son commerce l'avait rendu riche et il n'avait plus besoin de rien. En outre, il tenait à Croc-Blanc, le plus puissant chien de traîneau qu'il eût jamais possédé, le meilleur chef d'attelage. Et puis cet animal n'avait pas son pareil, tant dans le district du Mackenzie que dans le Yukon. Il savait se battre. Il tuait des chiens aussi facilement que les hommes tuent des moustiques. Ce dernier argument fit briller les yeux de Beauty Smith qui lécha ses lèvres minces d'une langue gourmande. Non, décidément, Croc-Blanc n'était pas à vendre, à aucun prix.

Mais Beauty Smith avait l'habitude des Indiens. Il retourna fréquemment au campement de Castor-Gris, et chaque fois il dissimulait sous sa pelisse une bouteille d'un redoutable poison. L'une des propriétés du whisky est de donner envie de boire. Et Castor-Gris ne tarda pas à connaître la soif. Ses muqueuses à vif et son estomac embrasé commencèrent à exiger des quantités sans cesse croissantes du liquide dévastateur, tandis que son cerveau, complètement tourneboulé par cet excitant dont il n'avait pas l'habitude, le poussait à faire n'importe quoi pour en obtenir. L'argent qu'il avait gagné avec ses fourrures, ses moufles et ses mocassins se mit à disparaître. Il le vit se volatiliser rapidement et plus son pécule s'amenuisait, moins il devenait capable de se ressaisir.

Finalement, il ne lui resta plus rien, ni argent, ni marchandises, ni maîtrise de soi-même. Seul demeura son besoin de boire : un prodigieux capital en quelque sorte, puisqu'il augmentait à chaque goulée d'air qu'il inspirait lorsqu'il était à jeun. C'est alors que Beauty Smith revint à la charge à propos de la vente de Croc-Blanc. Mais cette fois, il proposa de payer en bouteilles et non en dollars, un langage que Castor-Gris était alors tout disposé à entendre.

« T'attrapes ce chien et tu pars avec », furent ses derniers mots.

Les bouteilles changèrent de main, mais deux jours plus tard, Beauty Smith refit son apparition. « Va m'attraper ce chien toi-même », furent ses derniers mots à Castor-Gris.

Un soir, Croc-Blanc revint furtivement au campement et se laissa tomber sur le sol avec un soupir de satisfaction. L'inquiétant dieu blanc n'était pas là. Depuis des jours, ses efforts pour lui mettre la main dessus s'étaient faits de plus en plus insistants et Croc-Blanc avait dû se résoudre à demeurer à distance. Il ignorait tout des mauvais traitements dont les mains de cet homme étaient capables. Il savait seulement qu'elles représentaient une menace et qu'il valait donc mieux ne pas se trouver à leur portée. Mais à peine venait-il de se coucher que Castor-Gris s'avança en titubant et lui attacha une lanière de cuir autour du cou. Puis l'Indien s'assit derrière Croc-Blanc sans lâcher l'extrémité de la laisse. De sa main libre, il tenait une bouteille qu'il renversait de temps en temps au-dessus de sa tête en émettant de bruyants gargouillis.

Une heure s'était écoulée de la sorte quand, aux vibrations du sol, Croc-Blanc reconnut le premier le martèlement d'un pas : quelqu'un approchait. Il se hérissa sur-le-champ, tandis que Castor-Gris hochait la tête d'un air hébété. Croc-Blanc essaya de faire glisser doucement sa laisse de la main de son maître. Mais les doigts, qui s'étaient un instant relâchés, resserrèrent leur prise, et Castor-Gris se leva.

Beauty Smith pénétra dans le campement et s'arrêta devant Croc-Blanc. Il grogna légèrement à la vue de celui qu'il redoutait et dont il suivait, tendu, chacun des gestes. Une main s'éleva et se mit à descendre vers sa tête. Son grognement s'amplifia, se fit plus rauque. La main poursuivit lentement son approche. Ramassé sur lui-même, il la fixait avec férocité, le souffle court, tandis que ses grondements prenaient un rythme de plus en plus rapide. Soudain, il se détendit comme un serpent et frappa de ses crocs. Mais la main se rejeta vivement en arrière et les dents claquèrent dans le vide avec un bruit sec. Beauty Smith avait eu peur et il était furieux. Castor-Gris frappa Croc-Blanc sur le côté de la tête, ce qui le fit s'aplatir contre le sol en signe de soumission.

Croc-Blanc suivait chaque mouvement avec

méfiance. Il vit sortir Beauty Smith qui revint aussitôt avec un solide gourdin. Alors Castor-Gris donna la laisse à l'homme blanc qui la prit et fit mine de s'en aller. La lanière de cuir se raidit. Croc-Blanc résista. Castor-Gris lui administra plusieurs claques pour l'inciter à se lever et à se mettre en mouvement. Et c'est ce qu'il fit, mais d'un bond rapide et pour se jeter sur l'étranger qui s'efforçait de l'entraîner. Beauty Smith ne chercha pas à fuir, car il s'y attendait. D'un coup précis de son gourdin, il frappa Croc-Blanc en pleine course et l'envoya rouler sur le sol. Castor-Gris se mit à rire avec des hochements de tête approbateurs. Beauty Smith tira de nouveau sur la laisse, et Croc-Blanc rampa en titubant jusqu'à ses pieds.

Il ne tenta pas de bondir une seconde fois. Un seul coup de gourdin avait suffi à le convaincre que le dieu blanc savait manier cette arme, et il était trop avisé pour s'opposer à l'inévitable. Aussi s'éloigna-t-il à contrecœur sur les talons de Beauty Smith, la queue entre les jambes, sans pouvoir s'empêcher toutefois de grogner sourdement. Mais Beauty Smith ne le quittait pas des yeux, le gourdin toujours prêt à frapper.

De retour au fort, Beauty Smith l'attacha solidement et alla se coucher. Croc-Blanc attendit une heure. Puis il referma ses mâchoires sur la laisse, et dix secondes plus tard, il s'était libéré. Il n'avait pas perdu de temps. Ses dents avaient taillé avec une rationnelle efficacité, tranchant en diagonale dans le cuir aussi proprement que l'aurait fait un couteau. Croc-Blanc considéra le fort en grognant, le poil hérissé. Puis il fit demi-tour et regagna tranquillement le campement de Castor-Gris. Il estimait que ce terrible dieu étranger n'avait aucun droit sur lui. Il s'était donné à Castor-Gris et c'était donc toujours à lui qu'il appartenait.

Mais il se reproduisit exactement ce qui s'était déjà passé. Castor-Gris le mit de nouveau en laisse, et au matin, le ramena à Beauty Smith. Et c'est alors que l'affaire se corsa : Beauty Smith lui administra une correction. Croc-Blanc, qui était solidement attaché, n'eut d'autre recours que de ravaler sa fureur en subissant son châtiment. Ce fut, à coups de bâton et de fouet, le plus pénible passage à tabac qu'il eût jamais enduré. En comparaison, la sévère punition qu'il avait reçue de Castor-Gris quand il était encore petit n'avait été qu'une plaisanterie.

C'est peu dire que Beauty Smith se complut à cette tâche. Il s'en délecta. Le regard allumé d'un étrange éclat, il observait sa victime avec une joie mauvaise, sans cesser d'abattre son fouet ou son bâton, attentif aux hurlements de douleur de Croc-Blanc et à ses gémissements d'impuissance. Car Beauty Smith avait la cruauté des lâches. Tremblant et larmoyant dès qu'un autre homme le frappait ou élevait la voix, il se payait en retour sur des créatures plus faibles que lui. En toute vie se manifestent des appétits de puissance, et Beauty Smith ne faisait pas exception à la règle. Seulement, comme il ne pouvait pas exprimer ce besoin vis-à-vis de ses pairs, il s'en prenait à des êtres de moindre importance, et la vie qui était en lui y trouvait ainsi son compte. Beauty Smith, il est vrai, ne s'était pas conçu lui-même. Et l'on ne pouvait donc lui faire grief de ce qu'il était. Il était venu au monde avec un corps difforme et une intelligence bestiale. Telle était l'argile dont il était fait, et la vie n'avait guère pris de gants pour le modeler.

Croc-Blanc savait pourquoi on le battait. Quand Castor-Gris avait laissé la laisse autour de son cou pour le donner ensuite à Beauty Smith, Croc-Blanc avait compris que la volonté de son dieu était qu'il partît avec Beauty Smith. Et quand celui-ci l'avait attaché au mur du fort, il avait également compris que la volonté de l'homme blanc était qu'il demeurât là. Par conséquent il avait désobéi à la volonté des deux dieux et on le punissait en conséquence. Il avait déjà eu l'occasion de voir des chiens changer de propriétaire, et ceux qui avaient tenté de s'échapper s'étaient fait battre comme lui. Il était prudent, mais il y avait en lui des forces plus puissantes encore, et notamment la fidélité. Bien qu'il n'éprouvât aucune affection pour Castor-Gris, il lui demeurait fidèle envers et contre tout. Il n'y pouvait rien. La fidélité était une des composantes essentielles de sa nature. C'était la qualité spécifique de sa race et qui différenciait celle-ci de toutes les autres, celle qui avait permis au loup et au chien sauvage de tourner le dos aux grands espaces pour devenir les compagnons de l'homme.

Après cette correction, Croc-Blanc fut ramené au fort. Et cette fois, Beauty Smith l'attacha avec un bâton. Mais on ne renonce pas si facilement à son dieu, et Croc-Blanc ne pouvait s'y résoudre. Car son dieu à lui, c'était Castor-Gris. Et quelle que fût la volonté de celui-ci, Croc-Blanc y tenait et ne voulait pas le quitter. Castor-Gris l'avait trahi et abandonné, mais cela lui était égal. Ce n'était pas pour rien que Croc-Blanc s'était donné à lui corps et âme. Il l'avait fait sans réserve, et un tel pacte ne pouvait se rompre si facilement.

Aussi, pendant la nuit, quand les hommes du

fort furent endormis, Croc-Blanc mordait dans le
bâton qui l'entravait. C'était du bois étuvé et bien sec,
et on l'avait fixé si étroitement que ses mâchoires
pouvaient à peine l'atteindre. Ce fut seulement au
prix de violents efforts musculaires et en se tordant le
cou qu'il parvint à y planter ses dents, puis à les
maintenir en place. Et ce ne fut qu'au prix d'un
extraordinaire acharnement, en rongeant sans relâche
pendant des heures, qu'il finit par venir à bout de son
bâton. C'était là un exploit qu'aucun chien n'était
susceptible d'accomplir. Cela ne s'était encore jamais
vu. Pourtant, Croc-Blanc y parvint et, au petit matin,
il quitta le fort en trottinant avec l'extrémité du bâton
suspendue à son cou.

Certes, il ne manquait pas de prudence. Et s'il
en avait manifesté un minimum à cette occasion, il ne
serait pas revenu auprès de Castor-Gris, qui l'avait
déjà trahi par deux fois. Mais sa fidélité passait avant
tout, aussi regagna-t-il le campement... où il connut
une troisième trahison! De nouveau, il dut accepter
en gémissant d'être mis en laisse par Castor-Gris et,
de nouveau, Beauty Smith revint le chercher. Cette
fois, il reçut une raclée plus terrible encore que la
précédente.

Castor-Gris ne manifesta pas la moindre émotion en regardant l'homme blanc manier son fouet. Il
ne chercha pas à intervenir. Ce n'était plus son chien.
Cette correction mit Croc-Blanc très mal en point. Un
simple chien du Sud y aurait laissé sa peau, pas lui.
Son apprentissage de la vie avait été particulièrement
dur, et dur était également le fondement de sa nature.
Il avait trop d'énergie en réserve. Et la vie était trop
bien ancrée en lui. Mais il ne s'en retrouva pas moins
dans un état pitoyable. Il fut d'abord incapable de

bouger et Beauty Smith dut patienter une demi-heure pour le laisser récupérer. Alors seulement Croc-Blanc parvint à se traîner jusqu'au fort derrière les talons de l'homme blanc, à moitié aveugle et la démarche incertaine.

On l'attacha cette fois avec une chaîne dont ses dents ne pouvaient venir à bout, et ce fut en vain qu'il se débattit pour essayer d'arracher le piton d'attache de la poutre dans laquelle il était rivé. Quelques jours plus tard, Castor-Gris, à jeun mais sans un sou, s'en allait de nouveau sur la Porcupine pour refaire en sens inverse sa longue randonnée jusqu'au Macken-zie. Croc-Blanc demeura donc sur les rives du Yukon entre les mains d'un homme plus qu'à moitié fou : une véritable brute. Mais comment un chien pourrait-il avoir conscience de ce qu'est la folie ? Aux yeux de Croc-Blanc, Beauty Smith, aussi terrifiant fût-il, n'en était pas moins un dieu. Certes, ce dieu était fou. Mais Croc-Blanc savait seulement qu'il devait se soumettre à la volonté de son nouveau maître, obéir à ses fantaisies, à ses moindres lubies.

CHAPITRE XVII

LE RÈGNE DE LA HAINE

Sous la férule du dieu fou, Croc-Blanc devint un véritable démon. Il restait attaché derrière le fort, dans un enclos où Beauty Smith venait l'asticoter, l'exciter et le pousser à bout en lui faisant subir toutes sortes de menus supplices. L'homme ne fut pas long à découvrir combien Croc-Blanc était sensible aux moqueries et ne se fit pas faute d'y recourir en conclusion de chacun de ses mauvais traitements. Il faisait entendre un rire bruyant et ironique tout en pointant un doigt méprisant vers sa victime. Dans ces moments-là, Croc-Blanc perdait toute sa raison et sa fureur atteignait un tel paroxysme qu'il en arrivait à devenir plus fou que Beauty Smith lui-même.

Jusqu'alors, Croc-Blanc s'était contenté d'être l'ennemi de ses congénères, un ennemi implacable. Désormais, il fut l'ennemi de toutes choses et avec plus de férocité encore qu'auparavant. On lui en faisait tellement endurer qu'il en vint à ressentir une haine aveugle et totalement irraisonnée. Il haïssait la chaîne qui le retenait prisonnier, les hommes qui l'observaient à travers les planches de son enclos, les chiens qui accompagnaient ces hommes en grondant, sans égard pour son impuissance. Il haïssait jusqu'au bois de l'enclos où il était confiné.

Et puis en premier lieu et par-dessus tout, il haïssait Beauty Smith.

Mais Beauty Smith poursuivait un objectif précis en agissant de la sorte. Un jour, il y eut foule autour de l'enclos. Beauty Smith entra, un bâton à la main, et libéra Croc-Blanc de sa chaîne. Après le départ de son maître, Croc-Blanc se mit à tourner en rond le long de la palissade en essayant d'atteindre les hommes qui se trouvaient de l'autre côté. Il était splendide et terrifiant. Avec un bon mètre cinquante de longueur et près de quatre-vingts centimètres à l'épaule, il surclassait en poids n'importe quel loup d'une taille équivalente. De sa mère, il avait hérité la constitution plus lourde des chiens, ce qui lui valait de peser, sans le moindre soupçon de graisse, une bonne quarantaine de kilos. Il était tout en muscles, en os et en nerfs, rien que de la viande de combat en parfaite condition physique.

La porte de l'enclos s'entrebâilla. Croc-Blanc s'immobilisa. Il se passait quelque chose d'inhabituel. Il attendit. La porte s'ouvrit en grand. Alors un énorme chien fut jeté à l'intérieur, et la porte fut violemment refermée derrière lui. Croc-Blanc n'avait jamais vu un animal pareil (il s'agissait d'un mastiff), mais il ne se sentit intimidé ni par sa taille, ni par son aspect féroce. Il y avait là quelque chose qui n'était ni du bois, ni du métal et sur lequel il allait pouvoir décharger toute sa haine. Il se jeta en avant et ses crocs étincelants entaillèrent profondément le cou du mastiff. Celui-ci secoua la tête avec un sourd grondement et bondit à son tour. Mais Croc-Blanc n'était plus là. Sautant d'un côté puis de l'autre, il se dérobait en souplesse avant de s'élancer à nouveau en donnant l'impression d'être partout à la fois, lacérant des chairs à chacune de ses offensives et battant aussitôt en retraite pour se mettre hors d'atteinte de la riposte.

A l'extérieur, les hommes hurlaient et applaudissaient, tandis que Beauty Smith, au comble du bonheur, se repaissait à la vue des sanglants exploits de Croc-Blanc. Dès le début, le mastiff n'avait eu aucune chance. Il était trop lourd et trop lent. Finalement, Beauty Smith fit reculer Croc-Blanc à coups de bâton et le mastiff fut récupéré par son propriétaire. Alors les parieurs réglèrent leurs dettes et la main de Beauty Smith s'emplit du tintement des pièces de monnaie.

Désormais, Croc-Blanc guettait avec impatience les moments où les hommes se rassemblaient autour de son enclos. Cela signifiait qu'il allait se battre. Il n'avait plus que cette occasion d'exprimer la vie qui l'habitait. On le maltraitait pour cultiver en lui la haine, mais celle-ci, comme il était prisonnier, ne pouvait se donner libre cours que lorsque son maître jugeait bon de lui faire affronter un autre chien. Beauty Smith savait parfaitement jauger les possibilités de Croc-Blanc, car celui-ci avait invariablement le dessus. Un jour, il lui fit rencontrer trois chiens l'un après l'autre. Une autre fois, ce fut un loup adulte fraîchement capturé, que l'on poussa dans l'enclos. Croc-Blanc finit même par devoir affronter deux chiens à la fois. Ce fut son combat le plus dur, car s'il parvint au bout du compte à tuer ses deux adversaires, il s'en sortit lui-même à moitié mort.

Vers la fin de l'année, quand apparurent les premières chutes de neige et que les glaçons commencèrent à se former sur le fleuve, Beauty Smith prit place avec Croc-Blanc à bord d'un vapeur pour

remonter le Yukon jusqu'à Dawson. Croc-Blanc
s'était maintenant acquis une solide réputation dans
la région. Partout on entendait parler du « Loup de
combat », comme on l'appelait, et sur le pont du
bateau, la cage où on l'avait enfermé attira de
nombreux curieux. Il grondait furieusement à
l'adresse de ces visiteurs, ou restait couché à les
observer froidement, d'un regard chargé de haine. Car
qu'eût-il pu éprouver d'autre à leur égard ? Il ne se
posait jamais la question. Il ne connaissait plus que la
haine et s'y livrait avec passion. La vie était devenue
pour lui un enfer. Il n'était pas fait pour cette étroite
réclusion que les hommes font subir aux bêtes fauves.
Pourtant, c'était exactement de cette façon qu'on le
traitait. Les passagers le regardaient, pointaient des
bâtons entre les barreaux pour le faire grogner, et se
moquaient de lui.

Ces hommes-là représentaient tout son environnement. Et à cause d'eux, sa férocité naturelle
s'accrut encore davantage. Heureusement toutefois
que la nature l'avait également doté d'une grande
faculté d'adaptation. Là où beaucoup d'autres animaux auraient perdu la vie ou la raison, lui était
capable de s'accommoder à de nouvelles conditions et
de survivre sans que son équilibre mental eût à en
souffrir. Il se pouvait fort bien que Beauty Smith,
méchant et pervers comme il l'était, finisse par faire
sombrer Croc-Blanc dans la folie. Toujours est-il que,
pour l'instant, il n'y était pas encore parvenu.

Si Beauty Smith était habité par un démon, il y
en avait un autre en Croc-Blanc, et tous deux ne
cessaient de s'affronter sauvagement. Auparavant,
Croc-Blanc avait la sagesse de faire acte d'obéissance
et de soumission devant tout homme qui tenait un

bâton. Mais ce temps-là était révolu. La seule vue de Beauty Smith suffisait à le mettre dans un état proche de la folie furieuse. Et quand une manifestation plus directe d'agressivité lui valait de recevoir une grêle de coups, il n'en continuait pas moins à gronder et à montrer les dents. Rien ne pouvait alors faire taire ses ultimes grognements. Aussi terrible que pouvait être la correction, il persistait à faire entendre sa voix. Et même quand Beauty Smith finissait par abandonner et par le laisser tranquille, Croc-Blanc le poursuivait encore de ses grondements ou se jetait contre les barreaux de sa cage pour lui hurler sa haine.

Quand le vapeur arriva à Dawson, Croc-Blanc descendit à terre. Mais il continua d'être offert en spectacle dans une cage à la foule des curieux. On le présentait comme le « Loup de combat », et les hommes payaient cinquante *cents* en poussière d'or pour le voir. On ne lui laissait jamais de répit. S'il lui arrivait de se coucher pour dormir, la pointe d'un bâton venait aussitôt l'aiguillonner afin que le public en eût pour son argent. On le poussait en permanence à se comporter comme un animal enragé dans le seul but de pimenter son exhibition. Mais pire encore était l'atmosphère dans laquelle il vivait. On le considérait comme la plus terrifiante des bêtes sauvages, et il le ressentait intensément à travers les barreaux de sa cage. Chaque propos de ces hommes, chacun de leurs gestes précautionneux contribuait à exciter sa redoutable férocité. C'était autant d'huile que l'on déversait sur le feu de sa sauvagerie. Et, ainsi stimulée, celle-ci ne pouvait que s'accroître. Là encore, sa nature faisait la preuve de sa ductilité, de sa faculté de se laisser modeler par les pressions de l'environnement.

A son rôle de bête curieuse, succédait celui de

combattant professionnel. De temps à autre, dès
qu'on lui trouvait un adversaire, on le sortait de sa
cage pour l'emmener dans la forêt à plusieurs kilomètres de la ville. Le plus souvent cela se passait la
nuit pour éviter toute intervention des territoriaux de
la police montée. Après quelques heures d'attente, le
public et le chien qu'il devait rencontrer arrivaient à
leur tour, avec les premières lueurs du jour. Il eut
ainsi l'occasion de se mesurer à des bêtes de toutes
races et de toutes tailles. Dans cette région reculée où
la primitive sauvagerie des hommes n'avait rien à
envier à celle de la nature, il s'agissait presque
toujours de duels à mort.

Comme Croc-Blanc continuait à se battre, c'était
donc que les autres chiens y laissaient leur vie. Il
n'avait jamais le dessous. Ses premières armes contre
Lip-lip et toute la meute de chiots l'avaient mis à
bonne école. C'était notamment à cela qu'il devait la
fermeté de ses appuis au sol. Pas un chien n'était
capable de lui faire perdre l'équilibre. L'une des
méthodes de combat les plus courantes chez les loups
et les chiens consiste précisément à tenter de faire
rouler l'adversaire au sol en se jetant violemment
contre son épaule, soit directement, soit par surprise.
Chiens du Mackenzie, esquimaux ou labradors, hus-
kies ou malemutes, tous s'y essayèrent avec lui, mais
aucun n'y parvint. Jamais personne ne l'avait vu
perdre pied. Les hommes se le répétaient en espérant
chaque fois qu'il se ferait enfin prendre en défaut.
Mais leur attente était toujours déçue.

Un autre avantage considérable sur ses adversaires était sa fulgurante rapidité. Aussi aguerris fus-
sent-ils, ceux-ci n'avaient encore jamais eu affaire à
des chiens capables de se déplacer avec une telle

promptitude. S'y ajoutait également l'extrême soudaineté de ses attaques. Habitués qu'ils étaient à toute une mise en scène préliminaire, la plupart des chiens se mettaient à gronder et à se hérisser, mais se retrouvaient culbutés et mis à mort avant d'avoir pu se ressaisir. Cela finit d'ailleurs par devenir si courant que l'on prit l'habitude de retenir Croc-Blanc pour laisser à son adversaire le temps d'en terminer avec ces préambules, d'être fin prêt à se battre et même d'être le premier à prendre l'offensive.

Mais ce qui jouait surtout en faveur de Croc-Blanc, c'était son expérience. Sa science du combat était bien supérieure à celle de tous les chiens qu'on pouvait lui opposer. Il s'était battu beaucoup plus souvent qu'eux, avait appris à déjouer toutes sortes de ruses, à faire face à toutes sortes de tactiques, alors que sa propre façon d'agir était particulièrement déconcertante.

A la longue, Croc-Blanc eut de moins en moins à se battre. On désespérait de lui trouver des adversaires à sa mesure, et Beauty Smith finit par se résoudre à lui faire rencontrer des loups qu'il faisait capturer spécialement par les Indiens. Ces affrontements d'un nouveau genre attirèrent toujours un nombreux public. On parvint même un jour à prendre au piège un lynx femelle et cette fois, Croc-Blanc dut réellement se battre pour sauver sa vie. La rapidité du lynx égalait la sienne. Et si lui-même n'utilisait que ses crocs, son adversaire disposait en plus de quatre pattes aux griffes acérées.

Mais après le lynx, les combats cessèrent. On ne trouvait plus d'animaux à lui opposer, du moins plus d'animaux qui en valussent la peine. Aussi demeura-t-il simplement livré à la curiosité du public jusqu'au printemps où fit alors son apparition dans le pays un joueur professionnel du nom de Tim Keenan. Car celui-ci amenait avec lui le premier bull-dog que l'on eût jamais vu dans le Klondike. Que ce chien et Croc-Blanc eussent à s'affronter était inévitable, et pendant une semaine, la préparation de cet événement fut le principal sujet de conversation dans la ville.

Chapitre XVIII

DUEL À MORT

Beauty Smith le libéra de sa chaîne et battit en retraite. Pour une fois, Croc-Blanc n'attaqua pas d'emblée. Il demeura immobile, les oreilles pointées en avant, examinant avec méfiance et curiosité l'étrange bête qui se trouvait devant lui. Il n'avait encore jamais vu un chien pareil. Tim Keenan poussa le bull-dog en avant, murmurant : « Vas-y ! » L'animal se dandina jusqu'au centre du cercle, court sur pattes, massif et disgracieux. Puis il s'arrêta et considéra Croc-Blanc en clignant des paupières.

Des cris s'élevèrent dans la foule : « Allez, vas-y, Cherokee ! Bouffe-le ! »

Mais Cherokee ne paraissait pas très désireux de se battre. Il tourna la tête pour jeter un coup d'œil aux hommes qui vociféraient et se mit à remuer son tronçon de queue avec bonne humeur. Il ne ressentait pas la moindre frayeur, mais seulement une certaine indolence. En outre, il ne supposait pas qu'il pût avoir à se battre contre l'animal qu'il voyait là. Il n'avait pas l'habitude d'affronter ce genre de chiens et attendait qu'on lui amenât son véritable adversaire.

Tim Keenan pénétra dans l'enceinte et vint se pencher sur Cherokee qu'il entreprit de masser à rebrousse-poil de chaque côté des épaules. C'était une manœuvre d'encouragement. Elle finit surtout par énerver Cherokee qui se mit à gronder très doucement, du fond de la gorge, au rythme des impulsions produites par les mains de l'homme. Le grondement augmentait d'intensité à chaque poussée en avant, décroissait progressivement quand les mains se retiraient, et s'arrêtait d'un seul coup pour reprendre aussitôt en un brusque sursaut.

Cela ne fut pas sans effet sur Croc-Blanc dont le cou et les épaules commencèrent à se hérisser. Après une dernière stimulation de ses deux mains, Tim Keenan regagna sa place. Et dès que cessèrent les mouvements qui le poussaient en avant, Cherokee se mit en marche : à petites foulées rapides de ses pattes torses. C'est alors que Croc-Blanc attaqua. Il y eut une clameur de saisissement admiratif. La façon dont il s'y était pris pour franchir la distance d'un seul bond tenait plus du chat que du chien. Et ce fut avec la même vivacité féline qu'il frappa de ses crocs et bondit aussitôt en arrière pour se mettre hors de portée.

Du sang apparut derrière l'une des oreilles du bull-dog, là où son cou massif avait été déchiré. Il ne broncha pas, ne grogna même pas, mais fit demi-tour pour marcher sur Croc-Blanc. Le comportement des deux adversaires, la promptitude de l'un et la paisible assurance de l'autre, mit à son comble l'excitation partisane des spectateurs qui firent de nouveaux paris ou surenchérirent sur leurs mises. Une seconde fois, puis une autre encore, Croc-Blanc s'élança, taillada et reprit prestement de la distance. Et, toujours, son étrange adversaire se contentait d'avancer dans sa direction, sans hâte ni lenteur excessive, mais avec une sorte d'obstination délibérée et une application imperturbable. Il agissait ainsi dans un but précis, pour faire quelque chose qu'on attendait de lui, accomplir une mission qui lui incombait et dont rien ne pourrait le détourner.

Tout son comportement et ses moindres attitudes tendaient vers ce but. Croc-Blanc en éprouva une certaine perplexité. Jamais il n'avait vu un tel animal. Ce chien n'était même pas protégé par une fourrure. Sa peau était lisse et saignait facilement. Il n'y avait aucun rembourrage de poils pour dévier les morsures, comme c'était toujours le cas chez les autres chiens du même type que Croc-Blanc. Chaque fois que celui-ci attaquait, ses dents pénétraient sans difficulté dans la chair tendre et vulnérable. Il était également déconcerté par le fait que ce chien-là, contrairement à tous ceux auxquels il avait déjà eu l'occasion de se confronter, ne poussait pas le moindre cri. A part de légers grognements, il encaissait tout en silence. Et puis, il ne cherchait même pas à se jeter à la poursuite de son adversaire.

Non pas que Cherokee fût dépourvu de vivacité. Il pouvait tourner et virevolter avec promptitude, mais Croc-Blanc lui échappait toujours. Cherokee lui aussi était déconcerté. Il n'avait encore jamais eu à se battre contre un chien qui refusait le corps-à-corps. le contact était généralement recherché de part et d'autre. Mais il avait affaire cette fois à un démon insaisissable qui gardait constamment ses distances et ne cessait d'esquiver en sautillant de-ci, de-là. Et quand cet animal le frappait de ses dents, il ne cherchait jamais à consolider son avantage, mais relâchait aussitôt sa prise pour bondir de nouveau hors d'atteinte.

Croc-Blanc ne parvenait toutefois pas à frapper le dessous de la gorge. Le bull-dog était trop bas sur pattes et sa mâchoire monumentale lui servait en quelque sorte de bouclier. Croc-Blanc poursuivait son harcèlement sans jamais se faire toucher, alors que les blessures de son adversaire se multipliaient. Cherokee avait les deux côtés de la tête et du cou lacérés et tailladés. Il saignait abondamment, mais sans que cela parût l'affecter beaucoup. Il s'obstinait inlassablement dans sa démarche pesante, sauf une fois où il parut désemparé. Il marqua un temps d'arrêt en clignant des paupières vers les hommes qui le regardaient, tout en remuant son tronçon de queue, comme pour manifester sa bonne volonté.

Instantanément, Croc-Blanc bondit sur lui, puis se rejeta aussitôt en arrière après avoir déchiqueté ce qui restait d'une de ses oreilles. Avec un imperceptible sursaut de colère, le bull-dog s'ébranla de nouveau, coupa rapidement à travers le cercle que décrivait Croc-Blanc et se jeta sur celui-ci pour le saisir à la gorge. Il manqua son coup d'un cheveu et des clameurs admiratives saluèrent la façon dont Croc-Blanc s'y était pris pour esquiver d'un brusque demi-tour.

Le temps passait. Croc-Blanc multipliait les voltes, les esquives et les feintes, bondissait en avant, puis en arrière en laissant chaque fois la trace de ses dents sur son adversaire. Le bull-dog, de son côté, continuait à le poursuivre avec une sombre obstination. Tôt ou tard il parviendrait à ses fins en réalisant la prise décisive qui lui assurerait la victoire. Aussi endurait-il sans broncher tout ce qu'on lui faisait subir. Ses courtes oreilles étaient en lambeaux, son cou et ses épaules couverts de plaies, même ses lèvres

étaient fendues et sanguinolentes. Son triste état
résultait des fulgurantes attaques qui le prenaient
toujours de court sans lui laisser le temps de faire
face.

A plusieurs reprises, Croc-Blanc avait essayé de
faire perdre l'équilibre à son adversaire, mais leur
différence de taille était trop marquée. Cherokee avait
un corps trop ramassé, trop près du sol. Et ce fut ce
qui perdit Croc-Blanc à l'occasion d'une de ces
tentatives. Il venait d'effectuer l'un de ses brusques
demi-tours pour repartir en sens inverse, quand son
adversaire, qui se déplaçait beaucoup plus lentement,
tourna la tête pour le suivre en exposant ainsi son
épaule à découvert. Saisissant cette opportunité,
Croc-Blanc s'élança aussitôt. Mais comme sa propre
épaule se trouvait bien au-dessus de celle qu'il
cherchait à percuter, il fut entraîné par son élan et
bascula par-dessus le corps du bull-dog. Pour la
première fois de toute sa carrière de combattant,
Croc-Blanc perdit l'équilibre. Il effectua une sorte de
demi-saut périlleux et serait sans doute retombé sur le
dos s'il n'était parvenu à se retourner en l'air, comme
un chat, dans un effort désespéré pour atterrir sur ses
pattes. En fait, il boula brutalement sur le flanc. Il se
remit debout presque instantanément, mais Cherokee
avait déjà eu le temps de refermer ses dents sur sa
gorge.

C'était une prise médiocre, car elle avait été
portée très bas, presque au niveau de la poitrine.
Mais Cherokee tenait bon. Croc-blanc se mit à sauter
dans tous les sens en se secouant frénétiquement pour
essayer de se débarraser du corps du bull-dog. Ce
poids qui collait littéralement à lui le rendait fou
furieux. C'était une entrave intolérable à ses mouve-

ments, à sa liberté. Il ressentait cela comme une sorte
de piège contre lequel se révoltait tout son instinct. Il
était hors de lui. Pendant plusieurs minutes, il fut
dans un état proche de la démence. Plus rien n'existait en lui que les primitives pulsions vitales. La
volonté de sauver sa peau submergeait tout. Il était
entièrement dominé par la passion qu'il éprouvait
pour son corps. Son intelligence l'avait fui. C'était
comme s'il n'avait plus de cerveau. Ses facultés de
raisonnement étaient annihilées par un désir aveugle
de vivre et de se mouvoir librement, de se mouvoir à
tout prix, de se mouvoir sans cesse, car le mouvement
est l'expression même de la vie.

Il se démenait comme un beau diable, sautait de
droite et de gauche, tournait et virevoltait en se
secouant pour essayer de se défaire de la bonne
vingtaine de kilos qui pendait à sa gorge. Le bull-dog
ne faisait guère autre chose que de maintenir sa prise.
En de rares occasions seulement, il s'arrangeait pour
reprendre pied sur le sol et s'arc-bouter un instant
contre Croc-Blanc. Mais il reperdait rapidement
l'équilibre et se contentait à nouveau de se laisser
emporter au gré des folles embardées de son adversaire. Cherokee s'abandonnait à son instinct. Il savait
qu'il agissait pour le mieux en tenant bon et il lui
arrivait d'en éprouver d'agréables frissons de satisfaction. Dans ces moments-là, il allait même jusqu'à
fermer les yeux en se laissant projeter de-ci, de-là,
sans résister, indifférent aux coups et à la douleur.
Cela ne comptait pas. L'important, c'était sa prise. Et
sa prise, il ne la lâchait pas.

Croc-Blanc ne cessa son manège que lorsqu'il fut
à bout de souffle. Il ne pouvait rien faire et ne
comprenait pas. Jamais, au cours d'un combat, il ne

lui était arrivé une chose pareille. Aucun des chiens qu'il avait dû affronter ne s'était comporté de la sorte. Avec eux, tout était simple : un bond en avant, un coup de dent et un bond en arrière, un bond en avant, un coup de dent et un bond en arrière... Étendu de tout son long, presque sur le flanc, il cherchait péniblement à reprendre son souffle. Cherokee, qui n'avait toujours pas lâché prise, s'empressa de pousser son avantage en essayant de le faire basculer complètement sur le côté. Croc-Blanc résista, mais il sentit les mâchoires se déplacer avec lenteur en se relâchant doucement pour se resserrer aussitôt en un imperceptible mouvement de mastication. A chacun de ces déplacements, les dents se rapprochaient insensiblement de la gorge. La méthode du bull-dog consistait à saisir ce qu'il pouvait, puis à améliorer sa position dès qu'il en avait l'occasion. Or, de telles occasions se trouvaient favorisées par l'immobilité de Croc-Blanc. Mais lorsque celui-ci se débattait, Cherokee ne pouvait que se contenter de maintenir fermement sa prise.

La seule partie du corps de Cherokee que Croc-Blanc avait à sa portée, était l'arrière massif du cou. Il y planta ses dents, juste à la naissance des épaules. Mais il ne savait pas se battre en utilisant la mastication, et d'ailleurs, la conformation de ses mâchoires ne s'y prêtait guère. Il se mit à mordre et à déchirer avec rage. Hélas! cela ne dura qu'un temps, car un brusque changement de position l'empêcha de continuer. Le bull-dog avait fait en sorte de le renverser sur le dos et se retrouvait maintenant au-dessus de lui, sans cesser pour autant de lui serrer la gorge. Comme un chat, Croc-Blanc replia ses pattes de derrière et entreprit de lacérer à longs coups de griffes l'abdomen de son adversaire. Celui-ci aurait fini par se faire éventrer s'il n'avait rapidement pivoté autour de sa prise pour dégager son corps et l'amener à angle droit par rapport à celui de Croc-Blanc.

Il n'y avait pas plus moyen d'échapper à ces implacables mâchoires qu'au destin lui-même. Lentement, elles progressaient en direction de la jugulaire.

Les seuls remparts qui protégeaient encore Croc-Blanc contre la mort étaient les replis de peau de son cou et l'épaisse toison qui les recouvrait. Ils formaient un bourrelet dans la gueule de Cherokee et la fourrure empêchait presque les dents d'y pénétrer. Mais, centimètre par centimètre, chaque fois que l'opportunité s'en présentait, le bull-dog amassait davantage de peau dans sa gueule. Avec une inexorable lenteur, il étranglait peu à peu Croc-Blanc. Le malheureux respirait de minute en minute plus difficilement.

Il parut bientôt évident que le combat touchait à sa fin. Les partisans de Cherokee donnaient libre cours à leur jubilation et lançaient des surenchères ridicules. Ceux de Croc-Blanc manifestaient un découragement proportionnel et refusaient des paris à dix et à vingt contre un, à l'exception d'un homme qui fut assez téméraire pour accepter un enjeu à cinquante contre un. Cet homme, c'était Beauty Smith. Il avança d'un pas à l'intérieur de l'enceinte et tendit le doigt en direction de Croc-Blanc. Puis il se mit à rire d'un air ironique et méprisant. L'effet souhaité ne se fit pas attendre. Croc-Blanc devint fou de rage. Faisant appel à tout ce qui lui restait de forces, il parvint à se remettre debout. Mais, comme il recommençait à se débattre autour de l'enceinte, les vingt kilos de son adversaire toujours suspendus à sa gorge, sa fureur tourna peu à peu à la panique. Les pulsions vitales primitives reprenaient le dessus et son intelligence fut de nouveau balayée par l'instinct forcené de la survie. Se démenant en tout sens comme il l'avait fait auparavant, il trébuchait, tombait et se remettait debout, allant même parfois jusqu'à se dresser sur ses pattes de derrière en soulevant le bull-dog au-dessus du sol, luttant vainement pour essayer d'échapper à cette mort qui s'agrippait à lui.

Il finit par s'écrouler pour de bon, basculant à la renverse, complètement épuisé. Le bull-dog en profita aussitôt pour faire progresser sa prise en récupérant dans sa gueule davantage de peau et de fourrure, ce qui étrangla Croc-Blanc plus étroitement encore. Il y eut des cris, des applaudissements, et l'on se mit à scander : « Cherokee! Cherokee!... » L'intéressé répondit à ces clameurs en remuant vigoureusement son moignon de queue, mais sans se laisser distraire pour autant. Il n'y avait pas de relations solidaires entre sa queue et ses puissantes mâchoires. Si la première s'agitait, les secondes n'en resserraient pas moins leur terrible étreinte sur la gorge de Croc-Blanc.

C'est alors qu'une diversion détourna un moment l'attention des spectateurs. Des tintements de grelots se firent entendre, ainsi que les cris caractéristiques des conducteurs de traîneaux. A l'exception de Beauty Smith, tous regardèrent anxieusement autour d'eux en redoutant une intervention de la police. Toutefois, les deux hommes qu'ils virent arriver avec leur traîneau et leurs chiens ne venaient pas du fort mais de la direction opposée. Ils avaient sans doute suivi le cours d'eau et devaient rentrer d'une tournée de prospection. En découvrant la foule, ils arrêtèrent leur attelage et s'approchèrent avec curiosité pour savoir quelle était la cause de cette effervescence. Celui qui menait les chiens portait une moustache, mais l'autre, un homme plus grand et plus jeune, était rasé de près et l'air vif de la course avait activé la circulation de son sang et rougi la peau de son visage.

Croc-Blanc avait pratiquement abandonné la lutte. De temps à autre, il esquissait un mouvement convulsif de défense, mais toujours en vain. Il respirait de plus en plus difficilement et la faible quantité d'air qu'il inhalait ne cessait de diminuer au fur et à mesure que les impitoyables mâchoires resserraient leur étreinte. Malgré la protection de la fourrure, la grosse veine de la gorge aurait été tranchée depuis un bon moment si le bull-dog n'avait pas assuré sa première prise aussi bas, presque à la poitrine. Il avait fallu beaucoup de temps à Cherokee pour déplacer peu à peu ses mâchoires tout en y accumulant de plus en plus de fourrure et de replis de peau.

Beauty Smith, de son côté, ne pouvait endiguer davantage la brutalité foncière de son tempérament qui submergea bientôt le peu de bon sens dont il était nanti. Quand il vit les yeux de Croc-Blanc devenir vitreux, il comprit que, sans aucun doute possible, tout était perdu pour lui. Alors, il ne se contrôla plus. Il se jeta sur Croc-Blanc et se mit à le frapper sauvagement à coups de pied. Des huées s'élevèrent de la foule et des cris d'indignation, mais ce fut tout. Au plus fort de ce tumulte, et tandis que Beauty Smith s'acharnait sur sa victime, il y eut un remous au sein de l'assistance. Le plus jeune des nouveaux arrivants se frayait un passage parmi les spectateurs qu'il bousculait sans ménagement de droite et de

gauche à grands coups d'épaule. Au moment où il
déboucha dans l'enceinte, Beauty Smith prenait son
élan pour frapper de nouveau, une jambe levée en
arrière, le corps en équilibre instable sur un seul pied.
A la même seconde, le poing du nouveau venu se
détendit violemment et percuta de plein fouet le
visage de Beauty Smith. Celui-ci parut s'envoler, son
pied d'appui balaya le sol et il bascula en arrière pour
s'abattre lourdement dans la neige. Le nouveau venu
se tourna vers la foule :

« Bande de lâches! hurla-t-il. Tas de brutes! »

Il était hors de lui, en proie à une indicible
colère. Ses yeux gris aux reflets métalliques parcou-
raient l'assistance, durs comme l'acier. Beauty Smith
se remit debout et s'avança vers lui en reniflant
peureusement. Le nouveau venu ne comprit pas.
Ignorant qu'il avait affaire à un lâche de la plus basse
espèce, il crut que l'autre revenait pour se battre.
Aussi le frappa-t-il de nouveau en pleine face d'un
puissant une deux. Beauty Smith en conclut qu'il
serait plus en sécurité sur la neige et demeura là où il
était retombé, sans faire le moindre effort pour se
relever.

« Viens me donner un coup de main, Matt »,
lança le jeune homme à l'adresse du conducteur de
l'attelage qui l'avait suivi jusqu'à l'enceinte.

Les deux hommes se penchèrent sur les chiens.
Matt empoigna Croc-Blanc et se tint prêt à tirer dès
que la gueule de Cherokee s'entrouvrirait. Pour
parvenir à ce résultat, le plus jeune des deux hommes
agrippa les mâchoires du bull-dog et s'efforça de les
disjoindre. Mais son entreprise n'aboutit à rien. Il
tirait, secouait et tordait en tous sens en ponctuant
d'un « Brutes! » chacun de ses efforts.

Des mouvements de mécontentement commencèrent à se manifester dans la foule et certains hommes protestèrent qu'on gâchait le spectacle. Mais ils se turent quand le jeune homme se redressa un instant pour les fixer du regard.

« Bande de sauvages! » explosa-t-il avant de se remettre à la tâche.

« Ça ne sert à rien, monsieur Scott, finit par remarquer Matt. On n'arrivera pas à les séparer de cette façon. »

Les deux hommes marquèrent une pause pour considérer les chiens rivés l'un à l'autre.

« Il ne saigne pas beaucoup, fit observer Matt. Il n'est pas encore mort.

– Mais il n'en a plus pour longtemps, répliqua Scott. Tiens, regarde-moi ça! L'autre vient encore de resserrer sa prise! »

L'énervement du jeune homme augmenta en proportion des craintes qu'il éprouvait pour Croc-Blanc. Il se mit à frapper à tour de bras sur la tête de Cherokee. Mais les mâchoires ne se dressèrent pas pour autant. Le bull-dog remua simplement son bout de queue, comme pour signifier qu'il comprenait pourquoi on le battait ainsi, mais qu'il était lui-même dans son droit et faisait son devoir en ne relâchant pas sa prise.

« Il n'y a donc personne pour nous aider? » s'écria Scott avec désespoir en se tournant vers la foule.

Mais nulle bonne volonté ne se manifesta. Au contraire, des réflexions sarcastiques et des conseils moqueurs commencèrent à fuser de toute part.

« Il vous faudrait un levier », suggéra Matt.

L'autre mit la main à l'étui qu'il portait à la

hanche et en sortit son revolver dont il entreprit d'introduire le canon entre les mâchoires du bull-dog. Il poussa en tournant avec tant d'énergie que l'on put entendre distinctement le crissement du métal contre les dents serrées. Les deux hommes étaient à genoux, penchés sur les chiens. Tim Keenan pénétra dans l'enceinte à grandes enjambées. Il s'arrêta derrière Scott et lui posa une main sur l'épaule en disant d'un ton menaçant :

« Faudrait pas lui briser les dents, étranger.

– Alors, il va falloir lui briser la nuque, rétorqua Scott en continuant de pousser sur le canon de son revolver.

– J'ai dit de ne pas lui casser les dents », reprit l'autre d'un ton plus menaçant encore.

Mais s'il avait l'intention d'intimider son interlocuteur, ce fut peine perdue. Sans interrompre ses efforts, Scott se contenta de lever sur lui un regard glacé, et demanda :

« C'est ton chien ? »

Keenan eut un grognement affirmatif.

« Eh bien, viens lui ouvrir la gueule.

– A vrai dire, étranger, je ne sais pas comment on pourrait y arriver, avoua l'autre.

– Alors, dégage la piste, et fiche-moi la paix ! Je suis occupé. »

Tim Keenan resta debout derrière Scott, mais celui-ci ne se préoccupa plus de sa présence. Il avait réussi à introduire le canon d'un côté, entre les dents serrées, et s'efforçait maintenant de le faire ressortir de l'autre côté. Quand il y fut parvenu, il commença de peser avec application sur son levier improvisé, entrebâillant les mâchoires par petites secousses que Matt mettait à profit pour dégager peu à peu le cou de Croc-Blanc. « Tiens-toi prêt à récupérer ton chien », intima Scott.

Keenan se pencha sans discuter et empoigna fermement le bull-dog.

« Vas-y ! » dit Scott en appuyant pour la dernière fois sur le revolver.

Les deux chiens furent enfin séparés et Cherokee se débattit furieusement.

« Éloigne-le d'ici », ordonna Scott ; et Tim Keenan entraîna le bull-dog au milieu de la foule.

Croc-Blanc fit plusieurs efforts infructueux pour se remettre debout. Il parvint une fois à se dresser sur ses pattes, mais celles-ci étaient trop faibles pour le soutenir et il s'effondra lentement dans la neige. Il avait les yeux mi-clos et la pupille vitreuse. Sa gueule entrebâillée laissait pendre une langue inerte et flasque.

Il avait toutes les apparences d'un chien mort étranglé.

Matt l'examina.

« Il n'est pas brillant, annonça-t-il, mais sa respiration est normale. »

Beauty Smith, qui s'était remis sur ses pieds, s'avança pour observer Croc-Blanc.

« Dis donc, Matt, demanda Scott, quel est le prix d'un bon chien de traîneau ? »

Le conducteur d'attelage, toujours agenouillé au-dessus de Croc-Blanc, réfléchit un instant.

« Trois cents dollars, répondit-il.

— Et combien pour une bête aussi amochée que celle-ci ? demanda encore Scott en désignant Croc-Blanc du pied.

— La moitié », estima le maître d'attelage.

Scott se tourna vers Beauty Smith.

« Tu as entendu, abruti ? Je vais te prendre ton chien et je t'en donnerai cent cinquante dollars. »

Il ouvrit son portefeuille et se mit à compter les billets.

Beauty Smith croisa les mains derrière son dos sans vouloir prendre l'argent qu'on lui offrait.

« Je ne suis pas vendeur, articula-t-il.

— Oh, mais si, tu l'es! affirma l'autre. Parce que moi, je suis acheteur. Voici ton argent. Le chien est à moi. »

Beauty Smith, les mains toujours derrière le dos, se mit à reculer. Scott bondit sur lui le poing levé. Beauty Smith se recroquevilla dans l'attente du coup.

« J'ai des droits, gémit-il.

— Tu n'as plus aucun droit sur ce chien, tu n'en es pas digne! Vas-tu prendre cet argent, ou préfères-tu mon poing dans la figure ?

— D'accord, admit Beauty Smith avec un empressement craintif. Mais je prends l'argent sous toutes réserves. Ce chien vaut son prix. Et il n'y a pas de raison que je me fasse voler. Un homme a des droits.

— Exact, répondit Scott en lui donnant l'argent. Un homme a des droits. Seulement toi, tu n'es pas un homme, tu es une bête.

— Attendez que j'aie regagné Dawson, menaça Beauty Smith. Je vous ferai condamner.

— Si tu as le malheur de l'ouvrir quand tu seras de retour à Dawson, je te fais chasser de la ville. Compris ?

Beauty Smith répondit par un grognement.

« Compris ? tonna l'autre avec une féroce insistance.

    – Oui, grommela Beauty Smith en prenant le large.

    – Oui qui ?

    – Oui, monsieur, émit Beauty Smith à contre-cœur.

    – Faites attention, il va mordre ! » cria une voix qui fut saluée par de gros éclats de rire.

    Scott tourna le dos et rejoignit son maître d'attelage pour l'aider à s'occuper de Croc-Blanc.

    Certains des hommes quittaient déjà les lieux. Les autres formaient de petits groupes qui commentaient les événements. Tim Keenan s'approcha d'un de ces groupes.

    – « Qui c'est, ce tordu ? demanda-t-il.

    – Weedon Scott, lui répondit quelqu'un.

    – Et qui est Weedon Scott ? insista le propriétaire de Cherokee.

    – Oh, c'est l'un de ces crâneurs d'experts de la prospection minière. Il est en cheville avec tous les gros bonnets. Si tu veux t'éviter des ennuis, mieux vaut te sortir de son chemin, parole d'homme. Il est comme cul et chemise avec les autorités. Le commissaire de l'or est l'un de ses meilleurs copains.

    – Je me doutais bien que c'était quelqu'un, commenta Keenan. C'était pourquoi j'ai tout de suite préféré l'épargner. »

CHAPITRE XIX

L'INDOMPTABLE

« C'est sans espoir », soupira Weedon Scott. Il s'assit sur le seuil de la cabane et leva les yeux vers son maître d'attelage qui lui répondit par un haussement d'épaules découragé.

Tous deux regardèrent Croc-Blanc qui tirait sauvagement sur sa chaîne en grondant, le poil hérissé, et qui cherchait à se jeter sur les chiens du traîneau. Matt avait dû s'y reprendre à plusieurs reprises et sans lésiner sur les coups de bâton pour faire comprendre à ces chiens qu'ils devaient laisser Croc-Blanc tranquille. Et désormais, ils demeuraient couchés à bonne distance, apparemment indifférents à sa présence.

« C'est un loup, il n'y a rien à faire pour l'apprivoiser, déclara Scott.

— Alors là, je n'en sais rien, rétorqua Matt. Quoi que vous puissiez en penser, il pourrait bien avoir du sang de chien dans les veines. Mais il y a quelque chose dont je suis sûr et qu'il est impossible de nier. »

Le maître d'attelage n'en dit pas plus et se contenta de hocher la tête d'un air entendu en regardant les hauteurs du Moosehide.

« Ne fais donc pas de mystère ! lança Scott d'un ton agacé, après avoir patienté un bon moment. Allez, accouche ! Qu'est-ce que tu veux dire ? »

Le maître d'attelage désigna Croc-Blanc d'un geste du pouce.

« Loup ou chien, c'est pareil. En tout cas, il a été apprivoisé.

— Pas possible !

— J'affirme que si, et même qu'il a connu le harnais. Regardez bien. Vous ne voyez pas ces traces en travers de sa poitrine ?

— Tu as raison, Matt. C'était un chien de traîneau avant que Beauty Smith ne mette la main dessus.

— Il n'y a donc aucune raison pour qu'il ne puisse pas le redevenir.

— Tu crois ? » s'exclama Scott, vivement intéressé. Mais son optimisme fut de courte durée et il ajouta en secouant la tête : « Voilà deux semaines qu'il est avec nous et, si tant est que ce soit possible, il est encore plus sauvage qu'avant.

— Donnez-lui une chance, proposa Matt. Lâchez-le quelques instants. »

L'autre le considéra d'un air incrédule.

« Oui, je sais, reprit Matt. Vous avez déjà essayé, mais sans vous munir d'une trique.

— Eh bien alors, essaie toi-même. »

Le maître d'attelage empoigna un gourdin et s'avança vers l'animal enchaîné. Croc-Blanc fixa son attention sur le gourdin comme un lion en cage le fouet de son dompteur.

« Voyez comme il ne quitte pas la trique des yeux, dit Matt. C'est bon signe. Il n'est pas idiot. Pas de danger qu'il me saute dessus tant que j'ai ce truc bien en main. Décidément, il est loin d'être fou. »

Quand la main de l'homme approcha de sa tête, Croc-Blanc se hérissa en grondant et se ramassa sur lui-même. Mais tout en suivant du regard la main qui venait à lui, il continuait à surveiller les mouvements du bâton dont l'autre main suspendait la menace au-dessus de sa tête. Matt détacha la chaîne du collier et recula.

Croc-Blanc eut du mal à réaliser ce qui lui arrivait. Il avait passé de nombreux mois sous la coupe de Beauty Smith et, durant toute cette période, il n'avait jamais connu un moment de liberté, sauf quand on le lâchait pour lui faire affronter d'autres chiens. Et aussitôt après chacun de ces combats, il retrouvait sa captivité.

Il ne savait pas quoi faire de cette liberté. Peut-être que les dieux manigançaient encore quelque nouvelle diablerie à son intention. Il se mit en marche à pas lents et précautionneux, s'attendant à tout instant à être pris en chasse. Il était complètement déconcerté par la nouveauté de ce qui lui arrivait. Il prit la précaution de passer au large des deux dieux qui l'observaient et se dirigea prudemment vers un angle de la cabane. Rien ne se passa. Il n'y comprenait vraiment rien et fit demi-tour pour s'arrêter à quelques mètres des deux hommes qu'il regarda fixement.

« Ne va-t-il pas se sauver ? » demanda son nouveau propriétaire.

Matt haussa les épaules : « Faut risquer le coup. Le seul moyen de savoir, c'est d'essayer.

– Pauvre vieux, murmura Scott d'un ton apitoyé. Il a besoin qu'on lui manifeste un peu de chaleur humaine », ajouta-t-il en tournant les talons pour entrer dans la cabane.

Il ressortit avec un morceau de viande qu'il lança vers Croc-Blanc. Celui-ci sauta en arrière et observa de loin, avec méfiance, ce qu'on venait de lui jeter.

« Couché, Major! » cria soudain Matt. Mais il était déjà trop tard.

Major avait bondi sur la viande. Et à l'instant où il referma ses mâchoires dessus, Croc-Blanc attaqua. Le chien boula dans la neige. Matt se précipita, mais Croc-Blanc fut plus rapide. Major parvint péniblement à se remettre sur ses pattes, mais le sang qui jaillissait de sa gorge formait derrière lui sur la neige une large traînée rouge.

« C'est embêtant, mais il ne l'a pas volé! » s'exclama Scott.

Pourtant, la jambe de Matt se détendait déjà pour allonger un coup de pied à Croc-Blanc. Il y eut un bond, l'éclat fugitif des dents et un cri rageur. Avec un grondement sauvage, Croc-Blanc battit vivement en retraite tandis que Matt se penchait pour examiner sa jambe.

« Il ne m'a pas manqué, déclara-t-il en montrant son pantalon déchiré sur lequel s'élargissait une tache rouge.

— Je t'avais dit que c'était sans espoir, dit Scott avec accablement. J'y ai déjà réfléchi plusieurs fois, bien que je n'arrive pas à m'y faire. Mais maintenant, il faut se décider. Nous n'avons plus le choix. »

Tout en parlant, il avait sorti son revolver d'un geste lent, comme à regret, puis il avait dégagé le barillet pour en vérifier le chargement.

« Écoutez, monsieur Scott, intercéda Matt, la vie de ce chien a été un enfer. On ne peut tout de même pas s'attendre à ce qu'il sorte de là comme un ange pur et rayonnant! Laissez-lui un peu de temps.

– Regarde où en est Major », répliqua l'autre.

Le chef d'attelage jeta un coup d'œil au malheureux chien qui gisait dans la neige au milieu d'une mare de sang et qui paraissait bien près de rendre le dernier soupir.

« C'est de sa faute, vous l'avez dit vous-même, monsieur Scott. Il a voulu prendre la viande de Croc-Blanc et il s'est fait démolir. Je ne donnerais pas cher d'un chien qui ne saurait pas se battre pour défendre sa part de nourriture.

– Mais regarde ce qu'il t'a fait, Matt. Passe encore pour les chiens, mais il y a des limites!

– C'est moi qui l'avais cherché, s'obstina Matt. Qu'est-ce qui m'a pris de vouloir lui taper dessus? Vous disiez vous-même qu'il avait raison. Je n'aurais pas dû le frapper.

– Mieux vaudrait l'abattre, insista Scott. Il est trop sauvage.

– Allez, monsieur Scott, laissez-lui encore une petite chance, à ce pauvre diable. Jusqu'à présent, il n'a pas été très gâté. Il est tout juste rescapé de l'enfer et c'est la première fois qu'on le lâche en liberté. Alors donnez-lui l'occasion de s'en sortir, et s'il ne remplit pas son contrat, je le tuerai moi-même. Voilà!

– Dieu sait que je n'ai pas envie de le tuer, ni de le faire tuer, répondit Scott en rengainant son revolver. Laissons-le faire ce qu'il veut et voyons si la gentillesse peut donner quelque chose. Je vais essayer tout de suite. »

Il s'approcha de Croc-Blanc et se mit à lui parler avec douceur.

« Vaudrait mieux avoir une trique à la main », conseilla Matt.

Scott secoua la tête et poursuivit ses efforts pour gagner la confiance de Croc-Blanc.

Celui-ci se méfiait. Quelque chose se préparait. Il avait tué le chien de ce dieu et blessé son compagnon, aussi ne pouvait-il s'attendre qu'à un terrible châtiment. Pourtant, même dans cette perspective, il demeurait rebelle à toute soumission. Le poil hérissé, il montra les dents, le regard attentif, tout le corps en alerte, prêt à faire face à ce qui allait arriver. Le dieu n'avait pas de bâton, aussi supporta-t-il de le voir approcher très près. La main du dieu s'était avancée et commençait à descendre vers sa tête. Croc-Blanc se ramassa sur lui-même, de plus en plus contracté sous ce bras tendu. Il y avait là un danger, une perfidie quelconque. Il connaissait les mains des hommes, l'étendue de leurs pouvoirs, tout le mal dont elles étaient capables. Et puis il y avait sa vieille répugnance pour toute forme de contact. Ses grondements se firent plus agressifs, il s'aplatit encore davantage, mais la main continuait de descendre. Il ne voulait pas la mordre et il en supporta la menace jusqu'à l'extrême limite, là où l'instinct finit par l'emporter et par le submerger.

Weedon Scott avait cru qu'il serait assez rapide pour esquiver le moindre coup de dent. Mais il lui restait encore à découvrir la promptitude de Croc-Blanc qui frappa avec la soudaineté et la précision d'un serpent qui se détend.

Scott poussa un brusque cri de surprise en soulevant sa main déchirée qu'il pressa avec l'autre. Matt fit entendre un violent juron et se précipita à ses côtés. Aplati au ras du sol, Croc-Blanc recula en rampant, le poil hérissé, les crocs découverts, le regard menaçant. Maintenant, il pouvait s'attendre à une raclée au moins aussi épouvantable que celles dont Beauty Smith lui avait laissé le souvenir.

« Hé là! Qu'est-ce que tu fais? » cria soudain Scott.

Matt s'était rué dans la cabane et en ressortait avec une carabine.

« Rien d'autre, articula-t-il en effectuant un air calme et détaché, que de tenir ma promesse. Je crois que c'est le moment de l'abattre et j'avais dit que je m'en chargerais.

— Tu ne vas pas faire ça!

— Mais si, vous allez voir! »

Tout comme Matt avait plaidé la cause de Croc-Blanc quand celui-ci l'avait mordu, c'était maintenant au tour de Weedon Scott de prendre sa défense.

« Tu as dit qu'on devait lui laisser une chance. Eh bien, laissons-la-lui. Nous venons tout juste de commencer. Il ne faut pas abandonner dès le début. Il m'a bien eu en tout cas!... Mais, regarde-le! »

A une douzaine de mètres de là, près du coin de la cabane, Croc-Blanc grondait avec une férocité à glacer le sang, non pas à l'intention de Scott, mais en direction du maître d'attelage.

« Ah ben ça, alors, je n'en reviens pas! s'exclama Matt ébahi.

— Vois comme il est intelligent, se hâta de reprendre Scott. Il sait aussi bien que toi à quoi sert une arme à feu. Il a de la cervelle et cette cervelle mérite qu'on lui donne une chance. Range-moi cet engin!

— D'accord, comme vous voulez », consentit Matt en posant la carabine contre le tas de bûches.

« Dites donc, regardez ça! » s'écria-t-il au même instant.

Croc-Blanc s'était apaisé et ne grondait plus.

« Il faut en avoir le cœur net. Voyons un peu. »

Matt tendit la main vers la carabine, et Croc-Blanc se remit aussitôt à gronder. Puis Matt s'écarta de l'arme, et Croc-Blanc cessa de montrer les dents.

Matt saisit la carabine et l'éleva lentement vers son épaule. Les grondements se firent entendre de nouveau au fur et à mesure que la crosse gagnait de la hauteur.

Mais une fraction de seconde avant de se retrouver dans la ligne de mire du canon, Croc-Blanc sauta de côté et disparut derrière la cabane. Matt demeura un moment immobile à fixer la neige à l'endroit où s'était tenu Croc-Blanc.

Le maître d'attelage reposa la carabine non sans solennité, puis fit demi-tour et considéra son patron :

« Vous avez raison, monsieur Scott. Ce chien a trop d'intelligence pour qu'on le supprime. »

CHAPITRE XX

LE MAÎTRE BIEN-AIMÉ

Lorsqu'il vit Weedon Scott approcher, Croc-Blanc se hérissa en grondant pour le prévenir qu'il ne se laisserait pas administrer une correction. Vingt-quatre heures s'étaient écoulées depuis le moment où il avait mordu la main de son nouveau maître. Celui-ci la portait en écharpe et recouverte d'un bandage pour l'empêcher de saigner. Croc-Blanc avait déjà eu l'occasion, par le passé, de subir les châtiments à retardement; c'était à quoi il s'attendait présentement. Comment aurait-il pu en être autrement? Il avait perpétré ce qu'il considérait comme un sacrilège en plantant ses crocs dans la chair sacrée d'un dieu et, pire encore, d'un de ces dieux supérieurs à la peau blanche. Il était dans la nature des choses et de ses rapports avec les dieux que cela aboutît pour lui à de terribles représailles.

Le dieu s'assit à quelques mètres. Croc-Blanc n'y vit aucun motif de s'alarmer. Quand les dieux voulaient frapper, ils restaient dressés sur leurs jambes. En outre ce dieu-là n'avait ni bâton, ni fouet, ni arme à feu. Et puis lui-même était libre de ses mouvements. Il aurait le temps de prendre le large quand le dieu se mettrait debout. En attendant, il pouvait voir venir.

Le dieu ne bougeait pas, n'esquissait pas le moindre geste. Et le grondement de Croc-Blanc diminua d'intensité pour se transformer en un grondement de plus en plus faible qui finit par mourir au fond de sa gorge. Alors, le dieu se mit à parler. Aussitôt, Croc-Blanc se hérissa de nouveau et les grondements reprirent de plus belle. Mais le dieu ne manifesta pas la moindre hostilité et continua de lui parler calmement. Insensiblement, Croc-Blanc accorda le rythme de ses grondements à celui de la voix avec laquelle il finit par se retrouver à l'unisson. Le dieu parlait toujours, interminablement. Jamais encore on ne s'était adressé à lui de cette façon. Car le dieu lui parlait doucement, paisiblement, avec une bienveillance qui éveillait quelque chose d'indéfinissable en Croc-Blanc. Celui-ci ne pouvait s'empêcher, en dépit de ses réticences instinctives, de commencer à éprouver un vague sentiment de confiance à l'égard de ce dieu. Il avait une impression de sécurité que démentait pourtant toute son expérience des hommes.

Au bout d'un long moment, le dieu se leva et entra dans la cabane. Quand il en ressortit, Croc-Blanc l'examina avec appréhension. Il n'avait pas de fouet, ni de bâton, ni d'arme. Et sa main blessée ne dissimulait rien derrière son dos. Il revint s'asseoir comme auparavant, au même endroit, à quelques mètres. Puis il tendit un petit morceau de viande. Croc-Blanc dressa ses oreilles, attentif et méfiant, en s'arrangeant pour observer à la fois la viande et le dieu, guettant le moindre geste, le corps tendu, prêt à bondir au loin à la première manifestation d'agressivité.

Le châtiment se faisait encore attendre. Le dieu

se contenta de lui mettre un morceau de viande devant le nez. Cette viande avait l'air des plus anodines. Mais Croc-Blanc demeurait sur ses gardes. Et cette viande avait beau lui être offerte avec de petites secousses encourageantes de la main, il se refusait d'y toucher. Les dieux étaient bien trop malins et l'on ne pouvait pas savoir quelle perfide combine se cachait derrière ce morceau de viande apparemment inoffensif. Il avait déjà eu l'occasion de constater dans le passé, surtout avec les squaws, qu'il pouvait malheureusement y avoir des relations entre viande et châtiment.

Finalement, le dieu jeta la viande dans la neige aux pieds de Croc-Blanc. Celui-ci la renifla prudemment, mais sans la regarder. Il conservait les yeux fixés sur le dieu. Il ne se passa rien. Il prit la viande dans sa gueule et l'avala. Il ne se passa toujours rien, sinon que le dieu lui offrit un autre morceau. Il s'abstint de nouveau de le prendre dans la main et de nouveau on le lui jeta. Ce manège se répéta un certain nombre de fois. Seulement vint le moment où le dieu refusa de lui lancer la viande et se contenta de la lui tendre en la tenant fermement.

La viande était bonne et Croc-Blanc avait faim. Petit à petit, avec une infinie prudence, il s'approcha de la main. Et il finit par se décider à manger la viande. Mais il le fit sans quitter le dieu du regard, la tête allongée au maximum, les oreilles rabattues en arrière, les poils du cou se dressant instinctivement comme une crinière. En outre un sourd grondement monta de sa gorge, comme pour signifier qu'il valait mieux ne pas plaisanter. Il mangea, et rien ne se passa. Morceau après morceau, il finit par avaler toute la viande sans le moindre incident. Le châtiment tardait toujours à venir.

Il se lécha les babines et attendit. Le dieu se remit à parler. Dans sa voix il y avait de la bonté, quelque chose dont Croc-Blanc n'avait aucune expérience. Et cela éveillait en lui des sensations qu'il n'avait encore jamais connues auparavant. Il éprouvait une vague et curieuse impression de plénitude, comme si certaines aspirations se trouvaient en passe d'être satisfaites, comme s'il y avait en lui un vide qui commençait à se combler. Et puis l'aiguillon de son instinct se manifesta de nouveau, avec tous les souvenirs de ce qu'il avait enduré dans le passé. Les dieux étaient toujours pleins d'astuce et pouvaient mettre en œuvre des moyens insoupçonnés pour parvenir à leurs fins.

Et voilà, c'était bien ce qu'il pensait! Car elle revenait à la charge, la main du dieu si lourde de menaces et se tendait vers lui pour s'abaisser au-dessus de sa tête. Mais le dieu continuait de parler. Et sa voix était douce et apaisante. Certes, il y avait cette main si menaçante, mais la voix ne lui en inspirait pas moins confiance. Certes, il y avait cette voix, mais la main... Décidément, Croc-Blanc se sentait tiraillé entre deux impulsions contradictoires! Il paraissait sur le point d'exploser, tant il avait du mal à surmonter ce terrible dilemme et à contenir toutes ces forces impérieuses mais divergentes, qui bouillonnaient impétueusement en lui.

Il opta pour un compromis. Il gronda, se hérissa et coucha les oreilles. Mais il ne chercha ni à mordre ni à s'enfuir. La main continuait de descendre. Elle était de plus en plus proche. Elle effleura l'extrémité des poils hérissés. Il se recroquevilla à ce contact. Mais la main accompagna son mouvement, s'appesantit davantage. Tendu à l'extrême, presque trem-

blant, il parvint encore à se contenir. C'était un
véritable supplice, cette main qui le touchait, qui
faisait violence à son instinct. Il ne pouvait oublier en
un jour toutes les souffrances qui lui avaient été
infligées par les mains des hommes. Mais la volonté
du dieu était là et il essayait de s'y soumettre.

La main s'éleva pour redescendre aussitôt en une
petite tape affectueuse. Ce mouvement alternatif
recommença, mais chaque fois que la main se soulevait, le poil qui se trouvait en dessous en faisait
autant. Et chaque fois que la main redescendait, les
oreilles se couchaient et un sourd grondement montait
de la gorge. Croc-Blanc ne cessait de gronder et son
insistance avait valeur d'avertissement. Il voulait
signifier par là qu'il se tenait prêt à riposter à la
moindre violence qu'on lui ferait subir. Car il était
impossible de savoir quand les intentions profondes
du dieu finiraient par se déclarer. A tout instant, cette
voix calme et rassurante pouvait exploser en un
rugissement de colère, cette main douce et caressante
se resserrer implacablement sur lui pour le réduire à
l'impuissance et lui administrer une correction.

Mais le dieu continuait de parler avec douceur et
sa main poursuivait son tapotement amical. Croc-
Blanc en éprouvait des impressions paradoxales. Cela
répugnait à son instinct. Il y avait là une contrainte
qui s'opposait à son profond désir de liberté. Et
pourtant, ce n'était pas physiquement insupportable.
Sur ce plan-là, au contraire, c'était même plutôt
agréable. Peu à peu, sans brusquerie, le tapotement fit
place à un mouvement de malaxage derrière les
oreilles, et la sensation de plaisir s'en accrut légèrement. Croc-Blanc, cependant, ne se sentait toujours
pas rassuré. Il demeurait sur ses gardes dans l'attente

de quelque mauvais coup imprévu et passait par des alternatives d'angoisse et de bien-être, selon les influences qui prédominaient tour à tour en lui.

« Que le diable m'emporte! »

Telle fut l'exclamation de Matt qui sortait de la cabane, les manches retroussées. Il tenait devant lui une cuvette d'eau de vaisselle qu'il oublia de vider, tant il était abasourdi par le spectacle de Weedon Scott en train de caresser Croc-Blanc.

A l'instant où sa voix rompit le silence, Croc-Blanc bondit en arrière en grondant sauvagement.

Matt fixa sur son patron un regard de réprobation attristée.

« Si je peux vous faire savoir ce que je pense sans vous offenser, monsieur Scott, je prendrai la liberté de vous dire que vous êtes complètement cinglé, fou à lier, même!... »

Weedon Scott sourit d'un air condescendant, se remit debout et marcha vers Croc-Blanc. Il lui parla d'une voix douce, mais pas longtemps, puis avança lentement sa main et la posa sur la tête de l'animal pour reprendre ses caresses interrompues. Croc-Blanc ne broncha pas et se contenta de garder les yeux fixés non pas sur l'homme qui le caressait, mais sur l'autre, celui qui se tenait devant la porte.

« Vous êtes peut-être un champion dans votre métier, un super expert minier tout ce qu'il y a de bien, énonça le maître d'attelage d'un ton solennel, mais vous avez manqué la chance de votre vie en ne vous engageant pas dans un cirque quand vous étiez petit! »

Croc-Blanc gronda au son de cette voix. Mais cette fois, il ne chercha pas à échapper à la main qui parcourait sa tête et le dessus de son cou en longues et agréables caresses.

Pour Croc-Blanc, une page était en train de se tourner qui marquait la fin de son ancienne existence, la fin du règne de la haine. C'était l'aube d'une vie nouvelle et incroyablement heureuse. Weedon Scott devrait faire preuve de beaucoup de subtilité et d'une infinie patience pour réussir dans cette voie. Quant à Croc-Blanc, cela impliquerait de sa part rien de moins qu'une révolution. Il lui faudrait passer outre aux élans et aux sollicitations de son instinct aussi bien que de sa raison, défier l'expérience acquise, oser démentir la vie elle-même.

Non seulement son expérience passée avait peu de rapport avec celle qui s'annonçait maintenant, mais elles suivaient des directions diamétralement opposées. A tout bien considérer, il s'agissait pour lui d'un changement d'orientation bien plus fondamental que celui auquel il s'était trouvé confronté autrefois quand il avait délibérément tourné le dos à la nature sauvage pour accepter la suzeraineté de Castor-Gris. Car à cette lointaine époque, il n'était encore qu'un tout petit louveteau mal dégrossi, malléable et que l'existence pouvait modeler à son gré. Maintenant, c'était différent. L'existence avait fait son œuvre avec un peu trop de zèle. Elle l'avait conditionné et endurci jusqu'à en faire ce « Loup de combat » sauvage et impitoyable, tout à la fois détestable et détesté. Aussi ne pouvait-il réussir sa transformation qu'au prix d'une totale refonte de sa personnalité. Seulement, il n'avait plus les facultés d'adaptation de sa jeunesse. Les fibres de son être étaient devenues rigides et noueuses au point de former un tissu d'une consistance quasi minérale dont la trame était d'une solidité à toute épreuve. Quant à son esprit, il s'était cuirassé d'airain, ses instincts et ses pensées se cristallisant en un certain nombre de règles, de signaux d'alarme, de répulsions et de désirs.

Pour ce qui était de cette nouvelle orientation, il s'agissait, là encore, de faire appel aux influences du milieu extérieur afin de tout transformer, d'assouplir ce qui était devenu rigide et de remodeler ainsi des formes plus heureuses. Et ce fut Weedon Scott qui joua ce rôle. Il atteignit en Croc-Blanc les racines les plus profondes, ce qui lui permit d'agir avec douceur sur certaines forces qui n'avaient encore jamais eu la possibilité de se manifester. L'une de ces forces était l'*amour*. Elle se subsitua à l'*attachement*, le plus élevé des sentiments que Croc-Blanc avait eu l'occasion d'éprouver jusqu'alors dans ses relations avec les dieux.

Mais cet amour ne fit pas son apparition en un jour. Il débuta par de l'*attachement* à partir duquel il se développa lentement. Croc-Blanc était laissé en liberté, mais par attachement à ce nouveau dieu, il n'en profita pas pour s'enfuir. Sa vie s'était nettement améliorée par rapport à ce qu'il avait connu dans la cage de Beauty Smith. Il gardait néanmoins un dieu, ce qui lui était nécessaire. La tutelle de l'homme était une exigence de sa nature. Il avait signé ce pacte d'allégeance dès ce jour lointain où il avait tourné le dos à la vie libre et sauvage pour ramper aux pieds de Castor-Gris en acceptant d'être battu par lui. Et ce pacte avait été confirmé de façon plus définitive encore quand il était sorti pour la seconde fois de la forêt, après la grande famine, alors qu'il y avait de nouveau du poisson dans le village de Castor-Gris.

Aussi, comme il lui fallait un dieu et qu'il préférait Weedon Scott à Beauty Smith, Croc-Blanc ne s'éloigna-t-il pas. En témoignage de fidélité, il

entreprit d'assurer la surveillance des biens de son
maître. Il se mit à rôder autour de la cabane pendant
que les chiens de l'attelage dormaient, et le premier
visiteur nocturne eut à l'affronter à coups de bâton
jusqu'à ce que Weedon Scott vînt à sa rescousse. Mais
Croc-Blanc ne fut pas long à savoir faire la différence
d'après leur démarche et leur comportement, entre les
voleurs et les honnêtes gens. L'homme qui s'avançait
à grand pas, tout droit vers la porte de la cabane, il le
laissait tranquille et se contentait de le surveiller
attentivement tant qu'il n'avait pas pénétré à l'intérieur sur l'invitation du maître des lieux. En revanche,
celui qui faisait des détours en étouffant le bruit de ses
pas et en jetant autour de lui des coups d'œil prudents
et furtifs, celui-là ne laissait pas le moindre doute
dans l'esprit de Croc-Blanc, et se trouvait aussitôt
condamné à une fuite honteuse et précipitée.

Weedon Scott avait décidé de réhabiliter Croc-
Blanc ou, plus exactement, de réhabiliter aux yeux de
celui-ci les hommes qui lui avaient fait tant de mal.
C'était une question de principe et de conscience. Il
estimait que tout le préjudice causé à Croc-Blanc était
à porter au débit de l'humanité, et que cette dette
devait être acquittée. Aussi se donnait-il la peine
d'être particulièrement affectueux avec le « Loup de
combat ». Chaque jour, il prenait le temps de s'occuper de lui et passait de longs moments à le caresser.

D'abord méfiant et hostile, Croc-Blanc finit par
prendre goût à ces contacts affectueux. Mais il y avait
une habitude dont il ne parvenait pas à se débarrasser, c'était de gronder. Il commençait à gronder dès le
début des caresses et ne s'interrompait que lorsqu'elles prenaient fin. Dans sa voix, toutefois, il y avait

une intonation nouvelle. Pour un étranger, celle-ci
n'était guère perceptible et les grondements de Croc-
Blanc conservaient un caractère de primitive sauvagerie qui portait sur les nerfs et glaçait le sang. A force
de n'exprimer que colère et férocité depuis les tout
premiers grognements ébauchés dans la tanière
maternelle, la gorge de Croc-Blanc était évidemment
trop endurcie pour passer sans transition à des
sonorités plus harmonieuses susceptibles de traduire
le bien-être qu'il ressentait. Seul Weedon Scott avait
une oreille suffisamment fine et attentive pour saisir
cette modulation nouvelle où ne perçait nulle agressivité, cette infime nuance de bonheur que personne
d'autre n'eût été capable de déceler.

Au fur et à mesure que le temps passait, ce fut de
plus en plus l'*amour* qui prit le pas sur l'*attachement*.
Croc-Blanc lui-même commençait à s'en rendre
compte bien qu'il fût incapable d'avoir une perception
consciente de l'amour. Cela se manifestait en lui
comme une sorte de vide, avec un besoin lancinant et
douloureux de combler ce vide. C'était une impression
de malaise et d'inquiétude qui s'apaisait seulement au
contact du nouveau dieu. Alors l'amour l'emplissait
de bonheur, lui procurait une sauvage et indicible
plénitude. Mais en l'absence de son dieu, malaise et
inquiétude reprenait le dessus. Le vide surgissait de
nouveau et le harcèlement obsédant de l'insatisfaction
recommençait à l'oppresser.

Croc-Blanc était en train de se révéler à lui-
même. En dépit de la maturité acquise avec les années
et du tempérament sauvage et inflexible qu'elle s'était
forgée, sa nature s'épanouissait. Il y avait en lui toute
une efflorescence de sensations étranges et de pulsions
inusitées. Les principes qui avaient jusqu'alors régi

son comportement étaient en pleine mutation. Dans le
passé, il avait aimé le confort et le bien-être, détesté
l'inconfort et la contrainte et toujours agi en conséquence. Maintenant, c'était différent. A cause des
nouveaux sentiments qui l'habitaient, il lui arrivait
fréquemment de choisir l'inconfort et la contrainte
par affection pour son dieu. Ainsi, dès le petit matin,
au lieu d'aller vagabonder en quête de quelque chose
à se mettre sous la dent, ou de rester blotti dans un
coin abrité, il pouvait attendre pendant des heures en
plein vent sur le seuil de la cabane pour apercevoir le
visage de son dieu. Et quand celui-ci rentrait durant
la nuit, Croc-Blanc abandonnait le trou bien chaud
qu'il s'était creusé dans la neige pour dormir, afin
d'aller solliciter quelques tapes amicales et un mot
affectueux. Il était même capable de se passer de
nourriture pour rester avec son dieu, pour en recevoir
des caresses ou pour aller en ville avec lui.

L'attachement avait fait place à l'amour. Et
l'amour faisait résonner dans les profondeurs de son
être des cordes que l'attachement n'avait jamais pu
atteindre. En réponse à ces sollicitations, l'amour
remontait de ces lointaines profondeurs pour rejaillir
à l'extérieur avec une intensité égale à celle qui l'avait
fait naître. Ce n'était rien de moins qu'un dieu, un
dieu-amour chaud et rayonnant, et dans sa lumière,
la nature de Croc-Blanc s'épanouissait comme une
fleur au soleil.

Seulement, Croc-Blanc n'était pas démonstratif.
Il était trop vieux, trop endurci pour se montrer très à
l'aise dans l'expression de nouveaux sentiments. il
avait trop l'habitude de se maîtriser et de se retran-
cher farouchement dans son isolement. Cela faisait
trop longtemps qu'il cultivait une attitude distante,

taciturne et circonspecte. Jamais il n'avait su aboyer, et maintenant, il ne pouvait plus apprendre à le faire pour manifester son contentement à l'approche de son dieu. Il ne se laissait jamais aller à la moindre attitude exubérante ou désordonnée pour exprimer son amour. Il ne se précipitait jamais au-devant de son dieu. Il l'attendait à distance. Mais il l'attendait toujours, avec une infinie patience. Son amour participait d'un véritable culte, d'une adoration muette et incommunicable. Il s'exprimait seulement par la fixité du regard qui suivait tous les mouvements du dieu sans les perdre de vue un seul instant. Par moments, quand le dieu le regardait et lui parlait, Croc-Blanc éprouvait un profond malaise tant il était tiraillé entre l'envie d'extérioriser son amour et son incapacité physique à faire une telle démonstration.

Il apprit à s'adapter à divers aspects de son nouveau mode de vie. Il finit ainsi par se persuader qu'il devait laisser tranquilles les chiens de son maître. Poussé par son tempérament dominateur, il avait toutefois commencé par leur mener la vie dure pour leur faire accepter sa supériorité et son autorité. Après quoi, il n'eut plus grand-chose à redouter de leur part. Ils s'écartaient de son passage quand il arrivait ou qu'il s'avançait au milieu d'eux, et se pliaient à ses caprices.

De même, il parvint à supporter la présence de Matt dans la mesure où cet homme lui parut appartenir à son maître. Celui-ci s'occupait rarement de le nourrir. Matt s'en chargeait, c'était son travail. Croc-Blanc pressentit pourtant que sa nourriture provenait de son maître et que c'était donc celui-ci qui lui donnait à manger par personne interposée. Ce fut également Matt qui essaya de lui faire passer un harnais pour l'atteler au traîneau avec les autres chiens. Mais ce fut un échec. Pour que Croc-Blanc saisisse ce qu'on attendait de lui, il fallut que Weedon Scott se chargeât lui-même de le harnacher et de le mettre en condition. Alors seulement, il comprit que telle était la volonté de son maître. Et il se laissa diriger par Matt à l'instar des autres chiens dont ce dernier avait également la responsabilité.

Les traîneaux du Klondike différaient de ceux du Mackenzie en cela qu'ils comportaient des patins. Et puis les chiens n'y étaient pas attelés selon la même méthode. Au lieu d'être disposés en éventail, ils tiraient en file indienne, reliés les uns aux autres par une double courroie de trait. Aussi, dans le Klondike, le chef de file était-il vraiment un chef de file. Cette fonction revenait au chien le plus expérimenté et le plus fort. Tous les autres le craignaient et lui obéissaient. Que Croc-Blanc vînt à se retrouver rapidement en tête de l'attelage était donc inévitable. Il ne pouvait se contenter de moins, ainsi que Matt dut finir par l'admettre après toutes sortes d'incidents et de bousculades. Croc-Blanc conquit ce poste de haute lutte, mais Matt n'eut pas à le regretter et le reconnut lui-même dès les premiers essais, dans le rude langage qui était le sien. Tirant le traîneau toute la journée, Croc-Blanc n'en négligeait pas pour autant de surveiller les biens de son maître durant la nuit. Jamais en repos, fidèle et vigilant, sa valeur dépassait de très loin celle de tous les autres chiens.

« Pour dire sans me gêner ce que j'ai sur le cœur, déclara un jour Matt, vous pouvez vous vanter d'avoir été drôlement malin le jour où vous avez récupéré ce chien pour le prix qu'il vous a coûté. Beauty Smith s'est fait posséder aussi sûrement qu'il a pris votre point dans la figure! »

Un fugitif éclair de colère fit briller les yeux gris de Weedon Scott qui murmura d'un ton farouche : « L'ignoble brute! »

A la fin du printemps, Croc-Blanc fut plongé dans un grand désarroi. Le maître bien-aimé disparut sans crier gare. Certes, des signes avant-coureurs s'étaient manifestés, mais il était incapable de les interpréter et de comprendre ce que signifiait le remplissage d'une valise. Par la suite, il se rappela que ces préparatifs avaient précédé la disparition du maître, mais sur le coup, il ne soupçonna rien. Ce soir-là, il attendit le retour du maître. A minuit se leva un vent glacial qui le contraignit à se réfugier derrière la cabane. Alors il s'assoupit, mais seulement d'un demi-sommeil, les oreilles à l'affût, guettant le bruit des pas familiers. Vers deux heures du matin, toutefois, l'inquiétude le ramena sur le devant de la cabane où il se coucha dans le froid pour continuer à attendre.

Seulement le maître ne revint pas. Au matin, la porte s'ouvrit sur Matt qui s'avança au-dehors. Croc-Blanc le fixa intensément. Mais aucun langage n'eût été capable de lui apprendre ce qu'il voulait savoir. Les jours passèrent et le maître n'était toujours pas là. Croc-Blanc, qui n'avait jamais connu le moindre écart de santé, finit par tomber malade. Son état empira même à un point tel que Matt dut se résoudre à l'installer à l'intérieur de la cabane. Et quand il écrivit à son patron, le maître d'attelage ajouta un post-scriptum au sujet de Croc-Blanc.

C'est à Circle City que Weedon Scott reçut la lettre et lut ce qui suit :

« *Ce sacré loup ne veut plus rien faire. Il ne mange plus. Il n'a plus de ressort. Tous les chiens lui tombent dessus. Il voudrait savoir ce que vous êtes devenu et je ne sais pas comment le lui dire. Peut-être qu'il va mourir ?* »

Matt avait dit vrai. Croc-Blanc ne s'alimentait plus, il avait perdu tout son allant et se laissait malmener par les chiens de l'attelage. Dans la cabane, il restait allongé sur le plancher près du poêle et ne s'intéressait ni à la nourriture, ni à Matt, ni à la vie. Que Matt lui adressât des paroles affectueuses ou des jurons, le résultat était le même : il se contentait de tourner vers l'homme un regard atone, avant de laisser sa tête retomber dans sa position habituelle entre ses pattes de devant.

Un soir, Matt était en train de lire et remuait les lèvres en ânonnant laborieusement, quand un faible gémissement de Croc-Blanc le fit sursauter. Il se leva aussitôt et tendit l'oreille vers la porte pour écouter. La porte s'ouvrit et Weedon Scott entra. Les deux hommes se serrèrent la main, puis Scott fit du regard le tour de la pièce.

« Où est le loup ? » demanda-t-il.

Alors il l'aperçut, dressé sur ses pattes à l'endroit où il se tenait couché près du poêle. Il ne s'était pas précipité en avant comme le font les chiens. Immobile, il observait et attendait.

« Bon sang ! s'exclama Matt, regardez-le remuer la queue ! »

Weedon Scott marcha jusqu'au milieu de la pièce et appela. Croc-Blanc vint vers lui sans hâte excessive, mais à bonne allure. Son excès de retenue lui donnait un air gauche, mais au fur et à mesure qu'il approchait de son maître, son regard prit une expression étrange. Quelque chose, une sorte d'émotion prodigieuse et incommunicable, emplissait ses yeux d'une intense lumière.

« Jamais il ne m'a regardé comme ça durant tout le temps que vous étiez parti », commenta Matt.

Weedon Scott n'entendit pas. Il s'était accroupi face à face avec Croc-Blanc qu'il caressait affectueusement, lui frottant la tête derrière les oreilles, puis passant lentement sa main le long du cou et des épaules pour lui tapoter ensuite le dos du bout des doigts. Et Croc-Blanc lui répondait de son sourd grondement où perçait une nuance de tendresse plus accusée encore qu'auparavant.

Mais ce ne fut pas tout. Le bonheur de Croc-Blanc était tel, l'amour qu'il ressentait si intense, que dans ses efforts désespérés pour arriver à en faire la démonstration, il finit par trouver un nouveau moyen d'expression. Il avança brusquement la tête pour aller la nicher entre les bras et le corps de son maître. Et là, blotti à l'abri des regards, avec seulement ses oreilles qui dépassaient, il cessa de gronder et se contenta de remuer légèrement son museau comme pour l'enfouir davantage.

Les deux hommes échangèrent un regard. Scott avait les yeux brillants.

« Mince alors! » lâcha Matt d'une voix étranglée.

Quelques instants plus tard, quand il se fut ressaisi, il ajouta :

« J'ai toujours affirmé que ce loup était un chien. Regardez-le! »

Avec le retour de son maître bien-aimé, Croc-Blanc se rétablit rapidement. Après être resté deux nuits et un jour dans la cabane, il effectua sa première sortie. Les chiens de l'attelage avait oublié ce dont il était capable. Ils se souvenaient seulement de la période la plus récente, quand il était faible et malade. Dès qu'ils le virent avancer hors de la cabane, ils se précipitèrent sur lui.

« Je sens que ça va barder », murmura joyeusement Matt qui se tenait sur le seuil et observait la scène. « Allez, le loup, dérouille-les! Vas-y, dérouille-les un bon coup! »

Croc-Blanc n'avait pas besoin d'encouragement. Le retour de son maître bien-aimé lui avait suffi. La vie bouillonnait de nouveau en lui, ardente et indomptable. Il se battit par pur plaisir, trouvant là un moyen d'extérioriser toutes sortes d'émotions qu'il ressentait sans pouvoir les manifester autrement. L'issue de cet affrontement était facilement prévisible. La meute s'égailla en une honteuse déroute, et c'est bien après la tombée de la nuit que les chiens refirent leur apparition, arrivant furtivement les uns après les autres, signifiant, par l'humilité de leur attitude, qu'ils se soumettaient à Croc-Blanc.

Depuis qu'il avait appris à se blottir contre son maître, Croc-Blanc en éprouvait une sorte de culpabilité. C'était l'ultime étape. Il ne pouvait aller au-delà. S'il y avait une chose qui l'avait toujours rendu particulièrement ombrageux, c'était bien sa tête. Jamais il n'avait admis qu'on pût la lui toucher. C'était le reste de sauvagerie qui était en lui, la peur du piège et de la souffrance qui le poussait ainsi à fuir tout contact. Son instinct lui enjoignait impérativement de conserver sa tête en liberté. Or, en se blottissant contre son maître, comme il le faisait maintenant, il se mettait délibérément dans une position d'irrémédiable impuissance. C'était une manifestation de confiance absolue, de total abandon, comme s'il disait : « Je me remets entre vos mains. Faites de mois ce que vous voudrez. »

Un soir, peu de temps après le retour de Scott, les deux hommes jouaient aux cartes avant d'aller se coucher, et Matt venait de faire une annonce. « Quinze-deux, quinze-quatre et une paire, ça fait six » quand ils entendirent un cri suivi de sourds grondements. Ils échangèrent un coup d'œil et bondirent sur leurs pieds.

« La loup a dû choper quelqu'un », dit Matt.

Un hurlement de douleur et d'angoisse leur fit presser le pas. « Apporte de la lumière! » lança Scott en se précipitant au-dehors.

Matt suivit bientôt avec une lampe, et ils découvrirent un homme allongé sur le dos dans la neige et qui se protégeait le visage et la gorge de ses bras repliés l'un contre l'autre. Il essayait d'échapper aux dents de Croc-Blanc. Mais il avait fort à faire. Car Croc-Blanc était hors de lui et attaquait partout où il le pouvait. Des épaules aux poignets, les manches du blouson, ainsi que celles du tricot et de la chemise, étaient réduites en lambeaux, tandis que les bras eux-mêmes, profondément entaillés, saignaient en abondance.

Tout cela, les deux hommes l'enregistrèrent en une fraction de seconde. L'instant d'après, Weedon Scott avait empoigné Croc-Blanc à la gorge et le tirait en arrière. Croc-Blanc se débattit en grondant, mais sans chercher à mordre, puis se calma rapidement sur une brève injonction de son maître.

L'homme se remit debout avec l'aide de Matt. En se redressant, il laissa retomber ses bras, démasquant ainsi le faciès bestial de Beauty Smith. A cette vue, le maître d'attelage eut un vif mouvement de recul, comme s'il avait ramassé un charbon ardent. Beauty Smith cligna des paupières à la lumière de la lampe et regarda autour de lui. Quand ses yeux tombèrent sur Croc-Blanc, la terreur envahit son visage.

Au même instant, Matt remarqua deux objets dans la neige. Il dirigea sur eux les rayons de sa lampe et les désigna de la pointe du pied à son patron : une chaîne à chien et un gros gourdin.

Weedon Scott jeta un coup d'œil et hocha la tête. Pas une parole ne fut prononcée. Le maître d'attelage posa une main sur l'épaule de Beauty Smith auquel il fit faire demi-tour. Cela se passait de commentaire. Beauty Smith décampa.

Le maître bien-aimé se pencha sur Croc-Blanc pour le gratifier de quelques tapes affectueuses et pour lui parler.

« Il a essayé de te voler, hein ? Et tu n'as rien voulu savoir ! Sans doute qu'il n'avait pas la manière, tu ne crois pas ? »

Croc-Blanc avait encore le poil hérissé de colère et ne cessait de gronder. Mais peu à peu, ses poils commencèrent à retomber, puis la petit nuance affectueuse devint bientôt perceptible dans sa voix et prit progressivement de l'ampleur.

Chapitre XXI

LE GRAND VOYAGE

C'était dans l'air. Croc-Blanc pressentit l'approche d'un coup dur avant même qu'il y en eût de tangibles manifestations. Par des voies mystérieuses, il acquit la certitude qu'un bouleversement allait intervenir sous peu. Il ne savait pas comment, ni pourquoi, mais l'imminence de cet événement lui fut révélée par les dieux eux-mêmes. De façon beaucoup plus subtile qu'ils ne pouvaient s'en douter, ceux-ci trahirent leurs intentions au chien-loup qui, hantant le seuil de la cabane sans jamais y pénétrer, comprit pourtant ce qui se passait à l'intérieur même de leur cerveau.

« Écoutez-moi ça ! » s'exclama le maître de l'attelage un soir au moment du dîner.

Weedon prêta l'oreille. A travers la porte filtrait une plainte sourde et douloureuse, une sorte de léger sanglot tout juste perceptible. Puis il y eut un long soupir de soulagement quand Croc-Blanc eut éprouvé la conviction rassurante que son maître était toujours là et ne s'était pas encore envolé pour une mystérieuse randonnée solitaire.

« Je crois bien que ce loup vous a deviné », dit le maître d'attelage.

Weedon Scott leva sur son compagnon un regard
où se lisait presque une supplication, mais que ses
paroles parurent démentir.

« Qu'est-ce que je ferais d'un loup en Californie ? demanda-t-il.

— C'est ce que je me dis, approuva Matt. Que
feriez-vous d'un loup en Californie ? »

Weedon Scott n'eut pas l'air satisfait de cette
réponse. L'autre semblait vouloir s'en tenir à une
prudente réserve.

« Les chiens des Blancs n'auraient aucune
chance contre lui, reprit Scott. Il les tuerait sans coup
férir. Je laisserai ma fortune à rembourser les dégâts,
si les autorités ne viennent pas me le confisquer avant
pour le passer à la casserole !

— Il a le meurtre dans le sang, voilà ce que je
dis », fut tout le commentaire du maître d'attelage.

Weedon Scott le considéra d'un œil incertain.

« Ça ne pourrait pas marcher, dit-il d'un ton
péremptoire.

— Non, ça ne pourrait pas marcher, reprit Matt.
Ou alors, il vous faudrait engager un type uniquement pour s'occuper de lui. »

L'incertitude de Scott sembla se dissiper. Il
hocha la tête avec bonne humeur. Dans le silence qui
suivit, la plainte sourde et douloureuse se fit entendre
derrière la porte, puis se changea de nouveau en un
long soupir indécis.

« Pas de doute qu'il se pose des questions à votre
sujet », dit Matt.

L'autre fronça les sourcils et le fixa d'un œil
furibond.

« Fiche-moi la paix ! Je sais à quoi m'en tenir et
ce que j'ai à faire !

– Je suis d'accord avec vous, seulement...
– Seulement quoi ? aboya Scott.
– Seulement... » reprit doucement le maître d'attelage avant de poursuivre sur un ton qui trahissait une irritation croissante, « ... eh bien, ce n'est pas la peine de vous mettre dans des états pareils! A en juger par vos réactions, on pourrait se demander si vous savez vraiment à quoi vous en tenir! »

Weedon Scott retourna un instant le problème dans sa tête, puis reconnut d'une voix radoucie : « Tu as raison, Matt. Je ne sais trop à quoi m'en tenir et c'est bien ce qui m'ennuie. N'empêche que ce serait complètement idiot de ma part d'emmener ce chien avec moi, reprit-il après une nouvelle pause.

– Tout à fait d'accord. », se contenta de répondre Matt, ce qui n'eut pas l'air, cette fois encore, de satisfaire pleinement son patron. « N'empêche qu'il a compris que vous alliez partir. Et ça, par tous les diables, je n'en reviens pas! ajouta le maître d'attelage avec ahurissement.

– Ça me dépasse aussi, Matt », répondit Scott en hochant sombrement la tête.

Et vint le jour où, par une porte entrouverte, Croc-Blanc vit la valise fatidique posée sur le sol et son maître bien-aimé en train de la remplir. Il y avait en outre toutes sortes d'allées et venues qui troublaient la paisible atmosphère de la cabane par un incessant et insolite remue-ménage. Plus de doute possible. Croc-Blanc en avait déjà eu l'intuition, mais cette fois il s'agissait d'une évidence : son dieu se préparait pour une nouvelle expédition et ne l'emmènerait pas danvatage avec lui qu'il ne l'avait fait auparavant.

Cette nuit-là, Croc-Blanc poussa le long hurlement des loups. Tout comme il l'avait fait au temps lointain de sa jeunesse, quand il avait émergé de la forêt pour regagner le village dont il n'avait rien retrouvé, sinon un petit tas de déchets là où s'était dressé le tipi de Castor-Gris, il leva son museau vers le scintillement glacé des étoiles pour leur confier sa détresse.

A l'intérieur de la cabane, les deux hommes venaient tout juste de se mettre au lit.

« Il recommence à ne plus toucher à sa nourriture », fit remarquer Matt du fond de sa couchette.

Du côté de Weedon Scott s'éleva un grognement accompagné d'un froissement de couvertures.

« A en juger par l'état où il s'était mis la dernière fois où vous êtes parti, je me demande comment on pourrait l'empêcher maintenant d'y passer pour de bon. »

Sur l'autre couchette, les couvertures s'agitèrent furieusement.

« Boucle-la, veux-tu! hurla Scott dans l'obscurité. Tu es plus assommant qu'une bonne femme!

– Je crois que vous avez raison », répondit le maître d'attelage, et Weedon Scott se demanda s'il n'avait pas entendu un léger ricanement.

Le jour suivant, l'agitation et l'anxiété de Croc-Blanc ne firent que croître. Il ne quittait pas les talons de son maître quand celui-ci sortait, et demeurait en faction sur le seuil le reste du temps. Par l'entrebâillement de la porte, il put apercevoir les bagages étalés sur le plancher. A la valise étaient venus s'adjoindre deux sacs en toile et une caisse. Matt enroulait les couvertures de son patron et une pelisse en fourrure dans une grande bâche. Croc-Blanc se mit à gémir en observant la scène.

Plus tard, arrivèrent deux Indiens. Croc-Blanc les couva d'un regard attentif quand il les vit hisser les bagages sur leurs épaules et descendre la colline derrière Matt qui portait le couchage et la valise. Mais il ne les suivit pas. Le maître était toujours dans la cabane. Au bout d'un moment, Matt fut de retour.

Le maître vint à la porte et appela Croc-Blanc pour le faire entrer à l'intérieur.

« Pauvre bougre, dit-il doucement en grattant les oreilles de Croc-Blanc et en lui tapotant le dos. Je m'en vais pour un long voyage, mon vieux, là où tu ne peux m'accompagner. Alors fais-moi ton grondement, ton bon grondement, le dernier pour me dire au revoir. »

Mais Croc-Blanc ne voulut pas gronder. Au lieu de cela, il eut un regard lourd et triste, puis avança sa tête pour l'enfouir à petits coups entre le bras et le corps de son maître.

« J'entends la sirène ! » cria Matt. Des rives du Yukon s'élevait le puissant mugissement d'un vapeur fluvial. « Finissez-en. Fermez bien la porte de devant ; moi, je passe par-derrière. Allons-y ! »

Les deux portes claquèrent simultanément et Weedon attendit sur le seuil que Matt ait fait le tour pour venir le rejoindre. De derrière la porte, s'éleva un sourd gémissement, presque un sanglot. Puis il y eut de longs et profonds soupirs.

« Il faut prendre bien soin de lui, Matt, dit Scott tandis que les deux hommes commençaient à descendre la colline. Tu m'écriras pour me dire comment il s'en sort.

– Bien sûr, répondit le maître d'attelage. Mais écoutez ça, dites donc ! »

Les deux hommes s'immobilisèrent. Croc-Blanc hurlait comme le font les chiens devant le cadavre de leur maître. Sa voix exprimait une infinie détresse en une succession de plaintes qui atteignaient un paroxysme déchirant, pour s'infléchir ensuite vers des tonalités sourdes et pitoyables, avant d'exploser de nouveau en une intense manifestation de douleur.

L'Aurora était le premier bateau de l'année à faire la liaison avec le reste du pays, et ses ponts étaient submergés d'aventuriers prospères et de chercheurs d'or ruinés, tous aussi enchantés de quitter le Grand Nord qu'ils l'avaient été initialement de s'y rendre. Près de la passerelle, Scott faisait ses adieux à Matt qui s'apprêtait à regagner la terre. C'est alors que Matt fixa quelque chose par-dessus l'épaule de son interlocuteur dont il cessa soudain de secouer la main. Scott se retourna pour voir de quoi il s'agissait. Assis sur son derrière à deux pas de là, au beau milieu du pont, Croc-Blanc les observait avec tristesse.

Le maître d'attelage jura entre ses dents, stupéfait. Quant à Scott, il en resta bouche bée.

« Vous aviez fermé la porte de devant ? » demanda Matt.

L'autre eut une mimique affirmative et s'enquit à son tour : « Et celle de derrière ?

– Vous pensez bien que je m'en suis occupé ! »

Croc-Blanc coucha ses oreilles d'un air engageant, mais resta où il était sans essayer d'approcher.

« Va falloir que je le descende à terre avec moi. »

Matt fit deux pas en direction de Croc-Blanc, mais celui-ci recula aussitôt. Le maître d'attelage bondit alors en avant, mais Croc-Blanc se glissa entre les jambes d'un groupe de passagers. Zigzaguant, sautant de côté, virevoltant à travers le pont, il échappait toujours à son poursuivant.

Mais quand son maître bien-aimé parla, Croc-Blanc alla immédiatement vers lui, parfaitement obéissant.

« Il ne veut pas reconnaître les mains qui l'ont nourri pendant tous ces mois, marmonna le maître d'attelage avec une certaine amertume dans la voix. Et vous, vous ne lui avez jamais donné à manger, sauf dans les premiers jours pour l'apprivoiser. Je n'arrive pas à comprendre comment il a pu se mettre dans la tête que c'est vous le patron ! »

Scott, qui caressait Croc-Blanc, se pencha soudain pour l'examiner de plus près et montra du doigt des égratignures toutes récentes sur son museau, ainsi qu'une coupure entre les deux yeux.

Matt se pencha lui aussi et passa sa main sous le ventre de l'animal.

« Nous avons complètement oublié la fenêtre. Il est plein d'entailles et de déchirures, par là-dessous ! Ça alors ! Il a dû plonger carrément au travers ! »

Mais Weedon Scott n'écoutait pas. Il réfléchissait rapidement. La sirène de *L'Aurora* venait de faire entendre le dernier signal du départ. Des hommes se précipitaient sur la passerelle pour regagner la terre. Matt avait défait son foulard et s'apprêtait à le passer au cou de Croc-Blanc. Mais Scott arrêta son geste.

« Allez, salut, mon vieux Matt. Et pour le chien, tu n'auras pas besoin d'écrire. Figure-toi que j'ai...

— Quoi ! explosa le maître d'attelage. Vous ne voulez tout de même pas dire...

— Mais si, c'est exactement ce que je veux dire !

Remets donc ton foulard. C'est moi qui t'écrirai pour te donner des nouvelles. »

Au milieu de la passerelle, Matt s'immobilisa un instant.

« Il ne pourra jamais supporter le climat! criat-il par-dessus son épaule. Ou alors, il faudra le tondre quand il fera trop chaud! »

On releva la passerelle et *L'Aurora* s'écarta lentement de la berge. Weedon Scott agita la main une dernière fois. Puis il se pencha sur Croc-Blanc qui était demeuré à côté de lui.

« Et maintenant, j'espère bien que tu vas te mettre à gronder, nom d'une pipe! » s'exclama-t-il en posant une main sur la tête au regard qui en disait long, pour en caresser la nuque derrière les oreilles.

CHAPITRE XXII

LE SUD

Croc-Blanc débarqua du steamer à San Francisco. Il fut sidéré. Au plus profond de son être, au-delà de toute forme de raisonnement et de pensée consciente, la notion de puissance était associée à celle de divinité. Or, jamais les hommes blancs ne lui avaient paru des dieux aussi prodigieux qu'en ces moments où il déambula sur la chaussée humide de San Francisco. Les cabanes qu'il avait connues s'étaient transformées en de gigantesques bâtisses. Les rues étaient pleines de dangers de toutes sortes, camions, charrettes et automobiles, chevaux massifs tirant péniblement d'énormes chariots, et aussi de monstrueux tramways électriques qui ferraillaient et cliquetaient en faisant entendre des cris de menace strident et obstinés, semblables à ceux que poussent les lynx dans les forêts du Nord.

C'était là un étalage de puissance à travers lequel se manifestait l'omniprésente activité de l'homme, qui exprimait ainsi, comme toujours, l'étendue de son pouvoir sur la matière. C'était démesuré, stupéfiant. Croc-Blanc en était profondément impressionné. La peur s'empara de lui. De même que dans son tout jeune âge il avait fait la découverte de son insignifiance la première fois où il était sorti de la forêt pour s'approcher du village de Castor-Gris, de même maintenant, dans la pleine force de l'âge et de sa vigoureuse constitution, il se sentait minuscule et chétif. Il y avait tant de dieux! Leur grouillement lui donnait le vertige. Le vacarme assourdissant des rues frappait douloureusement ses oreilles. L'incessante et furieuse agitation de tout ce qui l'entourait le désorientait complètement. Plus que jamais, il avait besoin de son maître bien-aimé dont il ne quittait pas les talons, bien décidé à ne le perdre de vue sous aucun prétexte.

De la grande ville, Croc-Blanc n'allait guère avoir l'occasion de connaître autre chose qu'une fugitive vision de cauchemar, une impression irréelle et terrifiante qui, par la suite, devait hanter bien souvent ses rêves. Le maître le fit monter dans un wagon à bagages où il se retrouva enchaîné au milieu d'un tas de caisses et de valises. Sur tout cela régnait un dieu trapu et musculeux qui s'affairait parmi cet amoncellement, déplaçant à grand bruit les objets dont il avait la garde, les tirant à l'intérieur, les empilant les uns sur les autres ou les projetant à l'extérieur, où ils allaient s'écraser aux pieds d'autres dieux qui les attendaient.

Et voilà que dans cet infernal capharnaüm, Croc-Blanc fut abandonné par son maître! Du moins, c'est ce qu'il crut jusqu'au moment où son flair lui signala non loin de lui la présence du sac en toile où Weedon transportait ses vêtements. Il s'en approcha et se mit alors à monter une garde vigilante.

« L'était temps que vous arriviez! grommela le dieu du wagon, une heure plus tard, quand Weedon Scott apparut dans l'encadrement de la porte. Votre fichu chien ne me laisse pas approcher le petit doigt de vos affaires! »

Croc-Blanc sortit du wagon et demeura stupéfait : la ville de cauchemar avait disparu. Le wagon n'était à ses yeux qu'une pièce dans une maison, et lorsqu'il y était entré, il y avait une ville tout autour. Or voici qu'entre-temps, celle-ci s'était évanouie! Son grondement n'assourdissait plus ses oreilles. Devant lui s'étendait un riant paysage inondé de soleil et respirant la quiétude. Mais l'ébahissement qu'il éprouva devant cette transformation ne dura guère. Il admit cela comme il admettait tout ce qui était inexplicable dans le comportement et les agissements des dieux. Cela les regardait.

Une voiture attendait. Un homme et une femme approchèrent, et cette dernière leva les bras pour les refermer autour du cou du maître... Que n'avait-elle pas fait! Weedon Scott se dégagea vivement de cette embrassade pour empoigner Croc-Blanc qui s'était transformé en un démon grondant de fureur.

« Ne craignez rien, mère, dit Scott en assurant sa prise sur Croc-Blanc pour le calmer. Il a cru que vous me vouliez du mal, et il n'a pu le supporter. Ne vous en faites pas. Il finira bientôt par apprendre.

– Et en attendant, je ne pourrai cajoler mon fils que lorsque ce chien ne sera pas dans les parages », répliqua-t-elle en riant, bien qu'elle fût encore tremblante de frayeur.

Elle observait Croc-Blanc qui grondait, le poil hérissé, les yeux luisants d'hostilité.

« Il va falloir qu'il apprenne, et cela sans plus tarder », dit Scott.

Il parla doucement à Croc-Blanc jusqu'à ce que celui-ci fût apaisé. Puis sa voix se fit plus ferme :

« Couché, mon vieux! Allez, couché. »

C'était l'une des choses que le maître lui avait apprises. Aussi Croc-Blanc finit-il par obtempérer, mais visiblement à contrecœur.

« Maintenant, maman. »

Scott tendit les bras à sa mère sans quitter Croc-Blanc du regard.

« Couché! répéta-t-il. Couché! »

Frémissant silencieusement, Croc-Blanc, qui s'était à demi redressé, s'aplatit de nouveau et vit se répéter l'acte réprouvé. Mais rien de fâcheux n'en résulta, non plus que l'accolade qui suivit avec l'autre dieu étranger, un dieu homme celui-là. Puis les bagages furent chargés dans la voiture où prirent place également les dieux étrangers et le maître bien-aimé. Croc-Blanc démarra dans leur sillage, tantôt trottinant en arrière-garde, tantôt rattrapant les chevaux, le poil hérissé, afin de leur faire savoir qu'il était là pour veiller à la sécurité du dieu qu'ils entraînaient si rapidement à travers la campagne.

Au bout d'une quinzaine de minutes, l'attelage franchit un portail de pierre et s'engagea entre une double rangée de noyers dont les frondaisons s'incurvaient en une haute voûte entrelacée. De chaque côté s'étendaient de vastes pelouses où se dressaient ici et là de grands chênes au feuillage touffu. Au-delà, l'or éclatant des champs de céréales brûlés par le soleil formait un saisissant contraste avec le vert tendre de l'herbe. Et en arrière-plan, se distinguaient des contreforts montagneux aux nuances ocrées et des herbages d'altitude. A l'extrémité de l'étendue herbeuse, là où la vallée commençait à s'élever en pente douce, une maison, pourvue d'une large véranda et de nombreuses fenêtres, dominait le paysage.

Croc-Blanc n'eut guère le loisir de contempler tout cela. A peine la voiture avait-elle pénétré dans le domaine, qu'il fut agressé par un chien de berger aux yeux luisants et au museau effilé qui, visiblement outragé, manifestait furieusement son indignation. Posté entre lui et son maître, il lui coupait le passage.

Croc-Blanc n'émit pas le moindre grondement de menace, mais son poil se hérissa et il se jeta en avant selon son habitude, pour une attaque silencieuse et décisive. Mais celle-ci tourna court. Il s'immobilisa brusquement, non sans gaucherie, bloquant son élan sur ses pattes raidies, le corps basculant presque en arrière comme s'il allait s'asseoir. Ce fut, paradoxalement, un mouvement de tout son être pour éviter le contact avec ce chien qu'il avait voulu attaquer. Car il s'agissait enfait d'une femelle, et celle-ci se trouvait automatiquement sous la protection des lois de leur espèce. S'en prendre à elle eût été pour lui rien de moins qu'une violation de son instinct.

Seulement de la part de la chienne, il en allait différemment. En tant que femelle, cet instinct lui était étranger. Par ailleurs, en tant que chien de berger, elle éprouvait au plus haut degré la peur ancestrale des bêtes sauvages et particulièrement du loup, cet ennemi héréditaire qui prélevait ses proies au sein des troupeaux dont elle avait la garde, elle et les siens, depuis des temps immémoriaux. Aussi, alors que lui-même renonçait à l'attaquer et s'arc-boutait pour ne pas la toucher, elle bondit sur lui. Il ne put retenir un grondement en sentant ses dents pénétrer dans son épaule, mais ne chercha plus à lui faire du mal. Il battit dignement en retraite, la démarche

raidie, et tenta de la contourner. Il feinta de droite et
de gauche, amorça de rapides diversions, se démena
comme il put, mais rien n'y fit : elle s'arrangeait
toujours pour se retrouver entre lui et l'endroit où il
voulait aller.

« Ici, Collie! », cria l'homme étranger de la
voiture.

Weedon Scott se mit à rire.

« Laissez donc, père. C'est une excellente initiation. Croc-Blanc a beaucoup à apprendre, alors
autant qu'il s'y mette tout de suite. Il s'y fera fort
bien. »

La voiture poursuivit sa course et Collie l'empêcha encore de la rattraper. Il essaya de la distancer en
quittant l'allée pour effectuer un vaste demi-cercle à
travers les pelouses. Mais elle l'accompagna en
demeurant parallèlement à lui selon une trajectoire
plus courte, toujours aussi obstinée, les babines
retroussées sur une double rangée de dents luisantes.
Alors il rebroussa chemin et traversa l'allée pour
effectuer une tentative semblable de l'autre côté, mais
là aussi elle s'arrangea pour le prendre de vitesse.

La voiture s'éloignait avec le maître. Croc-Blanc
la vit disparaître entre les arbres. La situation était
désespérée. Il amorça un nouveau demi-cercle. Elle le
suivit sans ralentir. Alors, d'un seul mouvement, il se
retourna pour se jeter contre elle. C'était l'une de ses
vieilles tactiques.

Épaule contre épaule, il la heurta de plein fouet.
Elle ne fut pas seulement renversée. Elle boula
littéralement, se retrouvant tantôt sur le dos, tantôt
sur le flanc en luttant désespérément pour s'arrêter,
griffant le sol de ses pattes avec des glapissements
aigus de rage et d'indignation.

Croc-Blanc ne s'attarda pas. La voie était libre, et c'était tout ce qu'il avait souhaité. Elle se précipita à ses trousses sans cesser de hurler. Il n'y avait plus de temps à perdre maintenant, et quand il avait l'occasion de se donner à fond, Croc-Blanc ne craignait personne à la course. La chienne se rua derrière lui avec frénésie, tendue au maximum, tout son corps exprimant l'intensité de l'énergie qu'elle mobilisait à chacune de ses foulées. Croc-Blanc, quant à lui, la distançait progressivement, souple et silencieux, glissant sur le sol sans effort apparent, comme une ombre fantomatique.

En débouchant à l'angle de la maison, il découvrit la voiture arrêtée devant le porche d'entrée et le maître qui mettait pied à terre. Au même instant, alors qu'il était toujours lancé à pleine vitesse, il réalisa qu'on l'attaquait de côté. C'était un grand lévrier d'Écosse à poil dur qui se jetait sur lui. Il essaya bien de lui faire face, mais sa course était trop rapide et le lévrier était trop près. Heurté par le travers alors qu'il était encore sur son élan et n'avait pu prévoir le coup, il fut violemment projeté au sol où il roula sur le flanc. Aussitôt remis sur pied, il offrit l'image même de la férocité. Les oreilles rabattues en arrière, les babines frémissantes, le museau retroussé, ses mâchoires se refermèrent avec un claquement sec, manquant de peu la gorge du chien.

Le maître accourait à toutes jambes, mais il était encore trop loin. Et ce fut Collie qui sauva la vie du lévrier. Avant que Croc-Blanc ait eu le temps d'atteindre son agresseur pour le frapper d'un coup mortel, et alors même qu'il bondissait, la chienne arriva sur les lieux. Elle avait été jouée et distancée à la course, sans parler du fait qu'elle s'était retrouvée

culbutée à terre sans ménagement. Et son entrée en
scène fut celle d'un véritable ouragan, un déchaînement de dignité offensée, de juste fureur et de haine
instinctive à l'encontre de ce prédateur sauvage. Elle
se jeta de plein fouet contre Croc-Blanc au moment
précis où celui-ci venait de s'élancer sur son adversaire. Pour la seconde fois, il perdit pied et alla rouler
sur le sol.

Survenant au même moment, le maître empoigna fermement Croc-Blanc tandis que son père
rappelait les chiens.

« Eh bien, voilà une réception qui ne manque
pas de chaleur pour un pauvre loup solitaire de
l'Arctique! dit le maître, tout en s'efforçant d'apaiser
Croc-Blanc avec des caresses. Il a la réputation de
n'avoir été flanqué par terre qu'une seule fois dans
toute sa vie, et ici, en trente secondes, il se fait
culbuter à deux reprises! »

La voiture s'était éloignée et d'autres dieux
avaient surgi de la maison. La plupart se tenaient à
distance respectueuse, mais il y en eut deux, des
femmes, pour réitérer cet acte désagréable qui consistait à saisir le maître par le cou. Croc-Balnc commençait pourtant à le supporter. Aucun préjudice ne
semblait en résulter, et les bruits qu'émettaient alors
les dieux n'avaient visiblement rien de menaçant. Ces
dieux firent également plusieurs tentatives pour s'attirer les bonnes grâces de Croc-Blanc, mais celui-ci les
tint à distance par ses grondements et le maître, avec
ses paroles à lui, leur fit comprendre de ne pas
insister. Dans ces moments-là, Croc-Blanc se serrait
contre les jambes de Weedon qui le rassurait en lui
prodiguant quelques tapes affectueuses sur la tête.

Le lévrier, sur l'injonction de « Dick, va coucher! », avait escaladé les marches du perron pour aller s'allonger dans un coin de la véranda, non sans continuer à grogner en considérant l'intrus d'un air renfrogné. Un des dieux femmes s'occupait de Collie qu'elle avait prise par le cou et couvrait de caresses. Mais la chienne, inquiète et mal à l'aise, s'agitait en gémissant, ulcérée que l'on pût tolérer la présence de ce loup et bien persuadée que les dieux faisaient là une erreur.

Tous les dieux s'engagèrent sur les marches pour entrer dans la maison. Croc-Blanc leur emboîta le pas sur les talons de son maître. Dick, sur la véranda, grogna de plus belle et Croc-Blanc, sur les marches, se hérissa en grondant à son tour.

« Fais entrer Collie et laisse les deux autres s'expliquer une bonne fois pour toutes, proposa le père de Scott. Après quoi, ils feront une paire d'amis.

— Et pour témoigner de son amitié, Croc-Blanc conduira le deuil à l'enterrement! » s'esclaffa Weedon.

Le plus vieux des Scott promena un regard incrédule sur Croc-Blanc d'abord, puis sur Dick et enfin sur son fils.

« Tu veux dire... ? »

Weedon eut un hochement de tête : « C'est exactement ce que je veux dire. Dick serait raide mort en moins d'une minute, deux tout au plus. »

Il se tourna vers Croc-Blanc : « Allez viens, le loup, c'est toi qui vas entrer. »

Croc-Blanc escalada les marches et traversa la véranda, tendu, la queue dressée, sans quitter Dick des yeux, prêt à parer une éventuelle attaque de flanc, mais non moins attentif pour autant à l'inconnu qui

menaçait de fondre sur lui depuis les profondeurs de
la maison. Rien de terrifiant ne se manifesta pourtant, et quand il eut pénétré à l'intérieur, il procéda à
une minutieuse inspection des lieux. Mais il n'y
découvrit aucun motif d'inquiétude. Alors il se coucha
aux pieds de son maître avec un soupir de satisfaction,
ne perdant rien de tout ce qui se passait, prêt à bondir
pour défendre sa vie contre les maléfices qu'il sentait
néanmoins tapis sous le toit de cette demeure.

Chapitre XXIII

LE DOMAINE DU DIEU

Croc-Blanc n'avait pas seulement le sens inné de l'adaptation, mais, à force de bourlinguer, il avait fini par en comprendre l'importance et la nécessité. Et à Sierra Vista, le domaine du juge Scott, il ne fut pas long à se sentir chez lui. Il n'eut plus guère de difficultés sérieuses avec les chiens. Ceux-ci connaissaient mieux que lui le comportement des dieux du Sud, et le fait qu'il eût été admis à l'intérieur de la maison lui donnait à leurs yeux une sorte de sauf-conduit. Tout loup qu'il était et aussi incroyable que cela fût, les dieux avaient accepté sa présence : eux, chiens des dieux, ne pouvaient que se conformer à cette décision.

Dick, évidemment, commença d'abord par se livrer à quelques démonstrations rituelles d'intimidation. Après quoi, il se contenta tranquillement de considérer Croc-Blanc comme un nouvel élément du décor environnant. D'ailleurs, si cela n'avait tenu qu'à lui, ils auraient pu devenir bons amis. Mais Croc-Blanc répugnait à entretenir ce genre de relations. Tout ce qu'il demandait aux autres chiens était qu'on le laissât en paix. Il s'était toujours tenu à l'écart de ses congénères et il entendait bien poursuivre dans cette voie. Les avances de Dick l'agaçaient et il les accueillit par des grondements dissuasifs. Dans le Nord, on lui avait appris qu'il ne devait pas s'en prendre aux chiens de son maître, et c'était là une leçon qu'il avait parfaitement retenue. Mais lui-même demeurait très jaloux de sa propre indépendance, de son isolement, et il manifesta une telle indifférence à l'égard de Dick, que celui-ci finit par se décourager et par lui marquer à peine plus d'intérêt qu'au poteau d'attache planté devant l'écurie.

Bien différente était l'attitude de Collie. Tout en acceptant Croc-Blanc, puisque telle était la volonté des dieux, la chienne ne pouvait se résoudre à le laisser en paix. Au fond de son être étaient gravés les innombrables forfaits perpétrés par lui et les siens contre ses ancêtres. Le souvenir de tous ces troupeaux ravagés ne pouvait s'effacer en un jour, ni en une seule génération. C'était comme un aiguillon qui l'incitait aux représailles. Certes, elle ne pouvait s'opposer ouvertement aux dieux qui avaient adopté ce loup, mais rien ne l'empêchait de lui faire subir toutes sortes de petites avanies susceptibles de lui empoisonner l'existence. Entre eux, il y avait un antagonisme séculaire qu'elle n'était visiblement pas prête à oublier.

Collie prenait donc avantage de son sexe pour chercher noise à Croc-Blanc et le persécuter. Son instinct de mâle lui interdisait de s'en prendre à elle. Mais elle, par son obstination, lui interdisait de l'ignorer. Quand elle se jetait sur lui, il se contentait d'opposer à ses dents l'épaisse toison de son épaule et de raidir sa démarche pour s'éloigner avec dignité. Quand elle insistait davantage, il était contraint de tourner en rond en s'arrangeant pour lui présenter toujours son épaule, avec dans le regard et l'attitude une expression de patiente lassitude. Parfois, une rapide morsure dans son arrière-train accélérait sa retraite qui perdait alors une grande partie de sa dignité. Il se faisait toutefois une règle de conserver autant que possible un maintien digne, voire un tant soit peu solennel. Il s'efforçait au maximum de ne pas s'occuper d'elle et faisait tout pour ne pas se trouver sur son chemin. Quand il la voyait ou l'entendait venir, il se levait et prenait le large.

En fait, Croc-Blanc avait bien d'autres sujets d'intérêt sur lesquels il lui restait beaucoup à apprendre. La vie du Grand Nord était la simplicité même en comparaison des problèmes complexes qu'il découvrait à Sierra Vista. D'abord, il lui fallut se familiariser avec la famille du maître. Certes, il y était préparé dans une certaine mesure. De même que Mitsah et Klob-kootch appartenaient à Castor-Gris, dont ils partageaient la nourriture, le feu et les couvertures, de même, à Sierra Vista, tous les habitants de la maison appartenaient au maître bien-aimé.

Toutefois, Sierra Vista formait un ensemble bien plus considérable que le tipi de Castor-Gris. Un grand nombre de personnes y vivaient. Il y avait le juge Scott, et il y avait sa femme. Il y avait les deux sœurs du maître, Beth et Mary. Il y avait la femme du maître, Alice, et leurs deux enfants, Weedon et Maud, des bambins de quatre et six ans. Personne ne pouvait lui expliquer ce qu'il en était de tous ces gens, de leur filiation et de leurs liens de parenté, des notions dont il ignorait d'ailleurs tout et qu'il ne serait jamais capable de comprendre. Il en vint rapidement à la conclusion que tous appartenaient à son maître. Puis en les observant chaque fois qu'il en avait l'occasion, en étudiant leur comportement, leur façon de s'exprimer et l'intonation même de leurs voix, il découvrit peu à peu quel était leur degré d'intimité avec le maître et la faveur dont ils jouissaient auprès de celui-ci. Et une fois établie cette échelle des valeurs, Croc-Blanc traita chacun en conséquence. Ce qui était pris en considération par le maître l'était également par lui. Ce qui était cher à son maître, Croc-Blanc le chérissait et le protégeait avec le plus grand soin.

Ce fut notamment le cas avec les deux enfants. Il n'avait jamais aimé cette engeance, pourtant. Il détestait leurs mains et les redoutait. Cuisants étaient les souvenirs qu'il conservait de leur tyrannie et de leur cruauté à l'époque des villages indiens. La première fois que Weedon et Maud s'étaient approchés de lui, il les avait accueillis par un grondement d'avertissement et une attitude menaçante. Une tape du maître et une réprimande l'avaient alors obligé à se laisser caresser, mais il ne put s'empêcher de gronder sourdement au contact de leurs petites mains et sans qu'il y eût la moindre nuance de tendresse dans sa voix. Par la suite, il constata que le garçon et la fille représentaient beaucoup pour le maître. Et dès lors, il ne fut plus nécessaire de recourir aux tapes ni aux réprimandes pour qu'il acceptât leurs caresses.

Croc-Blanc n'en demeura pas moins incapable de se livrer à des transports d'affection. Il se laissait faire sans regimber par les enfants, mais à contrecœur, et supportait leurs caprices comme on supporte une opération douloureuse. Et quand il n'en pouvait plus, il se levait pour s'éloigner d'une démarche résolue. A la longue, il finit toutefois par s'attacher à ces enfants, mais sans pour autant se montrer beaucoup plus expansif. Il ne cherchait pas à s'approcher d'eux. Seulement, au lieu de prendre le large dès qu'il les voyait, il les attendait et les laissait venir à lui. Plus tard, on put même déceler une lueur de contentement dans son regard quand les enfants se dirigeaient vers lui, et une sorte de regret dans son attitude quand ils l'abandonnaient pour d'autres distractions.

C'était une question d'évolution, et il y fallait du temps. Après les enfants, le second dans la hiérarchie de sa considération était le juge Scott. Il y avait sans doute deux raisons à cela. D'abord, il s'agissait à l'évidence d'une possession du maître auquel celui-ci tenait beaucoup, et ensuite, c'était un homme très peu expansif. Croc-Blanc aimait à rester couché à ses pieds sur la véranda quand il lisait son journal en le gratifiant de temps à autre d'un mot ou d'un regard, ce qui était une façon peu gênante de lui prouver qu'il admettait sa présence. Cela n'arrivait cependant qu'en l'absence du maître. Car dès que celui-ci apparaissait, toutes les autres créatures cessaient d'exister aux yeux de Croc-Blanc.

Croc-Blanc acceptait les caresses des autres membres de la famille et se laissait faire par eux. Mais il ne leur donna jamais ce qu'il donnait au maître. Aucune caresse de leur part ne fit monter dans sa gorge des modulations affectueuses et jamais, en dépit de bien des tentatives, on ne put l'inciter à venir se blottir contre eux. Cette manifestation de total abandon, cette preuve de confiance absolue, il la réservait exclusivement à son maître. En fait, les membres de la famille ne furent jamais rien d'autre à ses yeux que des possessions du maître bien-aimé.

Par ailleurs, Croc-Blanc sut très tôt faire la différence entre la famille et les domestiques. Ces derniers avaient peur de lui et lui-même refrénait son envie de les agresser uniquement parce qu'il considérait qu'eux aussi appartenaient au maître. Entre Croc-Blanc et eux, la neutralité était de règle, sans plus. Ils préparaient à manger pour le maître, s'occupaient de la vaisselle et de diverses autres tâches, exactement comme Matt le faisait, là-bas au Klondike. Dans une certaine mesure, ils faisaient partie du décor.

Et puis Croc-Blanc avait encore bien des découvertes à faire à l'extérieur de la maison. Le domaine du maître était immense et divers, bien qu'il ne fût pas sans limites.

Une route marquait la frontière de ce territoire. Au-delà, il y avait ce qui appartenait en commun à tous les dieux, des chemins, des rues. Et puis d'autres barrières délimitaient d'autres propriétés particulières. Des lois innombrables régissaient tout cela, ainsi que la façon dont il fallait se comporter. Seulement Croc-Blanc ne comprenait pas les paroles des dieux, et seule l'expérience pouvait l'amener à déterminer quelle devait être sa conduite. Il obéissait à ses impulsions naturelles jusqu'au moment où celles-ci le poussaient à enfreindre l'une de ces lois. Quand cela s'était produit à plusieurs reprises, il finissait par savoir quelle était cette loi, et dès lors, il s'y soumettait.

Mais ce qui jouait le rôle le plus efficace dans son éducation, c'était la réprobation de son maître, qu'elle fût verbale ou physique. Croc-Blanc portait une telle affection à son maître qu'une seule tape de celui-ci l'impressionnait beaucoup plus que les pires

corrections administrées autrefois par Castor-Gris ou
Beauty Smith. Ces corrections-là n'avaient meurtri
que sa chair, mais intérieurement, il était demeuré
intact, plein de fureur et de révolte. Les tapes du
maître, en revanche, étaient toujours beaucoup trop
légères pour que sa chair eût à en souffrir. Mais elles
le touchaient plus profondément. Elles exprimaient la
réprobation de son dieu, et son esprit en était
vivement troublé. Il faut dire que ces tapes étaient
extrêmement rares. La voix du maître suffisait.
C'était grâce à elle que Croc-Blanc savait qu'il
agissait convenablement ou non. Elle lui indiquait ce
qu'il devait faire et quand il devait modifier son
comportement. C'était la boussole qui dirigeait sa
conduite et lui permettait de s'initier aux règles de vie
de son nouveau pays.

Dans le Grand Nord, les seuls animaux domestiques étaient les chiens. Toutes les autres bêtes
vivaient à l'état sauvage et constituaient donc, quand
elles n'étaient pas trop redoutables, des proies auxquelles les chiens avaient légitimement le droit de
s'attaquer. Jusqu'à présent, Croc-Blanc avait ainsi
chassé toutes sortes de créatures vivantes pour les
dévorer. Aussi ne lui vint-il pas à l'esprit qu'il pût en
aller différemment dans le Sud. C'est pourtant ce dont
il lui fallut bientôt se convaincre dans sa nouvelle
résidence de la vallée de Santa Clara.

Un matin de bonne heure où il flânait autour de
la maison, il tomba sur un poulet qui s'était échappé
de la basse-cour. Son instinct poussait tout naturellement Croc-Blanc à le manger. Deux bonds, le bref
éclat des dents, et un couinement terrifié marquèrent
les derniers instants de l'aventureux volatile. C'était
un poulet d'élevage gras et bien tendre. Croc-Blanc se

pourlécha les babines et trouva cette nourriture à son goût.

Plus tard dans la journée, il trouva un autre poulet égaré près des écuries. Un palefrenier se précipita pour intervenir. Faute de savoir à qui il avait affaire, il s'arma simplement d'un léger fouet de calèche. Au premier coup de lanière, Croc-Blanc délaissa le poulet pour l'homme. Un bâton aurait pu le tenir en respect, mais pas un fouet. Sans une plainte, sans un tressaillement, il encaissa un second coup au moment où il prenait son élan et se jetait à la gorge du palefrenier qui hurla « Mon Dieu! » en basculant à la renverse. La malheureux lâcha son fouet pour se protéger le cou. Cela lui valut de se faire déchiqueter l'avant-bras jusqu'à l'os.

L'homme avait affreusement peur. Ce n'était pas tant la férocité de Croc-Blanc que son silence, qui le paralysait. Sans cesser de se protéger le cou et le visage de son bras couvert de sang, il tenta de reculer vers l'écurie pour aller s'y mettre à l'abri. Et il aurait sans doute passé un mauvais quart d'heure si Collie n'avait pas fait son entrée en scène. De même qu'elle avait sauvé la vie de Dick, de même sauva-t-elle celle du palefrenier. Folle de rage, elle se rua sur Croc-Blanc. Ainsi donc, elle avait eu raison. Tous ses soupçons se trouvaient justifiés. C'était bien là le sempiternel prédateur qui revenait à ses anciens méfaits.

Le palefrenier s'enfuit dans l'écurie, et Croc-Blanc battit en retraite devant les dents acérées de Collie auxquelles il opposa son épaule en tournant en rond, selon sa tactique habituelle. Mais cette fois, Collie ne voulut pas le laisser en paix comme elle le faisait d'ordinaire après un temps raisonnable de représailles. Au contraire, sa rage et son excitation ne firent que croître d'instant en instant au point que Croc-Blanc, toute honte bue, finit par se résoudre à déguerpir en toute hâte à travers champs.

« Il faut qu'il apprenne à ne pas toucher aux poulets, dit le maître. Mais je ne peux lui donner une leçon que si je le prends sur le fait. »

Cette occasion se présenta deux nuits plus tard, mais à une échelle qui dépassa toutes les prévisions du maître. Croc-Blanc avait observé attentivement la basse-cour et les habitudes des poulets. A la nuit tombée, quand ils eurent tous regagné leurs perchoirs, il escalada un tas de bois récemment déchargé à cet endroit. De là, il passa sur le toit dont il suivit le faîtage pour aller sauter à l'intérieur de l'enclos. L'instant d'après il pénétrait dans le bâtiment, et le carnage commença.

Le lendemain matin, quand le maître sortit sur le perron de la véranda, ce fut pour y découvrir une cinquantaine de poulets blancs, des Leghorns, soigneusement alignés là par le palefrenier. Il émit un léger sifflement de surprise, mais aussi d'admiration. Puis il aperçut Croc-Blanc. Celui-ci le guettait sans manifester le moindre signe de honte ou de culpabilité. Au contraire, il avait plutôt l'air content de lui, comme s'il venait d'accomplir une action méritoire, un exploit digne d'éloges. Il n'avait visiblement pas le sentiment d'avoir commis une faute. Le maître serra les lèvres, tant ce qu'il devait faire lui était désagréable. Puis il parla durement au coupable qui n'en pouvait mais, et sa voix était celle d'un dieu en colère. Non content de cela, il empoigna Croc-Blanc et lui mit le nez sur les volatiles massacrés en lui administrant une bonne claque.

Jamais plus Croc-Blanc ne rendit visite aux perchoirs du poulailler. C'était contraire à la loi et il l'avait compris. Puis le maître l'emmena dans la basse-cour. A la vue de toutes ces créatures bonnes à manger qui s'agitaient autour de lui, presque sous son nez, Croc-Blanc éprouva le besoin irrésistible de se jeter dessus. Il allait obéir à son instinct, mais son élan fut brisé par la voix du maître. Ils demeurèrent dans l'enclos pendant près d'une demi-heure. Régulièrement, l'instinct poussait Croc-Blanc en avant, et chaque fois, au moment où il se ramassait pour bondir, la voix du maître l'en empêchait. Ainsi la loi lui fut-elle inculquée, et dès lors, il ne s'approcha plus du domaine des poulets car il avait compris qu'il ne devait plus s'en occuper.

« Tuer les poulets est un défaut qu'on ne peut jamais corriger. » Le juge Scott hochait tristement la tête à la table du déjeuner en entendant son fils lui raconter la leçon de dressage qu'il avait infligée à Croc-Blanc. « Une fois qu'ils ont pris l'habitude et le goût du sang... » Il hocha la tête de plus belle.

Mais Weedon Scott n'était pas d'accord avec son père.

« Vous allez voir ce que je vais faire, lança-t-il. Je vais enfermer Croc-Blanc tout un après-midi avec les poulets.

— Tu ferais mieux de penser aux poulets! objecta le juge.

— Eh bien d'accord, reprit son fils. Pour chaque poulet qu'il tue, je vous verse, en espèces sonnantes et trébuchantes, un beau dollar en or!

— Mais il faudrait que dans le cas contraire, papa puisse aussi être pénalisé! » intervint Beth.

Sa sœur l'approuva hautement, et autour de la

table, tout le monde fit chorus. Le juge Scott lui-même fit un signe d'acquiescement.

« Comme vous voulez. » Weedon Scott réfléchit un moment. « Si, à la fin de l'après-midi, Croc-Blanc n'a pas touché à un seul poulet, pour chaque quart d'heure qu'il aura passé dans la basse-cour, vous devrez lui dire sérieusement et avec conviction, exactement comme si vous étiez à votre banc du tribunal : " Croc-Blanc, tu es plus intelligent que je ne le croyais. " »

Tous les membres de la famille se dissimulèrent à divers postes d'observation pour voir ce qui allait se passer. Mais ils en furent pour leurs frais. Enfermé dans la basse-cour où son maître l'abandonna, Croc-Blanc se coucha et s'endormit. Il n'interrompit son somme qu'une seule fois pour aller boire à l'abreuvoir. Quant aux poulets, il ne s'en occupa pas le moins du monde. Il se comporta comme s'ils n'existaient pas. Vers cinq heures de l'après-midi, il prit son élan et bondit sur le toit du poulailler d'où il sauta au-dehors pour regagner tranquillement la maison. Il avait bien retenu sa leçon.

Et sur la véranda, devant sa famille ravie, le juge Scott dut faire face à Croc-Blanc pour lui répéter douze fois avec lenteur et solennité : « Croc-Blanc, tu es plus intelligent que je ne le croyais. »

En fait, il y avait une telle multitude de lois, que Croc-Blanc n'arrivait pas à s'y retrouver, ce qui lui valut encore bien d'autres réprimandes. Il lui fallut comprendre qu'il ne devait pas s'occuper non plus des poulets des autres dieux. Et puis il y avait aussi des chats, des lapins, des dindons... Ceux-là aussi il lui fallait les respecter. A la longue, il finit par avoir l'impression que toutes les créatures vivantes lui

étaient interdites. Dans le grand pré qui s'étendait
derrière la maison, une caille pouvait lui partir sous
le nez en toute sécurité. Le corps tendu, tremblant de
rage et de convoitise, il maîtrisait son instinct et
restait immobile. Il respectait la volonté des dieux.

Or un jour, précisément dans le pré de derrière,
il vit Dick lever un lièvre et se lancer à ses trousses.
Le maître lui-même observait la scène sans intervenir.
Mieux encore il incita Croc-Blanc à participer à la
poursuite. Croc-Blanc en déduisit que le lièvre était
en dehors des tabous. Et peu à peu, il en vint aussi à
comprendre ce qu'était vraiment la loi. Il ne devait y
avoir aucun conflit entre lui et les animaux domestiques. A défaut de bonne intelligence, il leur fallait au
moins vivre dans un climat de neutralité. Mais les
autres animaux, comme les écureuils, les cailles ou les
lapins de garenne, étaient des bêtes sauvages qu'aucun pacte d'allégeance ne liait à l'homme. N'importe
quel chien avait le droit de les chasser. Seuls les
animaux apprivoisés bénéficiaient de la protection des
dieux et leurs conflits ne devaient jamais dégénérer en
combats sanglants. Les dieux seuls détenaient le droit
de vie et de mort sur leurs sujets, et les dieux étaient
jaloux de leur pouvoir.

Dans la vallée de Santa Clara, la vie paraissait
bien compliquée après l'extrême simplicité du Grand
Nord. Ce qui était le plus nécessaire dans cet
inextricable labyrinthe de la civilisation, c'était la
maîtrise de soi, la capacité de refréner ses instincts. Et
cela représentait un équilibre aussi fragile qu'un fil
de la vierge, mais qu'on ne devait néanmoins pas plus
rompre que s'il se fût agi d'acier. La vie présentait des
milliers de facettes différentes, et Croc-Blanc devait se
confronter à chacune d'elles. C'était particulièrement

le cas lorsqu'il se rendait en ville, à San José. Il
trottinait derrière la voiture ou, quand celle-ci s'arrêtait, allait flâner dans les rues. Et la vie se déployait
alors tout autour de lui, omniprésente et multiforme.
Elle sollicitait ses sens en permanence, nécessitait de
constants efforts d'adaptation et l'obligeait presque
toujours à brider ses impulsions naturelles.

Il y avait des boucheries avec de la viande
suspendue à l'étal. Et cette viande, il ne devait pas y
toucher. Dans les maisons où il entrait, avec le
maître, il y avait des chats qu'il devait laisser
tranquilles. Et, partout, des chiens qui grondaient sur
son passage, mais qu'il ne fallait pas attaquer. En
outre, sur les trottoirs grouillant de monde, toutes
sortes de gens s'intéressaient à lui. Beaucoup s'arrêtaient pour le regarder, se le montraient du doigt,
l'examinaient, lui parlaient, et pire encore, le cares-
saient. Et l'inquiétant contact de ces mains étrangè-
res, il lui fallait le supporter. Or il y parvenait. Il finit
même par ne plus en être dérangé. Il acceptait avec
une certaine hauteur les manifestations d'intérêt de
tous ces dieux étrangers. Leur condescendance, il la
recevait lui-même avec condescendance. En fait, il
émanait de lui quelque chose qui n'encourageait
guère la familiarité. Alors ces gens se contentaient de
lui tapoter la tête, puis ils passaient leur chemin,
réjouis et satisfaits de leur propre audace.

Mais tout n'était pas facile pour Croc-Blanc.
Quand il suivait la voiture dans les faubourgs de San
José, il croisait régulièrement une bande de gamins
qui prirent l'habitude de lui jeter des pierres. Il savait
toutefois pertinemment qu'il n'avait pas le droit de se
retourner contre eux pour se livrer à des représailles.
C'était une violation de son instinct de conservation,

mais il parvenait cependant à se contenir. Il commençait à se domestiquer véritablement, à prendre sa
place dans la civilisation.

Il n'empêche que Croc-Blanc avait du mal à se
faire à ce genre de situation. La notion abstraite de
justice n'intervenait pas dans ses pensées. Mais il est
un certain sens de l'équité qui est inhérent à toute
forme de vie. Et du fait qu'il ne lui était pas permis de
se défendre contre les lanceurs de pierres, se révoltait
en lui ce sentiment inné. Il oubliait toutefois que,
selon le pacte conclu entre lui et les dieux, ceux-ci se
devaient de prendre soin de lui et de le protéger. Et
un jour, le maître sauta à bas de la voiture, le fouet à
la main, et administra aux lanceurs de pierres une
solide correction qui mit définitivement fin à leurs
persécutions. Croc-Blanc comprit ce qui s'était passé
et en fut satisfait.

Il lui fut d'ailleurs donné de vivre une autre
expérience de ce genre. Sur le chemin de la ville, au
voisinage d'un saloon installé à un croisement de
routes, traînaient en permanence trois chiens qui
avaient pris l'habitude de se ruer vers lui chaque fois
qu'il passait par là. Connaissant la mortelle efficacité
de Croc-Blanc, le maître s'était efforcé de lui faire
comprendre qu'il lui était interdit de se battre. En
vertu de cette leçon qu'il avait parfaitement assimilée,
Croc-Blanc subissait toutes sortes de brimades chaque
fois qu'il passait devant le saloon de ce carrefour.
Certes, ses grondements étaient suffisamment dissuasifs pour briser net le premier élan de ses agresseurs,
mais ceux-ci ne se faisaient pas faute de le poursuivre
de leurs invectives et de leurs menaçantes criailleries.
A maintes reprises, il lui fallut ainsi supporter sans
broncher ce harcèlement.

Souvent même, des clients du saloon venaient encourager les chiens à se jeter sur Croc-Blanc. Or un jour où ces hommes se montraient particulièrement excités, le maître arrêta la voiture.

« Vas-y ! » dit-il à Croc-Blanc.

Mais celui-ci ne pouvait y croire. Il regarda tour à tour le maître et les chiens. Puis il reporta de nouveau vers le maître un regard où se lisait une sorte d'interrogation anxieuse.

Le maître hocha la tête : « Vas-y, mon vieux. Tue-les ! »

Croc-Blanc n'hésita pas une seconde de plus. Il se retourna et bondit vers ses agresseurs qui l'attendirent de pied ferme.

Il y eut un brusque concert de grondements rageurs et de hurlements ponctués par des claquements de mâchoires. Le tourbillon des corps enchevêtrés disparut dans un épais nuage de poussière qui s'éleva de la route et masqua les péripéties du combat. Mais au bout de quelques minutes, deux des chiens s'agitaient sur le sol dans les derniers soubresauts de l'agonie, et le troisième prenait le large. Ce dernier franchit un fossé, sauta une haie et s'enfuit à travers champs. Croc-Blanc partit à ses trousses comme le font les loups, à longues foulées souples, rapides et silencieuses. Il lui fallut peu de temps pour rattraper le fuyard qui fut jeté à terre et aussitôt mis à mort.

Ces trois victimes valurent à Croc-Blanc de ne plus guère être inquiété par les chiens. On se raconta l'incident à travers toute la vallée où l'on veilla désormais à ce que les chiens ne s'en prissent plus au redoutable « Loup de combat ».

CHAPITRE XXIV

L'APPEL DE L'ESPÈCE

Les mois s'écoulèrent. Il y avait de la nourriture en abondance dans le Sud, et comme il n'était astreint à aucun travail, Croc-Blanc engraissait. Il avait bonne mine et il était heureux. Il ne se trouvait pas seulement dans le Sud au sens géographique du terme : il était dans le Sud de l'existence, dans une sorte d'été permanent, là où la bonté des hommes le réchauffait comme les rayons du soleil, et il s'épanouissait comme une fleur plantée dans de la bonne terre.

Pourtant, il demeurait différent des autres chiens. Il connaissait la loi aussi bien qu'eux qui n'avaient jamais vécu d'autre vie et il la respectait encore plus scrupuleusement. Mais il émanait de lui une indéfinissable aura de férocité, comme si la sauvagerie de ses origines lui collait à la peau, comme si le loup ne dormait en lui que d'un œil.

Il n'entretenait de relations amicales avec aucun chien. Il avait toujours vécu en solitaire par rapport à ceux de son espèce et il persistait dans cette attitude. Les persécutions qu'il avait subies dans sa première jeunesse de la part de Lip-lip et des autres chiots, puis ses combats du temps où il était avec Beauty Smith, l'avaient amené à éprouver une aversion définitive pour les chiens. L'évolution de son existence avait été déviée de son cours normal, il s'était écarté de ses congénères pour se rapprocher de l'espèce humaine.

Par ailleurs, tous les chiens du Sud le considéraient avec méfiance. Il éveillait en eux la crainte instinctive de l'état sauvage, aussi l'accueillaient-ils toujours par des grognements, des grondements et une haineuse hostilité. Croc-Blanc, de son côté, s'était rendu compte qu'il n'avait guère besoin de se servir de ses dents contre eux. Il lui suffisait le plus souvent de découvrir ses crocs, les babines frémissantes, et rares étaient les occasions où il lui fallait bousculer un chien trop entreprenant.

La seule ombre à ce tableau, c'était Collie qui ne lui laissait jamais un instant de répit. Beaucoup moins disciplinée que lui, elle décourageait tous les efforts que faisait le maître pour la réconcilier avec Croc-Blanc. Et celui-ci avait sans cesse les oreilles rebattues par ses grognements perçants et rageurs. Elle ne lui avait jamais pardonné le massacre des poulets et lui prêtait en permanence de mauvaises intentions. Quoi qu'il fît, elle le considérait comme un coupable et le traitait en conséquence. Elle devint pour lui une véritable calamité. Sans cesse attachée à ses pas, comme un policier, elle le suivait autour des bâtiments comme en rase campagne, et s'il avait le malheur de jeter un coup d'œil curieux sur un pigeon ou une volaille, elle l'accablait aussitôt de hurlements furibonds et indignés. Ce qu'il avait trouvé de mieux pour lui manifester son indifférence, était de s'allonger tranquillement, la tête sur ses pattes de devant en feignant de s'endormir. Cette attitude la déconcertait toujours au point de la réduire au silence.

Collie mise à part, tout allait bien pour Croc-Blanc. Il avait appris à se contrôler et connaissait la loi. Il avait atteint un stade de paisible et patiente tolérance. Il n'était plus confronté à un environnement hostile. Le danger, la souffrance et la mort ne rôdaient plus en permanence autour de lui. A la longue, l'inconnu, en tant que générateur d'épouvante et de menaces, avait fini par se résorber dans le lointain. La vie était agréable et facile. Elle s'écoulait paisiblement à l'écart de l'adversité.

La neige lui manqua, mais sans qu'il en eût réellement conscience. « L'été n'en finit pas », aurait-il pu se dire s'il y avait pensé. Mais il se contenta simplement d'éprouver une impression de manque diffuse et irraisonnée. De la même façon, surtout dans les moments où il souffrit le plus de la chaleur, il ressentit vaguement la nostalgie du Grand Nord. Cela n'eut toutefois pas d'autre résultat que de le rendre parfois un peu nerveux et mal à l'aise sans qu'il pût en comprendre la raison.

Croc-Blanc n'avait jamais été d'une nature très démonstrative. Se blottir contre son maître et moduler un grondement empreint de douceur étaient les deux seuls moyens dont il disposait pour exprimer son affection. Or il lui fut donné d'en découvrir un troisième. Il avait toujours été très sensible aux moqueries des dieux. Leurs rires le mettaient hors de lui, le rendaient fou de rage. Il lui était pourtant impossible de manifester un tel comportement à l'encontre de son maître bien-aimé, et quand il arrivait à celui-ci de rire de lui, ouvertement et de bon cœur, il s'en trouvait tout désemparé. Il sentait bien se réveiller l'aiguillon de ses vieilles fureurs, mais celles-ci se heurtaient à l'amour qu'il portait en lui. Il était dès lors incapable de se mettre en colère. Seulement, il fallait tout de même qu'il fasse quelque chose. Il affectait d'abord un air de dignité offensée, ce qui ne faisait qu'accroître l'hilarité du maître. Alors il prenait une attitude encore plus offusquée, et le maître riait de plus belle. A la longue, le rire de son maître finissait pas avoir raison de sa dignité. Ses mâchoires se desserraient légèrement, ses babines frémissaient imperceptiblement, et ses yeux s'emplissaient d'une lueur folâtre qui exprimait plus d'amour encore que de gaieté : il avait appris à rire.

Il apprit également à chahuter avec le maître, à se laisser bousculer et culbuter, à accepter toutes sortes de tours pendables. Lui-même feignait alors de se mettre en colère, se hérissait en grondant férocement et faisait claquer ses mâchoires comme s'il cherchait réellement à mordre. Mais il ne se laissait jamais aller. Ses coups de dent claquaient toujours dans le vide. A la fin d'une partie de ce genre, quand les culbutes et les bourrades, les coups de dent et les grognements étaient à leur comble, les deux partenaires s'arrêtaient brusquement et se postaient à quelques pas l'un de l'autre pour s'observer. Puis, avec la soudaineté d'une apparition de soleil sur un océan déchaîné par la tempête, ils commençaient à rire. Et le maître finissait toujours par aller passer son bras autour du cou et des épaules de Croc-Blanc qui faisait alors entendre le doux grondement de son chant d'amour.

Personne d'autre toutefois ne pouvait jouer à ce jeu avec Croc-Blanc. Il ne le permettait pas. Il se tenait sur son quant-à-soi et si l'on essayait de l'en faire sortir, ses grondements d'avertissement et sa crinière hérissée n'incitaient guère à plaisanter. Les libertés qu'il acceptait de la part de son maître ne signifiaient pas qu'il dût se comporter pour autant comme un chien ordinaire, gaspillant son affection à droite et à gauche, et disponible pour chahuter et s'amuser avec tout le monde. Son amour était exclusif, et il n'entendait pas le galvauder, ni se galvauder lui-même.

Le maître montait souvent à cheval, et l'une des principales tâches de Croc-Blanc consistait à l'accompagner dans ces randonnées. Dans le Nord, il avait fait acte de vassalité en tirant sur le harnais d'un attelage. Mais dans le Sud, il n'y avait pas de traîneaux et les chiens n'étaient pas astreints à porter des chargements sur leur dos. Alors, pour manifester son allégeance dans son nouveau cadre de vie, Croc-Blanc partait galoper avec le cheval du maître. Les plus longues courses ne venaient jamais à bout de sa résistance. Il se déplaçait sans effort apparent, de son allure de loup, souple et infatigable, et après plus d'une soixantaine de kilomètres, c'était lui qui menait le train en gambadant devant le cheval.

Ce fut à l'occasion d'une de ces sorties équestres que Croc-Blanc découvrit un nouveau moyen de s'exprimer, remarquable en cela qu'il en fit seulement usage deux fois au cours de toute son existence. La première fois, ce fut alors que le maître essayait de dresser un fougueux pur-sang à ouvrir et à fermer les barrières sans que le cavalier eût à mettre pied à terre. Inlassablement, il avait déjà poussé sa monture à maintes reprises contre la barrière pour l'amener à la fermer, et chaque fois, le cheval prenait peur, reculait et se dérobait. Quand il se cabrait, le maître usait de ses éperons pour lui faire reposer ses antérieurs au sol, ce qui était aussitôt suivi par une

série de ruades. Croc-Blanc qui observait la scène avec une anxiété croissante, finit par ne plus se contenir et se jeta devant le cheval en lançant un aboiement sauvage et menaçant.

Jamais encore, en dépit de bien des tentatives, il n'était parvenu à aboyer en présence du maître qui pourtant ne se faisait pas faute de l'y encourager. Une galopade éperdue à travers champs, un lapin brusquement surgi entre les sabots du cheval, un violent écart, une culbute, une chute, et le maître étendu sur le sol avec une jambe cassée : tels furent les résultats de ce premier aboiement. Fou de rage, Croc-Blanc bondit à la gorge du cheval fautif, mais la voix du maître brisa son élan.

« A la maison! Va à la maison! » lui dit le maître après avoir constaté qu'il avait une fracture.

Croc-Blanc ne pouvait se résoudre à l'abandonner. Le maître voulut rédiger un message, mais il eut beau fouiller ses poches, il ne trouva ni stylo, ni papier. Il ordonna à nouveau à Croc-Blanc d'aller à la maison.

Croc-Blanc le considéra d'un air pensif, s'éloigna de quelques pas, mais revint aussitôt et se mit à gémir doucement. Le maître lui parla gentiment mais avec une certaine gravité et il l'écouta, les oreilles dressées, attentif.

« Ne t'en fais pas, mon vieux. Il faut simplement que tu ailles à la maison, lui disait-il. Va à la maison et dis-leur ce qui m'est arrivé. Allez, le loup, à la maison! File à la maison! »

Croc-Blanc connaissait la signification du mot « maison » et bien que le reste du discours échappât à son entendement, il comprit que son maître voulait lui faire regagner la grande demeure. Alors, il fit demi-

tour et s'éloigna de mauvaise grâce. Puis il s'immobilisa pour jeter un coup d'œil indécis par-dessus son
épaule.

« A la maison! » lui fut-il intimé d'un ton sec. Et
cette fois, il obéit.

La famille était réunie sur la véranda pour
profiter de la fraîcheur de cette fin d'après-midi,
lorsque Croc-Blanc fit son apparition. Il s'avança au
milieu d'eux, haletant et couvert de poussière.

« Weedon est de retour », annonça la mère du
maître. Les enfants accueillirent Croc-Blanc avec des
cris de joie et se précipitèrent à sa rencontre. Il les
évita et fit un détour, mais ils trouvèrent le moyen de
le coincer entre un rocking-chair et la balustrade.

Il grogna pour essayer de se dégager et la mère
des enfants eut un regard inquiet.

« Je dois avouer que cela me met mal à l'aise de
le voir traîner avec les enfants, dit-elle. J'ai toujours
peur qu'un jour il ne leur saute dessus à l'improviste. »

Avec un grondement sauvage, Croc-Blanc bondit
de côté pour contourner le garçon et la fille. Leur
mère les appela pour les consoler et leur recommanda
de ne pas ennuyer Croc-Blanc.

« Un loup est un loup, commenta le juge Scott. Il
n'y en a pas un auquel on puisse faire confiance.

— Mais ce n'est pas tout à fait un loup, plaida
Beth qui prenait la défense de l'animal en l'absence
de son frère.

— Tu ne connais là-dessus que l'opinion de
Weedon, fit remarquer le juge. Il suppose seulement
que Croc-Blanc doit avoir un peu de sang de chien.
Mais comme il te le dirait lui-même, il n'a aucune
certitude à ce sujet. Quant à son aspect extérieur... »

Il n'acheva pas sa phrase. Croc-Blanc venait de se planter devant lui et grondait sauvagement.

« Va-t'en! Allez, couché! » ordonna le juge Scott.

Croc-Blanc se tourna vers la femme de son maître. Elle hurla de peur quand il saisit un pan de sa robe entre ses dents et se mit à tirer dessus jusqu'à ce qu'il eût déchiré le fragile morceau d'étoffe. Cette fois, il était devenu le point de mire de l'attention générale. Il cessa de gronder et se redressa, la tête levée vers leurs visages. La gorge agitée de spasmes, il n'émettait plus le moindre son, mais tout son corps était tendu par le violent effort qu'il faisait pour exprimer quelque chose d'inexprimable qui tentait désespérément de s'extérioriser.

« J'espère qu'il n'est pas en train de devenir fou, dit la mère de Weedon. J'ai toujours pensé que notre chaud climat du Sud risquait de ne pas convenir à une bête de l'Arctique.

— J'ai plutôt l'impression qu'il essaie de parler », rétorqua Beth.

Et au même instant, la parole vint à Croc-Blanc sous la forme d'un brusque et triomphal aboiement.

« Il est arrivé quelque chose à Weedon! » s'écria aussitôt la femme du maître.

Tous s'étaient levés et Croc-Blanc descendit les marches du perron en regardant derrière lui pour s'assurer qu'on le suivait. Pour la seconde et la dernière fois de son existence, il avait aboyé et il s'était fait comprendre.

A la suite de cet événement, il bénéficia de l'affection chaleureuse de tous les habitants de Sierra Vista. Même le palefrenier dont il avait lacéré le bras admit que c'était un chien intelligent, encore que ce ne fût qu'un loup! Seul le juge Scott persistait à émettre des réserves et ennuyait tout le monde avec les arguments et les descriptions qu'il allait puiser dans toutes sortes d'encyclopédies et d'ouvrages d'histoire naturelle.

Les jours passèrent, inondant la vallée de Santa Clara d'un soleil inaltérable. Mais, quand ils commencèrent à raccourcir, Croc-Blanc, à l'approche du second hiver qu'il allait passer dans le Sud, fit une surprenante découverte. Les dents de Collie avaient perdu de leur âpreté. Il y avait quelque chose d'enjoué dans leur façon de mordre, une sorte de délicatesse qui les empêchait de faire mal. Il en oublia toutes les avanies qu'elle lui avait fait subir, et quand elle se mettait à gambader autour de lui, il la laissait faire avec gravité en essayant lui-même de se montrer folâtre, ce qui avait pour seul résultat de lui donner un air ridicule.

Un jour, elle l'entraîna à sa suite pour une longue randonnée à travers les pâturages, puis dans les bois. C'était un après-midi où le maître devait monter à cheval, et Croc-Blanc le savait. Le cheval était sellé et attendait devant la porte. Mais Croc-Blanc était indécis, car en lui, s'éveillait quelque chose de plus profond que toutes les lois, que toutes les habitudes dont il avait subi l'influence, de plus impérieux encore que l'amour de son maître et que la volonté même de vivre. Et, comme Collie s'éloignait en trottinant, après l'avoir mordillé au passage, il n'hésita pas davantage et la suivit. Ce jour-là, le maître se promena seul. Et pendant ce temps, Croc-Blanc courait à travers bois en compagnie de Collie, comme sa mère Kitché l'avait fait autrefois avec le vieux loup borgne dans les forêts silencieuses du Grand Nord.

CHAPITRE XXV

LE SOMMEIL DU LOUP

Ce fut à peu près vers cette époque que l'audacieuse évasion d'un prisonnier du pénitentier de Saint-Quentin fit la une de tous les journaux. Il s'agissait d'un individu redoutable, d'un être foncièrement mauvais. Il l'avait été dès sa naissance et la société n'avait guère contribué à l'améliorer, bien au contraire. La société a les mains dures, et cet homme était un exemple représentatif des œuvres qu'elle peut modeler. Elle en avait fait une bête, une bête humaine certes, mais néanmoins si féroce qu'on pouvait sans conteste classer cet homme parmi les carnassiers.

A la prison de Saint-Quentin, il avait prouvé qu'il était irréductible. Aucune punition ne pouvait en venir à bout. Muet de rage, il se serait laissé mourir en se battant jusqu'à son dernier souffle plutôt que d'accepter une correction. Et plus il mettait de fureur à se battre, plus la société réagissait durement à son égard. Et cette dureté ne faisait qu'accroître sa fureur. Camisoles de force, privations de nourriture et passages à tabac n'étaient pas la bonne façon de s'y prendre avec Jim Hall. Pourtant, il n'avait jamais connu que cela. Il y avait eu droit dès sa plus tendre enfance dans les bas quartiers de San Francisco, quand il était

encore une pâte malléable entre les mains de la société
et qu'il eût été possible d'en tirer quelque chose.

Ce fut au cours de son troisième séjour en prison
que Jim Hall eut affaire à un gardien dont la bestiale
sauvagerie était à peu près égale à la sienne. Ce
gardien se montrait particulièrement injuste à son
égard, racontait sur lui des mensonges au directeur,
lui confisquait son pécule et lui faisait subir toutes
sortes de brimades. La seule différence entre eux était
que le gardien disposait d'un trousseau de clefs et
d'un revolver. Jim Hall n'avait que ses mains nues et
ses dents. Un jour pourtant, il se jeta sur ce gardien et
lui taillada la gorge à coups de dent comme n'importe
quelle bête de la jungle.

Après quoi, Jim Hall fut placé en cellule de
force. Il y vécut trois ans. Le sol, les murs et le
plafond, tout était en fer. Il n'en sortait jamais. Il ne
voyait ni le ciel, ni la lumière du soleil. Les jours
étaient crépusculaires et les nuits de silencieuses
ténèbres. C'était un tombeau métallique où on l'avait
enterré vivant. Il ne voyait aucun visage humain,
n'avait personne à qui parler. Quand on lui passait sa
nourriture, il grognait comme une bête sauvage. Il
haïssait tout ce qui existait. Des jours et des nuits
entières, il hurla sa haine à la face de l'univers. Puis,
pendant des semaines et des mois, il ne proféra plus
un son, dans le ténébreux silence qui le rongeait
jusqu'à l'âme. C'était un être monstrueux qui dépassait en horreur les plus terrifiantes visions que pût
engendrer une imagination en folie.

Et puis une nuit, il s'évada. Le directeur déclara
que c'était impossible, et pourtant la cellule était vide
et le corps d'un gardien mort gisait sur le seuil, moitié
à l'intérieur, moitié au-dehors. Deux autres cadavres

jalonnaient le passage du fuyard jusqu'au mur d'enceinte de la prison. Il avait tué ses victimes avec ses mains pour ne pas faire de bruit.

Muni des armes des gardiens assassinés, il était maintenant un arsenal vivant qui errait dans les montagnes, poursuivi par les forces organisées de la société. Sa tête fut mise à prix pour une forte somme en or. Des cultivateurs cupides se mirent à sa recherche avec leurs fusils de chasse. Son sang pouvait payer une traite ou envoyer un fils faire des études. Des citadins pleins de civisme décrochèrent leur carabine pour partir également à ses trousses. Une meute de chiens courants fut lancée sur les traces de ses pieds ensanglantés. Et les limiers assermentés, les bêtes de chasse rémunérées par la société et disposant du téléphone, du télégraphe et d'un train spécial, s'acharnèrent nuit et jour sur sa piste.

Il fut parfois rejoint, et des hommes l'affrontèrent héroïquement ou déguerpirent en catastrophe, tout cela pour la plus grande délectation des citoyens qui en lisaient les comptes rendus au petit déjeuner. Après de tels affrontements, les morts et les blessés étaient ramenés vers les villes et d'autres volontaires prenaient leurs places pour continuer la chasse à l'homme avec une égale excitation.

Et voilà que Jim Hall se volatilisa. Les chiens tournèrent en rond sans parvenir à retrouver sa piste. Dans des vallées perdues, d'inoffensifs ranchers furent pris à partie par des hommes armés qui les obligeaient à faire la preuve de leur identité. Durant la même période, la dépouille de Jim Hall fut découverte dans des douzaines de coins de montagne par des chasseurs de primes qui venaient ensuite réclamer le prix du sang.

Pendant ce temps, on lisait les journaux à Sierra Vista, mais avec plus de crainte que de curiosité. Les femmes avaient peur. Le juge Scott affectait de prendre cette histoire à la légère et en riait, mais il n'y avait pas de quoi, car c'était lui qui, peu de temps avant de prendre sa retraite, avait eu à juger Jim Hall et à prononcer contre lui sa sentence. Et en plein tribunal, devant toute la cour, Jim Hall avait proclamé qu'un jour viendrait où il tirerait vengeance du juge qui l'avait condamné.

Or, pour une fois, Jim Hall était dans son droit. Il était innocent du crime pour lequel on le condamnait. Il s'agissait de ce qu'on appelait, dans l'argot de la pègre et de la police, « le coup de l'expédition » : Jim Hall avait été « expédié » en prison pour un crime qu'il n'avait pas commis. Après la déposition accablante de deux témoins à charge, le juge Scott avait été amené à prononcer contre lui une peine de cinquante ans.

Or, le juge Scott ne savait pas tout. Il ignorait qu'il prêtait la main à une machination policière, qu'il avait eu affaire à de faux témoins et que Jim Hall n'était pas coupable du crime dont on l'accusait. Jim Hall, de son côté, ne savait pas que le juge n'était pas au courant. Il croyait, au contraire, qu'il avait partie liée avec la police dans l'accomplissement de cette monstrueuse injustice. Aussi, en entendant le juge Scott le condamner à cinquante années de mort vivante, Jim Hall, au comble de la haine pour cette société qui décidément s'acharnait sur lui, avait-il laissé exploser sa fureur à la face du tribunal, jusqu'à ce qu'une demi-douzaine de ses ennemis en uniforme bleu fussent parvenus à l'évacuer. A ses yeux, le juge Scott était la clef de voûte de cette machination, et ce

fut donc sur lui qu'il déversa le trop-plein de sa colère
en un flot de menaces sur sa future vengeance. Puis
Jim Hall était devenu un mort vivant... et maintenant, il s'était évadé.

De ces péripéties, Croc-Blanc ne savait évidemment rien. Mais entre lui et Alice, la femme du
maître, il y avait un secret. Chaque nuit, après que
toute la maisonnée était allée se coucher, elle se levait
et faisait entrer Croc-Blanc pour qu'il dorme dans le
grand vestibule du rez-de-chaussée. Croc-Blanc
n'était pas un chien de salon, et il n'avait pas
l'autorisation de dormir à l'intérieur de la maison.
Aussi, tous les matins de bonne heure, la maîtresse se
glissait-elle en bas pour le faire ressortir avant le
réveil de la famille.

Une nuit, alors que tout dormait dans la maison,
Croc-Blanc se réveilla, mais resta allongé sans bouger. Et, toujours sans bouger, il huma l'air et y
déchiffra un message qui lui révéla la présence d'un
dieu étranger. Puis ses oreilles perçurent des bruits
produits par les mouvements de ce dieu. Croc-Blanc
n'explosa pas en une bruyante manifestation de
fureur. Ce n'était pas dans sa manière. Le dieu
étranger se déplaçait silencieusement, mais plus silencieux encore étaient les déplacements de Croc-Blanc
qui, lui, n'avait pas de vêtements qui fissent du bruit
à ses moindres mouvements. Il suivit l'intrus sans
bruit. Dans le Grand Nord, il avait eu l'occasion de
chasser des créatures extrêmement méfiantes, et il
connaissait toute l'importance de l'effet de surprise.

Le dieu étranger s'immobilisa au pied du grand
escalier pour écouter. Croc-Blanc était comme mort
tant il était figé par l'attention et l'expectative. Cet
escalier menait vers le dieu bien-aimé et vers ceux

auxquels le dieu bien-aimé tenait le plus. Croc-Blanc se hérissa, mais attendit. Le pied du dieu étranger se souleva : il commençait à monter.

C'est alors que Croc-Blanc attaqua. Il agit sans le moindre avertissement, sans le moindre grognement préalable. Il projeta son corps au-dessus du sol pour aller s'abattre sur le dos de l'imprudent. Agrippant ses pattes de devant aux épaules de l'homme, il lui plongea ses crocs à la base du cou. Il parvint à maintenir sa prise suffisamment longtemps pour déséquilibrer le dieu qui partit en arrière, et les deux corps s'écroulèrent sur le plancher. Croc-Blanc bondit instantanément de côté et l'homme essaya péniblement de se remettre debout quand les terribles mâchoires se refermèrent de nouveau sur lui.

Sierra Vista se réveilla dans l'affolement. On aurait dit qu'une vingtaine de démons s'affrontaient au pied de l'escalier en une mêlée furieuse. Il y eut des coups de revolver. Une voix d'homme hurla d'horreur et d'angoisse. On entendit des grondements sauvages, et un brusque fracas de meubles et de verre brisés.

Puis toute cette agitation cessa aussi vite qu'elle avait commencé. Le combat n'avait pas duré plus de trois minutes. Les habitants de la maison, saisis d'effroi, s'étaient regroupés en haut des marches. Une sorte de gargouillis semblable à celui que produisent des bulles crevant à la surface de l'eau montait d'en bas, comme du fond d'un gouffre de ténèbres. Par intermittence, cela faisait place à un vague chuintement, presque un sifflement. Mais bientôt ces bruits s'estompèrent à leur tour et cessèrent définitivement. Et l'on n'entendit plus rien dans l'obscurité, sinon le sourd halètement d'une créature s'efforçant désespérément de respirer.

Weedon Scott appuya sur un bouton et un flot de
lumière inonda la cage de l'escalier ainsi que le
vestibule du rez-de-chaussée. Puis lui et le juge,
armés d'un revolver, descendirent avec précaution.
Mais ils n'avaient plus rien à craindre. Croc-Blanc
avait fait son travail. Au milieu d'un grand désordre
de meubles renversés et disloqués, un homme gisait
sur le flanc, un bras replié sur le visage. Weedon Scott
se pencha, écarta le bras et fit basculer le corps sur le
dos. La gorge béante ne laissait aucun doute sur la
façon dont cet homme était mort.

« Jim Hall! » murmura le juge Scott en échangeant un regard entendu avec son fils.

Puis ils se tournèrent vers Croc-Blanc. Lui aussi
était étendu sur le flanc. Il avait les yeux fermés, mais
ses paupières se soulevèrent légèrement dans un effort
pour regarder son maître, et les frémissements de sa
queue indiquèrent qu'il essayait de l'agiter. Les
caresses de Weedon firent monter dans sa gorge une
ébauche de grondement en signe de reconnaissance.
Mais c'était un grondement très faible qui cessa
aussitôt. Ses paupières se refermèrent, tout son corps
s'affaissa et sembla s'aplatir sur le plancher.

« Il est fichu, le pauvre vieux, murmura le
maître.

– C'est ce que nous verrons, rétorqua le juge
Scott en se dirigeant vers le téléphone.

– A vrai dire, il a une chance sur mille », déclara
le chirurgien après avoir tenté, une heure et demie
durant, de soigner Croc-Blanc.

Les premières lueurs de l'aube filtraient par les
fenêtres et la lumière électrique en perdait peu à peu
de son éclat. A l'exception des enfants, toute la famille
s'était réunie autour du chirurgien pour attendre son
verdict.

« Fracture d'un membre postérieur, annonça-t-il.
Trois côtes cassées dont une au moins a perforé les
poumons. Il a perdu presque tout son sang. Des
lésions internes sont très certainement à craindre. Il a
dû se faire piétiner. Sans parler de trois impacts de
balles qu'il a dans le corps. Une chance sur mille,
c'est vraiment très optimiste. Il n'a pas une chance
sur dix mille !

– Eh bien, il ne faut pas perdre la moindre
chance qu'il peut avoir de s'en tirer ! s'exclama le juge
Scott. Ne regardez pas à la dépense. Passez-le aux
rayons X, faites ce que vous voudrez. Et toi, Weedon,
envoie tout de suite un télégramme au docteur
Nichols de San Francisco. Ce n'est pas que nous
n'ayons pas confiance en vous, docteur, comprenez-le.
Mais il faut mettre toutes les chances de notre
côté. »

Le chirurgien sourit avec indulgence : « Bien sûr,
que je vous comprends. Il mérite que tout soit fait
pour lui. Il faut le soigner comme on le ferait pour un
être humain, pour un enfant malade. Et n'oubliez pas
ce que je vous ai dit à propos de sa température. Je
reviendrai à dix heures. »

Croc-Blanc bénéficia donc de soins attentifs. La
proposition du juge Scott d'engager une infirmière
professionnelle fut repoussée avec indignation par les
jeunes filles de la maison qui se chargèrent elles-
mêmes d'assumer ce rôle. Et Croc-Blanc se tira
d'affaire en dépit de la seule chance sur dix mille qui
lui avait été accordée par le chirurgien.

Ce dernier ne pouvait d'ailleurs être blâmé pour
cette erreur de jugement. Jusqu'alors, il avait seulement eu à prodiguer ses soins aux délicats produits
humains de la civilisation, à des êtres qui menaient

des existences bien protégées comme l'avaient fait
avant eux les nombreuses générations dont ils descendaient. Comparés à Croc-Blanc, ils étaient faibles,
inconsistants et s'accrochaient à la vie sans grande
énergie. Croc-Blanc, lui, venait tout droit de la nature
sauvage où les faibles ne font pas de vieux os et où
l'on ne peut compter sur aucune protection. Ni chez
son père, ni chez sa mère, il n'y avait eu la moindre
trace de faiblesse, pas plus d'ailleurs que dans toutes
les générations dont ils étaient issus. Une constitution
de fer et une sauvage vitalité, tel était l'héritage de
Croc-Blanc, et il s'accrochait à la vie de tout son être,
il s'y consacrait entièrement, corps et âme, avec une
obstination qui avait jadis été commune à toutes les
créatures.

Réduit à l'état de prisonnier, privé de tout
mouvement par ses plâtres et ses pansements, Croc-
Blanc languit ainsi au fil des semaines. Sommeillant
pendant des heures, il rêva beaucoup, l'esprit traversé
par une interminable succession d'images du Grand
Nord. Tous les fantômes du passé surgissaient pour
lui tenir compagnie. Il revécut ses premiers jours dans
la tanière avec Kitché, rampa de nouveau en tremblant jusqu'aux pieds de Castor-Gris pour lui offrir
sa soumission, dut encore chercher son salut dans la
fuite pour échapper à Lip-lip et à la meute déchaînée
des jeunes chiens.

Il s'enfonça de nouveau dans le silence de la forêt
à la recherche de créatures vivantes à se mettre sous la
dent durant les mois de famine. Il se retrouva en tête
de l'attelage, le fouet de caribou claquant derrière lui,
avec les voix de Mit-sah et de Castor-Gris qui
criaient « Raa! Raa! » quand ils abordaient des passages difficiles. Et tous les chiens étaient de nouveau

déployés en éventail comme pour l'inciter à poursuivre sa course. Il revécut également les jours qu'il avait passés avec Beauty Smith et ses nombreux combats. Il lui arrivait alors de gémir et de gronder dans son sommeil, et ceux qui veillaient sur lui savaient qu'il faisait de mauvais rêves.

Mais le pire de tous ses cauchemars était celui où il se trouvait confronté à ces espèces de monstrueux véhicules électriques ferraillant et cliquetant, qui lui faisaient penser par leurs hurlements à de gigantesques lynx. Il se voyait tapi derrière un buisson en train de guetter le moment où un écureuil descendrait de son arbre et s'aventurerait suffisamment loin à découvert. Puis, à la seconde même où il s'élançait sur sa proie, celle-ci se changeait en l'un de ces monstres électriques terribles et menaçants, dont la masse énorme s'avançait sur lui, à grand bruit en crachant du feu. C'était la même chose quand il défiait le faucon pour l'inciter à descendre du ciel. Surgissant de l'azur, le rapace piquait droit sur lui, mais pour faire place alors à cet omniprésent monstre électrique. Il y avait aussi le rêve où il se retrouvait dans l'enclos de Beauty Smith. A l'extérieur, les hommes recommençaient à se rassembler et il savait qu'un combat se préparait. Il observait la porte pour guetter l'arrivée de son adversaire. La porte s'ouvrait et c'était encore l'horrible véhicule qui se ruait sur lui. Cette scène, il la vécut d'innombrables fois et ce fut toujours pour lui des instants d'intense épouvante.

Vint enfin le jour où on le débarrassa de sa dernière bande et de son dernier plâtre. Ce fut un jour de fête. Tout Sierra Vista s'était réuni autour de lui. Le maître lui frotta la base des oreilles, et Croc-Blanc fit entendre les douces modulations de son gronde-

ment affectueux. La femme du maître l'appela le
« loup providentiel », un nom qui fut accueilli par des
acclamations et repris par toutes les femmes de la
maison.

Croc-Blanc essaya de se lever après plusieurs
tentatives infructueuses, vaincu par l'épuisement. Il
avait été immobilisé si longtemps que ses muscles
avaient perdu de leur consistance et de leur tonus. Il
se sentait honteux de cette faiblesse, comme s'il n'était
pas à la hauteur de ce que ses dieux attendaient de
lui. Aussi refit-il des efforts héroïques pour se dresser
de nouveau, et finit-il par se retrouver debout en
équilibre instable sur ses quatre pattes chancelantes.

« Le loup providentiel! » s'exclamèrent les femmes à l'unisson.

Le juge Scott promena sur elles un regard
triomphant.

« Je ne vous le fais pas dire! lança-t-il. C'est ce
que je me tue à vous répéter depuis le début. Aucun
chien n'aurait pu faire ce qu'il a fait. C'est bien un
loup.

— Mais un loup providentiel! corrigea la femme
du juge.

— Un loup providentiel, c'est vrai. Et désormais,
c'est ainsi que je l'appellerai.

— Il va falloir qu'il réapprenne à marcher, dit
le chirurgien. Alors, autant qu'il s'y mette tout de
suite. Cela ne lui fera pas de mal. Menez-le
dehors. »

Et il fut mené dehors, comme un pacha, avec
tout Sierra Vista pour l'entourer et prendre soin de
lui. Il était très faible, et quand il fut parvenu à la
pelouse, il s'y laissa choir pour s'y reposer un
moment.

Puis la procession se remit en route, des petites poussées d'énergie commençant à parcourir ses muscles au fur et à mesure qu'il les mettait en action et que la circulation du sang s'y rétablissait. On atteignit l'écurie et là, devant l'entrée, Collie était étendue avec une demi-douzaine de petits chiots rondouillards qui jouaient autour d'elle dans le soleil.

Croc-Blanc observa la scène d'un regard étonné.

Collie lui adressa un grondement d'avertissement et il se garda bien d'approcher davantage. Du bout du pied, le maître poussa vers lui l'un des chiots. Pris d'une vague méfiance, il se hérissa, mais le maître lui fit comprendre que tout allait pour le mieux. Collie, que maintenait le bras d'une des femmes, le couvait d'un œil jaloux et lui signifia d'un nouveau grondement que pour elle, en revanche, tout n'allait pas pour le mieux.

Le chiot se coucha devant lui. Croc-Blanc, les oreilles dressées, le contempla avec curiosité. Puis leurs nez se touchèrent, et il sentit sur sa joue le contact de la petite langue tiède. Alors, sans bien savoir pourquoi, il sortit lui-même sa langue et entreprit de lécher la tête du jeune animal.

Les dieux accueillirent cette performance par des battements de mains et des cris de joie. Il en fut surpris et les regarda d'un œil perplexe. Puis la fatigue reprit le dessus et il se coucha, les oreilles pointées et la tête de côté pour continuer à suivre le manège du petit chien. Alors les autres chiots s'approchèrent à leur tour, et sans se départir de son air grave, il les laissa lui grimper sur le corps en se bousculant maladroitement. Tandis que les dieux redoublaient d'applaudissements, il fut un instant repris comme par le passé, par une vague sensation de gêne et de désarroi. Mais cela ne dura guère, et sans plus se préoccuper des acrobaties des chiots, il s'étendit de tout son long, les yeux mi-clos, et se mit à somnoler au soleil.

TABLE

Aubin Imprimeur

LIGUGÉ, POITIERS

Reproduit et achevé d'imprimer en juin 1992
N° d'édition 081/92 / N° d'impression L 40526
Dépôt légal juin 1992
Imprimé en France

ISBN 2-87628-449-9